해외에 계신 동포 여러분

만주 그리고 조선족 이야기

해외에 계신 동포 여러분

초판 1쇄 발행 • 2014년 11월 26일

지은이 • 박영희
펴낸이 • 황규관
책임편집 • 엄기수
편집 • 김은경
디자인 • 정하연

펴낸곳 • 도서출판 삶창
출판등록 • 2010년 11월 30일 제2010-000168호
주소 • 121-838 서울시 마포구 서교동 355-22 우암빌딩 4층
전화 • 02-848-3097 팩스 • 02-848-3094
홈페이지 • www.samchang.or.kr

인쇄 • 스크린그래픽

ⓒ박영희, 2014
ISBN 978-89-6655-045-6 03810

만주 그리고 조선족 이야기

해외에 계신 동포 여러분

박영희 지음

삶창

만주滿洲를 드나든 지도 햇수로 십 년째다. 특별한 경우가 아니면 항로
도 김해에서 심양으로 이어졌다. 대구에서 김해 공항까지의 거리가 가깝
다는 이유도 있었고, 경비를 줄일 수 있다는 점에서 계절도 겨울을 선호
한 편이었다.

2012년 11월, 중국 심양 공항에 내리자 한 편의 시가 머리를 스쳤다.

> 버리고 가는 이도 못 잊는 마음
>
> 쫓겨 가는 마음인들 무어 다를 거냐
>
> 돌아다보는 구름에는 바람이 희살짓는다
>
> 앞 대일 언덕인들 마련이나 있을 거냐
>
> ―박용철, 「떠나가는 배」 부분

두만강과 압록강을 건너 중국에서 한 세기를 살아가는 그들은 누구
일까? 그들은 어떤 삶을 살아왔으며, 또 우리는 조선족에 대해 얼마나
알고 있을까?

심양에서 시작된 취재는 유하·길림·장춘·치치하얼·흑하를 거쳐 목단강·연길·왕청·도문·환인·단동으로 이어졌다. 대륙의 최북단이자 흑룡강과 아무르강이 함께 흐르는 흑하는 영하 34도를 가리켰다.

『해외에 계신 동포 여러분』에는 중국에서 소수민족으로 살아가는 조선족 열세 분의 이야기를 담았다.

선친이 개척한 알라디 촌[村]을 반석에 올려놓은 배명수 씨, 일제강점기 장백에서 항일[抗日] 소년으로 활동한 최경환 씨, 조선족 신분으로 중국 경찰관이 된 정만석 씨, 도산 안창호를 떠올리게 한 교육자 황해수 씨, 육도하자 걸립춤 계승자 김명환 씨, 온갖 고초에도 조선의 음악을 지켜온 동회철 씨, 공장 노동자로 살아온 박봉규 씨, 왕청에 첫 한복점을 개업한 최게선 씨, 중국 정부의 소수민족 차별을 학술로 승화시킨 주재관 씨, 여성의 몸으로 팔로군이 된 김금록 씨, 목단강 억척빼기 함정숙 씨, 석현의 여장부 전호숙 씨, 한국에서 번 돈으로 흑하에 식당을 차린 정태순 씨 등 그들이 걸어온 길은 결코 여담에 머물지 않았다. 그들의 한마디 한마디는 곧 조선족의 역사였다.

조선족 백 년. 그들의 이동은 벌써부터 진행되었다. 190만 조선족 중에서 현재 한국, 일본, 미국 등지로 나가 돈벌이를 하는 조선족 수만 80만 명. 절반에 가까운 조선족이 중국을 떠나 살고 있다. 그런데 왜 그들은 취재 중에 이런 당부를 하였을까. 길림성을 지린성으로, 연길을 옌지로, 용정을 룽징으로 표기하지 말아달라는. 만주는 그럴 만한 이유와 사연이 있는 공간이라고 했다. 그러니까 만주(길림성, 요녕성, 흑룡강성)는 조선족이 개척한 또 다른 조선일 따름이었다.

얼마 전 〈기황후〉라는 드라마를 보다가 울컥한 적 있었다.

'대체 우리는 어느 나라 백성인 것이오. 고려의 백성인 것이요, 원나라의 백성인 것이오?'

하지만 그들은 이렇다 할 아무런 결론도 내리지 못한 채 건널목 한가운데 서 있었다. 디아스포라Diaspora, 여전히 서러운 이름이다. 가슴 아픈 유랑이다.

스물두 살 되던 해였다. 나에게도 '마음의 빚'이 존재함을 알게 되었다. 식민지 시절에 고국을 떠난 동포들이 바로 그 대상이었다. 부산에서 재일동포를 처음 뵈었을 때, 왜 그렇게도 마음이 편치 않던지. 한반도에서 살고 있다는 사실이 되레 부끄러웠다. 이십 대 중반에 현해탄을 건너고, 사십 대에 이르러 압록강을 건넌 것도 어쩌면 그것과 무관하지는 않을 것이다. 내가 알고 있는 마음의 빚은 아름다운 빚이었으므로.

2014년 겨울
박영희

바람은 더욱 거세게 몰아치고

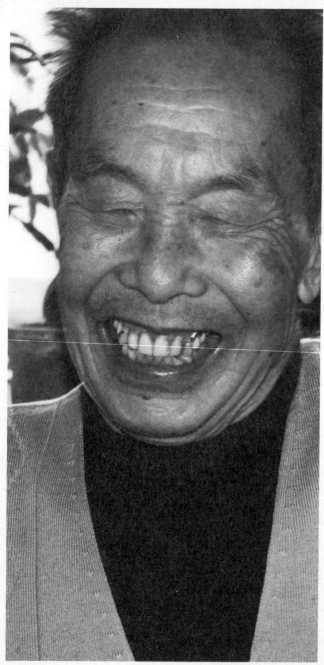

"조선족들이 흔히 쓰는
용어 중에 '견지'라는
단어가 있는데,
모국어에 이름까지
빼앗겼다면 일제에게
다 빼앗긴 것 아닌가?
해서 나는 '이겨낸다'는 뜻의
그 견지를 가슴에 품고
일본인 학생들과 성적으로
맞서보고 싶었네.
나라를 빼앗긴 백성한테는
학교도 하나의 싸움터란
말이지."

───
도산 안창호를 떠올리게 하는
교육자 황해수 씨

요녕성 심양에서 길림성 유하현으로 이동하는 길이었다. 두 성省의 경계 지점인 청원만족자치현을 지날 즈음 날씨가 갑자기 눈발로 바뀌었다. 11월의 날씨치고는 차창 밖 들녘이 제법 을씨년스러워 보였다. 버스가 만주1) 서쪽에 위치한 유하현에 도착했을 때는 기온마저 뚝 떨어져 영하 12도를 가리켰다.

경상남도 창원을 떠난 황해수 씨의 일가족이 신의주에서 압록강을 건넌 건 1927년도였다. 흑룡강성 주하현 하동촌의 3월은 몹시 추웠다. 겨우내 얼었던 강들이 풀린다는 우수와 경칩이 무색할 정도로 주하현은 겨울잠에서 아직 깨어나지 못한 채였다.

"중국의 24절기가 생겨난 곳이 황하 유역이 아닌가. 그러니 만주 지역엔 안 맞을 수밖에. 봄철 마지막 절기인 곡우만 놓고 보더라도 북방과 남방의 기온차를 한눈에 알 수 있단 말이지. 남방에서는 밀이 임신을 하고 찻잎을 보기 시작할 때지만, 북방의 경우는 한 자 두께로 눈이 내려 당혹스러울 때가 한두 번이 아니었거든."

가을철도 예외는 아니었다. 상강 즈음에 내리는 서리는 그보다 한 달 빠른, 9월 중하순경 그 모습을 드러냈다. 상황이 그렇다보니 만주에서는 서리가 하루만 늦게 내려도 쌀이 한 섬씩 올라붙는다는 말이 나올 정도로 기후에 민감할 수밖에 없었다.

"1년 중에서 제일 초조한 때가 바로 서리 내릴 무렵이라. 한 해 피땀 흘려 지은 농사를 판가름 짓는 가장 긴박한 때라고 할까."

황 씨의 나이 네 살 되던 해였다. 영문도 모른 채 시름시름 앓던 부친

---

1) **만주** : 중국 길림성(吉林省, 지린성) · 요녕성(遼寧省, 라오닝성) · 흑룡강성(黑龍江省, 헤이룽장성)을 일컫는다.

이 그만 세상을 뜨고 말았다. '만주열滿洲熱'이라 불리는 수토병이 그 원인이었다.

"그때가 1933년도였는데, 우리 집 선친만 상세가 난 게 아니었네. 어머니께서 그러시는데 마을에 한동안 곡소리가 끊이지 않았다 하더군."

당시 〈동아일보〉는 「만주 이주민들 수토병으로 대공황」이라는 머리기사를 통해 다음과 같이 보도했었다.

바야흐로 파릇파릇 나무닢이 싹트고 남국에 꽃소식을 전하는 지금, 남들은 상춘향락에 질탕한 세월을 보내것만 먹을 것도 입을 것도 없어 최후로 발길을 옮기어 반가히 맞어주지도 안는 만주벌판을 향하야 한숨과 눈물로 압록강을 건네는 것이 우리 동포들의 현상이라 이와 같이 살길이 없어 꽃동산 같은 고국을 등지고 산 실고 물 설은 거츠른 이역만주에 와서 '생'만이래도 유지한다며 그냥저냥 살다가 조흔 바람이 불면 다시 고국산천을 찾아보겠다는 가련한 동포들 가운데에는 생활 토대를 잡기도 전에 몇날이 가지 못해서 기후 수토로 인하야 발생하는 질병의 기구한 운명을 껴안고 마지못하야 여비를 구걸하여 떠나는 동포가 늘어간다.

엎친 데 덮친 격으로 이번에는 토비土匪들의 습격을 받은 마을이 하룻밤 사이에 쑥대밭으로 변하고 말았다. 서둘러 주민들은 이사 떠날 짐부터 꾸렸다. 한 번 문 자리를 재차 무는, 특히나 흑룡강성을 무대로 활동하는 토비들은 악명 높기로 유명했다.

"요즘 말로 하면 강도에 강간이 더해진 것이네. 식량과 의복에만 손을 댔던 토비들이 언젠가부터 마을의 여성들까지 납치해 가지 않겠나."

그동안 정들었던 이웃들이 대거 마을을 빠져나간 뒤였다. 무슨 일인지 황 씨의 집은 일주일이 다 지나도록 기척조차 없었다.

"그게, 어머니 때문이었네. 마을 뒷산에 묻힌 아버지를 두고 떠날 수 없다며 땅을 치시는데……. 그 일로 할머니와 옥신각신 다투기도 많이 다퉜었지."

보름 만에야 겨우 세간을 챙겨 길림성 장춘으로 떠나는 길이었다. 본의 아니게 주하현에서 두 차례나 곤혹을 치른 탓인지 장춘의 분위기는 생각보다 나빠 보이지 않았다. 도심은 물론이고 주변 외곽까지, 무장한 일본군이 겹겹으로 진을 치고 있어 안도감마저 들었다.

"그도 그럴 것이, 우리 가족이 장춘으로 옮겨 갔을 때 일제는 벌써 두 번의 일을 치른 뒤였었네. 하나가 만보산 사건²⁾이고, 그다음이 만주사변³⁾이었지."

2) 만보산 사건(萬寶山事件, 완바오산 사건) : 일제의 토지조사사업으로 일본인 대지주가 증가하고, 조선의 농민들은 소작농으로 전락했다. 일본은 침략의 손길을 더 멀리 뻗치면서 조선의 몰락 농민을 만주로 이주시켜 노동력을 충당했다. 1931년에는 그 수가 63만 명에 달했다. 이러한 배경에서 1931년 7월 2일 길림성 장춘 교외에 위치한 만보산 지역에서 조선과 중국 두 나라 농민 사이에 수로를 둘러싼 분쟁인 만보산 사건이 일어났다. 조선 농민들이 만보산 근처 땅을 차지하고 있던 일본인에게 10년간 미개간지를 빌려 수로 공사를 진행하는 과정에서 중국 농민들이 공사 중지를 요청했다. 수로 공사로 인해 땅이 갈라지고 수해까지 예상된 상황에서 당연한 권리행사였지만, 일본 영사관은 이를 무시한 채 조선 농민에게 공사 강행을 부추겼다. 그 결과 중국 농민과 조선 농민 사이에 충돌이 일어났고, 일제가 이를 확대 왜곡 보도하면서 인천, 평양, 경성 등에서 중국인에 대한 보복 사건이 일어났다. 일본은 이 사건으로 조선인의 항일의식을 반중국인 감정으로 쏠리게 했으며, 일본 제국주의에 맞서 싸우는 두 민족의 연대의식을 약화하려 했다. 이 사건 직후 만주사변이 일어났다.
3) 만주사변(滿洲事變) : 일제가 만주를 중국 침략을 위한 전쟁의 병참 기지로 만들고 식민지화하기 위해 벌인 침략 전쟁이다. 1931년 9월 18일 밤 중국 요녕성의 봉천(奉天, 지금의 선양) 외곽 유조구에서 일본이 부설한 남만주 철도의 일부가 폭파되는 사건(柳條溝事件, 만철폭파사건)이 일어났다. 만주의 이권을 차지하려는 야욕을 가지고 있던 관동군은 이 사건을 중국 측의 소행으로 몰아 전면적인 군사행동을 개시했다. 조선에 주둔 중이던 일본군도 국경을 넘어 만주로 침공해 들어갔다. 관동군은 순식간에 봉천, 장춘(長春)에 이어 5일 만에 길림성의 거의 전 지역을 장악했다. 11월에는 소련과 만주의 국경을 이루는 동북 3성 전역을 장악했고, 1932년 3월 만주국을 세워 만주 점령을 기정사실화했다. 국제연맹은 중국 측의 제소에 따라 일본군의 철수를 권고했지만 일본은 이를 거부하고, 1933년 3월 국제연맹을 탈퇴했다. 만주 침략으로 세력을 강화한 일본 군부와 우익은 일본을 파시즘 체제로 전환시키는 한편 1937년에는 중일전쟁, 1941년에는 태평양전쟁을 일으켰다.

그래서 그랬을까. 조선의 이주민들을 대하는 일제의 분위기가 자못 환대에 가까웠다. 정작 본토 출신인 중국인들은 거들떠보지도 않은 채 조선인들을 향해서는 손수 죽까지 끓여주며 붙들었다.

황 씨 가족이 장춘으로 이사하기 3년 전이었다. 만주 침공을 앞두고 일제는 장춘에서 서북쪽으로 30km 떨어진 만보산 자락에서 먼저 문제를 일으켰는데, 그 발단은 수로 공사 과정에서 비롯되었다. 조선인을 대동한 수로 공사 과정에서 토지를 침범하는 일이 발생하자 이에 중국 농민들이 불같이 들고 일어난 것이다. 하지만 일제는 수로 공사로 잘려나간 토지를 보상하라는 중국 농민들의 거센 항의에도 아랑곳, 뒷짐만 진 채였다. 적반하장으로 일제는 만주로 이주한 조선의 농민들이 중국 농민들에게 마치 일방적으로 당한 것처럼 이간질 보도를 함으로써, 사태는 더욱 걷잡을 수 없는 형국으로 치닫고 말았다. 이른바 '만보산 사건'이 국내에 알려지면서 부산, 대구, 전주, 평양, 해주 등 전역에서 중국인과 그 화교들을 응징하는 대규모 연쇄 폭동이 일어났던 것이다.

"가뜩이나 조선인 이주자 수가 별로 많지 않은 장춘에서 한족과 서로 척을 지고 말았으니, 뭐 좋을 게 있었겠나. 만보산 자락으로 이주해 끼살이(소작농)를 하는 할아버지도 연신 한숨만 내쉬더란 말이지. 지금 당장이야 우리가 좀 이익을 보는 것 같아도 중국은 우리의 영토가 아니잖은가."

초등학교 입학을 며칠 앞두고 식구들과 저녁을 먹는 자리였다. 학교 가까운 곳에 방을 얻어 지내라는 할아버지의 말에 황 씨는 그만 눈이 휘둥그레졌다.

"어른들 앞이라 차마 내색은 못 했지만, 속으로야 좋지 뭐. 시내에 방을 구해주겠다며 어머니랑 나가 살라는 데 마다할 이유가 없잖은가."

그렇지만 한편으로 아쉬운 점도 없지 않았다. 아버지를 너무 일찍 여읜 탓에 황 씨는 삼촌을 그 이상으로 따랐다.

"내 선친께서 상세한 뒤였네. 나를 조용히 불러 앉힌 삼촌이 이 말을 들려주더군. 어머니가 남편을 잃었다면 할머니는 아들을 잃었노라고. 나보다 여덟 살 위인 삼촌은 그런 분이었네. 내가 잘 알아듣도록 선과 후를 제대로 가르쳐주었지."

학교 가까운 곳에 방을 구한 날이었다. 황 씨는 어머니와 단둘이서 보내는 첫날밤이 꿈만 같았다. 그동안 삼촌이 들려준 가르침의 뜻을 모르는 바 아니나 오늘만큼은 다 잊고 싶었다. 이날을 얼마나 손꼽아 기다렸던가.

"내가 입학한 소학교는 조선총독부에서 설립한 장춘보통학교였네. 각 학년 세 개 반에, 학급 수는 오십(명) 좌우였고."

2000명에 불과했던 장춘의 조선인 수가 갑자기 2만으로 불어난 건 1930년대 중반부터였다. 만주를 점령한 일제는 해마다 1만 가구 이상의 조선인을 만주로 강제 이주시켰다. 당시 이를 집행한 기구는 '선만척식주식회사'와 '만선척식유한주식회사'[4]였다.

"나도 만척회사가 선전하는 유인물을 몇 번 본 적이 있는데 주로 이런

---

4) **선만척식주식회사, 만선척식유한주식회사** : 만주를 점령한 일제는 1936년 9월 조선인 만주 이민 정책을 수행하는 선만척식주식회사(경성)와 만선척식주식회사(신경)를 세웠다. 15년 동안 조선의 자작농민 15만 호를 동북지역의 39개 이주 구역에 계획적으로 이주시켜 집단 개척민으로 활용하고자 했다. 1939년까지 1만 3977호에 인구 6만 5605명을 이주시켰고, 1942년까지 26만 명을 이주시켜 만주에 거주하는 조선인 수는 156만 명을 넘어섰다. 일제는 기술이 우수한 이들 자작농들을 지원하여 논을 일구고 쌀을 생산하도록 했고, 한편으로는 이들을 대소병력으로 배치하고 산업을 개발하는 데 목적을 두었던 것이다. 이러한 집단 이주 기간 동안 동향인들끼리 모여 사는 마을이 자연스레 형성되어 경상도 마을, 전라도 마을, 충청도 마을 등이 생겨났다.

"조선족한테 족보는
자신을 증명할 마지막 자긍심이랄까.
마르지 않는 강물처럼 이 족보 속에
선대들의 뒤를 이어 내 피가 흐르고
있단 말이지. 인간의 피라는 것이
원래 죽은 자와 산 자를 연결해주는
역사의 근본이 아닌가."

내용이었네. 만주는 땅이 흔하고 농사가 잘되어 먹을 것 걱정이 없다, 자신의 기술과 능력만 잘 펼치면 몇 년 안에 큰돈도 벌 수 있다, 만주로 가는 노자와 첫 해 식량은 만척회사에서 도급해 줄 테니 염려하지 마라."

그러나 잔뜩 기대에 부풀어 고국을 떠나온 이주자들의 실상은 배보다 배꼽이 더 컸다. 한 해 피땀 흘려 소출한 곡물을 소작료로 지급하고 나면, 만척회사로부터 빌린 돈을 갚기는커녕 다시 빚을 내 농사를 짓는 악순환이 반복되었다.

1939년 4학년 새 학기를 맞아서였다. 지금 이 시각부터 교내에서 조선어를 일체 사용할 수 없다는 담임의 통보에 황 씨는 당혹감을 감추지 못했다. 방금 받아든 교과서마저 온통 일본어 일색이었다.

"청청하던 하늘에서 날벼락이 떨어졌을 때처럼 갑자기 벙어리가 된 기분이었다고 할까. 행여 실수로라도 조선어를 사용하다 들키는 날엔 교실에서 쫓겨날 판이었으니 어찌 함부로 입을 놀릴 수 있겠나. 그런 경험이라면 두 번 다시 하고 싶지 않네. 주리를 틀어대는 것보다 더 무섭지 뭔가."

내선일체를 표방한 일제의 황국신민화 정책은 그것으로 끝이 아니었다. 조선어 폐지에 이어 이번에는 황 씨의 이름이 감쪽같이 사라지고 말았다. 그날 담임은 채 5분도 안 되어 황해수를 '原田淳^{원전순}'으로 바꿔 버렸다.

"담임교원이 본관을 묻기에 경상남도 창원이라고 했더니, 거기서 원原을 따와 내 성을 만들지 않겠나? 전田은 내 성인 황黃에서 밭 전田 자를 따온 것이고, 순淳은 아버지와 삼촌의 돌림자를 가져다 붙인 거네."

태평양전쟁[5]의 여파로 생활도 갈수록 어려워지고 있었다. 더구나 도시는 농촌과 달리 하나에서 열까지 당장 돈이 필요했다. 지난해 봄 할아버지마저 급환으로 세상을 떠난 터라 황 씨는 방학 때면 채석장에 나가 무거운 돌을 날랐다.

"대동아 성전聖戰 명목으로 일제에게 공출까지 바쳐야 했으니 그 살림들이 여북했겠나. 한술 더 떠 일제는 배급제까지 실시했단 말이지. 우리 집도 두 식구 한 달 식량으로 입쌀·밀가루·수수·콩이 각각 두 근씩 지급되었는데, 그걸로는 스무 날도 버티기 어려우니 어떡하겠나. 나라도 움직여 살림에 보탤 수밖에."

학교에 바치는 납부금 또한 끼니만큼이나 큰 걱정거리 중 하나였다. 태평양전쟁이 터지기 전만 해도 학기당 80전이었던 납부금이 2원으로 껑충 뛰자, 도중에 학교를 그만두는 학생들이 부지기수였다.

"그때 절반 이상 떠났던 것 같아. 납부금이 오른 그 해에 교실이 텅텅 비었으니까. 당시 입쌀 한 근 값이 8전임을 감안한다면 2원은 대단히 큰 돈이었단 말이지."

그나마 다른 지역에서 살다 온 이주민들의 이야기를 들어보면 장춘은 그래도 형편이 나은 편에 속했다. 전쟁 중에도 만주국 수도인 장춘은 자고 나면 집이 들어서고, 층을 가진 건물들이 서로 키재기를 하였던 것이다.

---

5) **태평양전쟁(1941~1945)** : 1929년 시작된 경제 대공황은 세계 자본주의 체제를 흔들었다. 수많은 공장이 문을 닫았고, 실직한 노동자들은 굶어 죽었다. 유럽 열강들은 인종주의와 군국주의를 앞세워 다른 나라를 침략하고 경제를 수탈했다. 1931년 일본은 자본 투자와 상품 시장을 확보하려고 만주를 침략했다. 1937년에는 중일전쟁을 일으켜 상해와 난징 등 대도시를 점령했고 난징에서는 민간인 30여만 명을 학살했다. 1941년에는 진주만을 기습하고 태평양전쟁을 일으켰다. 일제는 서양으로부터 아시아를 지킨다는 대동아공영권을 내걸었지만, 아시아 민중들은 전쟁의 포화 속에서 삶과 죽음을 넘나드는 고통을 받았다.

중학교 입학식 날이었다. 소학교 졸업생들 중에서 유일하게 성적 우수학생으로 뽑혀 5년제 상업학교에 진학한 황 씨는 선뜻 입을 떼지 못했다. 반을 배정받은 후 면면을 살펴봤지만 교실에 조선인은 자신뿐이었다. 순간 황 씨는 머릿속이 갑자기 하얘지는 기분이었다.

"상업학교에 입학한 첫날은 말 그대로 등에서 식은땀이 날 지경이었네. 일본인 학생과 중국인 학생의 비율이 칠 대 삼쯤 되는 교실에 조선인이라곤 달랑 나 혼자였으니 어찌 기를 펼 수 있었겠나. 헌데 막상 며칠지나고 보니 출신 성분도 괜한 기우라. 시루에서 콩나물이 자랄 때처럼 쑥쑥 내 성적이 향상되니까 오히려 전화위복으로 바뀌지 뭔가."

중간고사를 통해 자신감을 회복한 황 씨는 학업에만 열중했다. 비록 어려운 가정환경으로 인해 학교 급사 일을 하고 있지만 이 또한 내색하고 싶지 않았다. 적어도 일본인 학생들 앞에서만큼은 그래야 한다고 생각했다.

"조선족들이 흔히 쓰는 용어 중에 '견지'라는 단어가 있는데, 모국어에 이름까지 빼앗겼다면 일제에게 다 빼앗긴 것 아닌가? 해서 나는 '이겨낸다'는 뜻의 그 견지를 가슴에 품고 일본인 학생들과 성적으로 맞서보고 싶었네. 나라를 빼앗긴 백성한테는 학교도 하나의 싸움터란 말이지."

그런데 왜 하필이면, 하고많은 생각 중에 그런 생각이 들었던 걸까. 36년 만에 찾아온 조선의 광복이 타다 만 불을 보는 것 같은.

"일본군의 패전으로 학교가 폐쇄되면서 내 도전도 거기서 끝나버렸다고 할까. 솔직히 좀 허망하고 아쉬웠었네. 졸업을 불과 1년 남겨두고 그동안 꿔온 교원의 꿈이 한순간에 물거품이 되고 말았으니……. 거기에다 우리 집안 사정이 좀 복잡하기도 했었네. 해방을 맞아 이웃들은 환한 얼굴로 짐을 싸서 고향으로 돌아가는데 우리 집만 초상집 분위기지 뭔가."

이는 그동안 쌓인 고부간의 갈등이 마침내 터진 탓도 있었다. 주하현을 떠나올 때처럼 황 씨 어머니 쪽에서 먼저 남편만 이곳에 두고 떠날 수 없다며 완강히 버티자, 이에 황 씨의 할머니도 보란 듯이 삼촌 가족들과 함께 짐을 챙겨 귀국길에 올라버린 것이다. 그 광경을 목전에서 지켜본 황 씨는 이번만큼은 어머니를 두둔하고 싶지 않았다. 할머니는 저렇듯 할아버지를 만주 땅에 그대로 둔 채 귀국길에 올랐건만 왜 어머니만 유독 고집을 피우는지, 열일곱 살로 접어든 황 씨는 그 점을 이해할 수 없었다. 더구나 황 씨에게 아버지는 그 기억조차 가물가물한, 두 장의 흑백사진으로 남아 있을 뿐이었다.

1945년 7월, 일본이 포츠담 선언을 수용하면서 제2차 세계대전이 막을 내린 뒤였다. 학교가 문을 닫으면서 딱히 할 일이 없어진 황 씨는 일본인들을 상대로 떡을 팔기 시작했다.

"갑자기 웬 떡인가 싶겠지만 그럴 만한 사정이 좀 있었네. 자기네 나라로 미처 돌아가지 못한 일본인들이 글쎄, 손에 돈을 쥐고도 사 먹을 게 없어 발을 동동 구르고 있지 뭔가. 그래 말 통하겠다, 호기심에 뛰어든 거네."

하지만 황 씨의 떡장사도 오래가지는 못했다. 난데없는 소련군의 등장으로 장춘은 성시인지 파시인지 분간이 잘 안 될 정도로 한동안 어수선한 분위기가 계속되었다.

"각자 살아온 문화가 달라서 그런지 마우재(소련군)들 하는 짓을 보면 난장판도 그런 난장판이 없었네. 글쎄 중국인과 조선인도 식별 못하는 자신들의 잘못은 뒤로한 채 총부리로 겁부터 주지 않겠나. 그 바람에 나도 왼쪽 가슴팍에 붉은 천 조각을 꽤 오래 달고 지냈는데, 그게 바로 중국의 홍기紅旗를 상징하는 일종의 살아남는 방법 중 하나였었네.”

길거리에서 수시로 마주치는 소련군에게 헬레바리(빵)를 얻어먹어 가며 까레이쓰끼(조선인), 아진 뜨바 뜨리(하나 둘 셋), 이그라시(같이 놀자), 빠빠예시?(아버지는 계시냐?), 마마예시?(어머니는 계시냐?) 등 간단한 일상의 노어를 배우는 중이었다. 소련군이 종적을 감추자 장춘은 또 한 번 혼란에 빠져들었다.

“중앙군과 팔로군. 장개석과 모택동. 7·7사변[6]으로 중단됐던 중국의 내전이 다시 전개되자 우리로서는 둘 중 하나를 선택하는 일이 결코 간단치가 않았네. 보다시피 우리는 만주 땅에 외롭게 남은 이방인들이 아닌가.”

중·소 조약[7]에 따라 만주를 소련군으로부터 이양받은 중앙군이 장춘에 입성한 날이었다. 양자택일에서 중앙군을 선택한 사람들은 이미 돌아올 수 없는 강을 건너고 있었다. 곧이어 모택동이 이끄는 팔로군이

---

6) **7·7사변(루거우차오 사건, 蘆溝橋事件)** : 1937년 7월 7일 밤, 북경(北京) 남서쪽 교외 노구교 부근에서 일본군이 야간 훈련을 하던 중 주변에서 10여 발의 총성이 울렸다. 일본군은 중국군이 고의로 도발했다며 즉시 공격을 가했다. 이것이 중일전쟁의 도화선이 된 7·7사변이다. 사건의 발단이었던 총격이 일본군의 자작극이었는지 아니면 중국 항일 세력의 행동이었는지는 밝혀지지 않았다. 일본 정부는 이 사건을 빌미로 대륙에 군대를 증파해 7월 28일 북경과 천진(天津)에 총공격을 개시했다. 이로써 중국과 일본 두 나라는 8년간에 걸친 전면 전쟁에 돌입했다.

7) **중소우호동맹조약(中蘇友好同盟條約)** : 1945년 8월 14일 중화민국 정부와 소련 정부가 모스크바에서 조인한 우호동맹조약이다. 양측의 군사동맹, 상대방의 주권과 영토를 서로 존중할 것, 전쟁 후 공동으로 모든 조치를 취하여 일본이 다시 침략을 하거나 평화를 파괴할 수 없도록 할 것 등이 명시되어 있다. 소련 정부는 중국에 도의적·물질적 원조를 제공하며, 소련 측이 중국의 대련항(大連港)과 여순항(旅順港)의 해군기지를 사용하고, 중국의 창춘(長春) 철도를 공동으로 경영한다는 데 동의했다. 중화민국 정부는 외몽골의 독립과 자치를 승인했다. 그러나 소련 측이 거듭 조약을 위반했으므로 중화민국정부는 1949년 9월 국제연합(UN) 총회에 소련 탄핵안을 제출했다. 1952년 2월 1일 UN 총회에서 투표한 결과 2/3가 찬성하여 이 안이 통과되었다. 1953년 2월 25일 이 조약의 폐지가 선포되었다.

장춘을 장악하자 그들 또한 쥐 죽은 듯이 자취를 감추고 만 것이다.

"해방 후 3년간은 엎치락뒤치락 다들 제정신이 아니었던 것 같아. 이 번에는 연변 지역에서 살던 조선인들이 팔로군을 따라 장춘으로 대거 들어왔는데, 역시 그들도 오래가진 못했네. 팔로군만 믿고 설치다가 장개석이 이끄는 국민당이 재입성하면서 그중 절반이 총살을 당했지 뭔가."

틈나는 대로 교사가 되는 길을 알아보고 있지만 현실은 녹록치 못했다. 다른 학교에 편입하는 일도 어려울뿐더러, 거리에서 야채장사를 하는 어머니의 벌이만으로는 생활을 감당하기조차 벅찼다.

'도 아니면 개'라는 심정으로 철공장에 입사한 날이었다. 선반기계를 보는 순간 황 씨는 수학 시간에 배운 분수를 떠올렸다. 선반기계를 이등분했을 때 분모 부분은 아버지를 향한 어머니의 한결같은 마음을 보는 것 같았고, 분자 부분은 연신 기존의 것을 깎고 자르는 변화를 보여주었다. 그리고 보니 분자 부분은 요즘의 자신을 보는 것 같기도 했다.

"모든 완성은 거듭되는 변화와 변모를 거치는 과정에서 이뤄지는 것 아닐까? 3인 소조로 공민질(공장에서 하는 일)을 할 때 나는 그 점을 맨 윗점에 뒀었네. 말 못하는 기계라도 사람처럼 그 원리만 제대로 파악하면 다루는 건 시간문제란 말이지."

무릇 염려가 되는 건 내전의 강도였다. 얼마 전 중국의 국공내전을 조정키 위해 들어온 미군마저 별 실효성을 거두지 못한 채 본국으로 돌아간 터여서 장춘은 순간순간이 지뢰밭 속을 걷는 기분이었다. 마침내 일이 터진 건 입사 8개월째로 접어들 무렵이었다. 공장이 폐쇄되자 황 씨는 장춘을 떠나기로 마음먹었다. 이곳에서 더 머물렀다간 하나뿐인 목숨마저 위태로워 보였다.

황 씨 모자가 이통으로 이사를 한 건 1947년 4월 초순경이었다. 한 족 지주에게 사정해 가까스로 소작을 구하긴 했지만 파종까지는 꽤 애를 먹었다. 농사일이 서툰 탓이었다. 그런데다 이통은 이사를 잘못 왔다는 생각이 들 정도로 하루도 조용한 날이 없었다.

"낮에는 국민당한테, 또 밤에는 공산당한테 시달려야 했으니 그게 어디 사는 건가. 뿐만 아니라 이통은 적군과 아군의 경계마저 흐리멍텅해 주민이 총에 맞아 죽어도 그것으로 끝이었네. 가해자가 누군 줄 모르니 어디에 대고 하소연할 것인가."

만주 지역 전체 밭농사 중에서 약 80퍼센트를 차지하는 옥수수가 토실토실 영글어가는 8월 초순경이었다. 마을 청년들은 지금 곧 회관으로 모이라는 안내방송에 황 씨는 왠지 예감이 좋지 않았다. 아니나 다를까. 마을회관 안으로 들어서자 대여섯 명의 팔로군이 어깨총 자세로 청년들을 기다리고 있었다.

"어려움에 처한 중국을 구하는 일이라며 입대를 요구하는데, 나로서는 입장이 좀 난처할 수밖에 없었네. 나까지 떠나고 나면 어머닌 어쩌란 말인가."

즉답을 피한 채 한 걸음 뒤로 물러선 황 씨는 주위를 살폈다. 어떻게든 지금의 이 자리를 모면해야 한다는 생각밖에 들지 않았다. 그러나 회관 안 분위기는 정반대로 기울고 있었다. 여남은 청년들 중에서 이제 본래의 자리를 지키고 있는 사람은 자신뿐. 단단히 화가 난 표정으로 다가온 팔로군이 어머니와 국가 중에서 하나만 선택하라며 황 씨를 윽박질렀다.

"어서 빨리 구국의 결단을 내리라며 목을 조여오는 상황에서 무슨 용기로 더 버틸 수 있겠나. 겁도 나고 눈물도 나고……."

주어진 시간도 별로 많지 않았다. 어머니와 사흘 여정으로 주하현 뒷산에 묻힌 할아버지와 아버지의 묘소를 다녀온 황 씨는 다음 날 매하구로 떠나야 했다.

"매하구 부대에 도착한 시각이 오후 6시경이었는데 참으로 어설프더군. 막사가 부족해 그런다며 200명이 넘는 부대원들을 양 떼 몰듯이 한족 농가로 막 밀어 넣지 않겠나. 다들 총만 한 자루씩 들었다 뿐이지 군인이라는 생각은 들지 않았네."

그리고 이튿날 오후께였다. 가벼운 미열 증상이 밤이 깊어지면서 고열로 바뀌었다. 몸살감기인 줄만 알았던 황 씨의 병명이 밝혀진 건 한 장교를 통해서였다. 발병 사흘째 되는 날부터 토혈 증세가 나타나자 의과대학 출신의 장교는 회귀열[9]이라는 진단을 내렸다. 순간 황 씨의 머리를 스쳐간 곳은 막사 대용으로 사용 중인 한족 농가였다. 위생은 차치하고 밤새 몸을 긁어대느라 잠을 설칠 정도였다.

"장교의 그다음 말이 더 무섭더군. 글쎄 나를 따로 불러내 한다는 말이, 회귀열에 걸리면 십중팔구 가망이 없다고 하지 않겠나. 그 소리를 듣고 나자 가장 원망스러운 건 중국공산당이었네. 그들이 나를 반 강제로 끌어내 군대에 밀어 넣지 않았는가."

다음 날 날이 밝자 황 씨는 격리 차원에서 매하구에 있는 일반 병원으로 후송되었다. 그리고 그를 살려낸 건 한때 로마에서 만병치료약으로 사용된 적 있는 아편과 일본어 구사 능력이었다. 황 씨가 후송된 병원에는 해방 후에도 본국으로 돌아가지 않은 일본인 의사가 여럿 보였는데, 그들과 주고받은 원활한 소통이 치료에 큰 도움을 주었다.

8) **회귀열** : 이나 진드기, 빈대에 의해 전염되는 병

"나이 아직 스물도 안 된 청년이 그간에 벌어진 일을 일본어로 상세히 설명을 하자 의사들이 깜짝 놀라더군. 물론 나도 정말 기뻤네. 그동안 배운 것들을 료해(점검)할 뜻밖의 기회가 입원 중에 주어졌지 뭔가."

퇴원이 늦춰진 것도 바로 그 때문이었다. 황 씨가 입원한 병원에는 중국인 병사들도 더러 있었는데, 회진을 돌 때면 일본인 의사들은 중국어와 일본어를 동시에 구사하는 황 씨부터 찾았다.

"솔직히 그때는 꾀병이라도 부려 병원에 더 눌러앉고 싶었네. 한 달가량 통역을 하고 나니 내 적성에 딱 맞는 거라."

병원에 입원한 지 달포 만에 부대로 복귀한 날이었다. 소대장이 찾는다는 말에 막사로 향하던 황 씨는 잠시 걸음을 늦추었다. 군대에서는 상관이 부를 때가 가장 긴장되는 순간이기도 하거니와 그럴 땐 자기 검열이 필수였다.

병원에서 지낸 그동안의 시간을 점검한 뒤 막사 안으로 막 들어섰을 때였다. 다짜고짜 황 씨의 최종 학력을 묻던 소대장이 책상 위에 책을 한 권 툭 집어 던졌다. 당황한 황 씨는 놀란 눈으로 그 책을 집어 들었다.

"200여 쪽 됐을 거라. 그래 명령대로 모택동 저작물을 하룻밤 사이에 다 읽은 뒤 다음 날 소대장한테 빠짐없이 설명했더니, 글쎄 나더러 백산으로 가 교원질을 하라지 않겠나!"

세상에 있을지도 모르는 뜻밖의 경우를 의미하는 '만약', 황 씨에게 그 '만약'은 검은 아편과 같았다. 그때 만약 한족 농가에서 회귀열에 감염되지 않았다면 어떻게 되었을까? 미뤄 짐작컨대 사평 전투에서 전사했거나 한국전쟁에 참전했을지도 모를 일이었다. 방금 소대장도 말하지 않았던가. 병원에서 부대로 넘어온 추가 인적사항이 너를 다시 보게 만든 요인이었다고.

"사는 게 그렇더라니. 오매불망 바랐던 내 꿈이 공산당 부대에서 이뤄질 줄 감히 상상이나 했겠나. 그래 그날 하루는 초조해 견딜 수가 없더군. 혹시라도 소대장이 마음을 바꿀까봐 숨조차 제대로 쉴 수가 없는 거라."

황 씨는 그로부터 열흘 뒤, 매하구 부대를 떠났다.

만주 항일독립운동 시기에 한창 붐을 일으켰던 학전學田처럼 백산의 영서중학교도 그중 하나였다. 농사를 짓는 주민들이 얼마씩 돈을 모아 설립한 학교는 시설이 형편없었다. 특히 가장 신경이 쓰인 건 칠판이었다. 칠판이 마치 가문 논바닥처럼 쩍쩍 갈라져 있어 황 씨는 수업 때마다 애를 먹곤 했다.

"그래도 기쁘지 뭐. 첫날 교단에 섰을 때 수업을 어찌 마쳤나 모를 정도로 두 다리가 후들거리더란 말이지."

학생들에게 수학을 가르친 황 씨는 이듬해 어머니와 살림을 합친 것도 커다란 축복 중에 하나였다.

"서로 싸우지 않고 살아갈 수만 있다면 그것처럼 금상첨화도 없겠지만, 설령 피치 못해 싸우더라도 전쟁은 내 편 네 편 따질 것 없이 빨리 끝날수록 좋다고 보네. 이툰에서 백산으로 오신 어머께서 몸소 그걸 보여주셨고, 국민당이 항복하면서 세상이 조용해지자 어머니는 추수한 곡식들을 잔뜩 싸가지고 오셨는데, 그 곡식들을 보면서 나는 씨 뿌려 일하는 사람들의 평화를 느낄 수 있었네."

오랜 전쟁으로 말미암은 피해는 교원들 급여에서도 여실히 나타났다. 첫 달 급여로 소금 1근과 강냉이 500근을 받은 황 씨는 웃음이 절로 나왔다. 그 정도의 양으로는 혼자 생활도 지탱하기 어려웠기 때문이다.

첫 근무지인 영서중학교에서 두 해를 보낸 황 씨는 동강소학교로 자리를 옮겼다. 한날 퇴근을 앞두고 교장이 불러 갔더니 뜻밖의 제안을 해왔다.

"연길에 연변대학교가 들어섰다며 내 의양을 묻지 않겠나. 입학 추천서는 자신이 써주겠다면서. 사실 그 말만 들었을 때는 반반이었네. 그런데 교장이 뒤이어 이 말을 꺼내는 거라. 납부금 전액 면제에 학기마다 생활비 조로 25위안씩 준다고. 거기까지 듣고 나니 혹하긴 하더군."

하지만 황 씨는 즉답을 피한 채 내일까지 답을 주겠다며 교장실을 나왔다. 공부라면 언제든 더 하고 싶지만 어머니가 마음에 걸렸다.

"집으로 돌아와 어머니에게 그 말씀을 드렸더니 나더러 뭐란 줄 아는가. 인생을 살면서 그런 기회는 한두 번 올까 말까 하는 거라며 당장 붙들라고 하시더군."

언젠가 한번은 꼭 가보고 싶었던 연길. 그곳에 도착한 날 황 씨는 도심 한복판을 가로질러 흐르는 부르하통하布尔哈通河를 건너다 말고 잠시 생각에 잠겼다. 부르하통하가 두만강과 합류해 동해로 흐른다는 이야기를 들었던 것이다. 조선이 가까운 두만강 지역으로 옮겨 오자 고향 생각이 절로 났다. 장춘에 비해 규모는 보잘것없지만 대신 연길은 도시 전체가 아늑해 보였다.

들뜬 나머지 학기 초부터 너무 무리를 했던 걸까. 1학년 겨울방학(중국은 9월에 입학한다)을 앞두고 무기력증에 빠진 황 씨는 급히 병원부터 찾았다. 군복무 시절에 앓은 회귀열도 겁이 났지만, 수업 중에 졸고 있는 자신을 발견한 뒤로는 더 이상 시간을 지체할 수 없었다. 수업 도중에 졸음과 싸워보기는 이번이 처음이었던 것이다.

"정치가 선두로 나서면서 교육은 뒷방살이로 밀려난 때였으니
나 같은 게 무슨 힘이 있겠나.
'우파 분자'라는 죄명으로 하방 조치가 떨어져 낮에는 농민들과 함께 농사짓고,
밤이면 그들에게 마음에도 없는 사회주의 교육을 시키고…….
고단한 내 여정은 그것으로 끝난 게 아니었네."

유하중학교

"의사 선생 입에서 결핵이라는 말이 나왔을 때였네. 순간 내 자신이 어찌나 한심스럽게 느껴지던지. 스물두 살이면 며칠 밤을 새고도 힘이 펄펄 남아돌 그런 나이가 아닌가!"

무엇보다도 황 씨는 이 사실을 어머니에게 알려야 한다는 점이 못내 부담스러웠다. 마음 같아서는 아무도 모르는 조용한 산골로 들어가 혼자 지내고 싶었다. 그러나 황 씨의 병든 귀향은 전혀 예상치 못한 곳에서 복병이 기다리고 있었다. 그의 결핵이 마을에 알려지자 주민들의 눈빛이 그새 바뀌었다. 발길을 뚝 끊는가 하면 어떤 이웃은 마을에서 당장 나가라며 삿대질을 퍼부었다. 하지만 황 씨는 이를 악문 채 자신의 생살을 도려내는 심정으로 병마와 싸웠다. 어머니 때문이었다. 아들 하나만을 바라보고 사시는 분을 더 이상 눈물짓게 할 수 없었다.

"눈만 뜨면 고개를 쳐드는 자괴감 때문에 힘들긴 하더군. 반면에 운도 따라주었네. 1년여쯤 지나 만주에 처음으로 보급된 마이신이 나를 도와주더란 말이지. 그걸 주사로 몇 대 맞고 났더니 인차 몸이 가뿐해지면서 얼굴에 화색이 돌지 뭔가."

때아닌 결핵으로 지쳐 있던 몸이 회복세로 돌아서자 황 씨는 곧 떠날 채비를 했다. 실은 며칠 전까지만 하더라도 황 씨는 복학과 복직 사이에서 줄다리기를 하고 있었다. 학업에 대한 욕구가 남달랐던지라 두 마리의 토끼를 다 놓치고 싶지 않았다. 다행히도 그 답을 먼저 전해온 곳은 연변대학교였다. 통신으로도 남은 학업의 일정이 가능하다는 통보에 그는 세 번째 발령지인 유하중학교로 향하는 발길이 그 어느 때보다도 산뜻하게 느껴졌다.

"복직과 동시에 승진까지 하게 됐으니 나로서는 그야말로 전화위복이 된 셈이었지. 나도 그 사실을 열흘 전에 알았는데, 일제 때 중단한 상업학교 4년과 그동안 다닌 연변대학교 성적이 교감 승진에 참작이 되었던 모양이라."

스물넷이라는 약관의 나이로 교감 자리에 오른 황 씨는 며칠 전부터 할아버지가 무척 그리웠다. 할머니와 삼촌 소식도 궁금했다. 해방 후 얼마 동안은 서로 서신을 주고받았으나, 한국전쟁이 발발한 뒤로는 그조차도 어려워지고 말았다.

"조선반도에서 전쟁이 터졌을 당시만 해도 나는 이런 생각을 하고 있었네. 그보다 먼저 내전을 치른 중국처럼 조선도 어느 한쪽이 승리를 하고 나면 할머니와 삼촌을 인차 찾아뵐 거라는."

어찌 그것이 황 씨만의 생각이었으랴. 중국에 거주하는 재만 동포라면 누구라도 그런 생각과 염원을 가지고 있었다. 하지만 지금으로서는 살아 있다는 소식마저 전할 길이 묘연했다.

교직원 회의를 마치고 나오는 길이었다. 황 씨는 소태를 씹은 것처럼 입맛이 씁쓸했다. 어제 이어서 오늘도 몇몇 교사들이 교감의 정치적 나약함을 걸고넘어진 것이다.

"정말이지 나로서는 세상에서 제일 풀기 어려운 숙제를 받아안은 심정이었네. 그동안 내 편을 들어주었던 교장까지 나서서 핀잔을 주는데도 그게 하루아침에 고쳐질 일이어야 말이지. 학생들 교육과 관련한 것이면 뭐든 자신 있지만 정치는 영……."

1958년 중국에 한국의 경제개발 5개년계획과 유사한 대약진운동이 전개될 무렵이었다. 이에 편승하듯 학교들도 학생들 수업은 뒷전인 채 정치 이야기로 난무했다. 자신의 취약점을 누구보다 잘 알고 있는 황 씨는 출근 때면 어디론가 끌려가는 기분이었다.

"교원들 앞에만 서면 새가슴으로 변해가는 내 자신이 얼마나 초라해 보이던지. 갈수록 바깥바람은 더욱 거세게 몰아치지, 정치에는 자신이 없지. 할 수만 있다면 어디론가 멀리 도망치고 싶었네."

3년 가까이 지속된 자연재해와 기근(아사자 수만 3000만 명이 넘었다)으로 대약진운동9)이 실패로 돌아갈 즈음이었다. 정풍운동10)을 빌미로 황 씨 집에 한 무리의 공작대工作隊가 들이닥쳤다. 모든 걸 체념한 채 황 씨는 공작대의 선고만 기다릴 뿐이었다.

"정치가 선두로 나서면서 교육은 뒷방살이로 밀려난 때였으니 나 같은 게 무슨 힘이 있겠나. '우파 분자'라는 죄명으로 하방 조치가 떨어져 낮에는 농민들과 함께 농사짓고, 밤이면 그들에게 마음에도 없는 사회주의 교육을 시키고……. 고단한 내 여정은 그것으로 끝난 게 아니었네."

농촌에서 생활 중인 황 씨가 유하중학교로 다시 붙들려 온 건 문화대혁명11)이 시작되면서였다. 이번에 씌워진 그의 죄명은 일본 특무와 조선 특무로, 일제가 설립한 학교를 성적우수학생으로 다녔다는 것이 문제의

---

9) **대약진운동(大躍進運動)** : 1949년 10월 중화인민공화국 정부를 세운 모택동은 사회주의 건설 총노선을 표방하고 철강 및 식량의 대량 증산, 인민공사의 설립을 목표로 전국적인 대중운동을 전개한다. 대약진운동은 1958~1960년에 걸쳐 추진된 중국 인민의 집단화된 노동력을 통해 생산력을 증대시킨다는 정책이다. 이 급진적 변혁운동은 결과적으로 농민의 생산의욕 상실을 초래하게 되었고, 1959년부터 3년간 자연재해와 대기근이 겹친 데다가 소련의 기술 원조도 중단되는 등의 원인으로 중도에 좌절되고 만다. 이 기간 동안 수많은 중국 민중들이 기근으로 사망했으며, 이 정책을 둘러싼 대립이 심화되어 문화대혁명의 한 원인이 되었다.

10) **정풍운동** : 1957년 4월 27일 모택동은 '정풍운동에 관한 지시'를 발표하여 국민의 당 운영에 대한 건설적인 비판을 수용하고자 했다. 이에 따라 각계각층에서 당의 무능과 부패 등에 관한 비판을 내놓았다. 정권에 위기의식을 느낀 모택동은 이 운동을 '반우파투쟁'으로 대치해버렸다. 비판적 지식인들이 오히려 우파로 몰려 숙청의 대상으로 전락했다. 한편 이 시기를 거치면서 대한족주의가 자리 잡게 되고, 소수민족을 위한 요구는 지역 민족주의로 비판을 받았다. 더욱이 문화대혁명을 거치면서 중화민족의 단결이 주창되면서 한족 이외의 소수민족은 배척을 당하게 되었다. '한족'과 구분하여 중국 동북 거주 조선인들을 일컫는 '조선족'이라는 명칭이 이 시기 일반화되었다.

초점이었다.

"학교로 다시 끌려온 1966년부터 1969년까지 3년은 나한테 지옥이나 다름없었네. 부모님의 그릇된 사상까지 반성하라며 족치는데 정말 어이가 없더군. 어머니는 그렇다 치더라도 아버지는 기억조차 없는 분이 아닌가."

그중에서도 가장 견디기 힘든 수모는 제자들 앞에서 벌어졌다. 사흘 간격으로 황 씨를 교단으로 불러낸 홍위병들은 학생들이 지켜보는 앞에서 일명 '원산폭격'을 자행토록 했는데, 그것만큼은 혀를 깨물고서라도 피하고 싶었다. '우파 분자' 패쪽을 목에 걸고 대중집회와 인민재판에 개처럼 끌려 다니는 게 차라리 마음 편했다.

"어떤 신이 내 몫으로 준 인간의 수치심을 지키려 했다면 아마 지금의 난 없었을 것이네. 문화혁명 시절 단 한순간도 인간의 모습과 사람의 가슴을 본 적이 없었으니까. 끌고 가는 것도 끌려 오는 것도 모두 짐승들 뿐이었지. 그래야만 견딜 수 있었고."

문화대혁명의 강도로 보건대 교단으로 다시 돌아가는 건 어려울 듯싶었다. 중국 전역에 휴교령까지 내려져 학교들이 죄 문을 닫은 채였다.

---

11) **문화대혁명(1966~1976)** : 대약진운동 실패 후 유소기와 등소평을 중심으로 한 실무파가 정권을 잡게 된다. 1966년 중국공산당 중앙위원회 전체회의에서 '자본주의의 길을 걷는 당권파' 타도와 '프롤레타리아의 새로운 문화 창조'를 결의함으로써 문혁이 개시되었다. 모택동은 당권을 장악하고 있던 류소기 등 온건 세력을 '반혁명 수정주의 세력'이라고 비판했다. 이후 모택동 직속의 중앙문화혁명소조가 당을 대신해 문혁을 지도하기 시작했고, 대중 동원이 대학과 중고등학교로 급속히 확산되어 이른바 홍위병이 탄생했다. 이들은 '파괴 없이는 건설도 없다'는 구호를 외치며 사구(四舊; 낡은 사상, 낡은 문화, 낡은 풍속, 낡은 습관) 타파와 수정주의자 색출에 앞장섰다. 1976년 모택동이 사망할 때까지 모택동 정권 탈환 투쟁은 이어졌고 이 과정에서 많은 온건파들이 숙청당했다. 중국의 '제5세대' 영화감독이라 불리는 첸카이거의 〈황토지〉(1984), 〈패왕별희〉(1993)나 장이모우의 〈붉은수수밭〉(1987), 〈인생〉(1994) 등의 영화와 루쉰화의 『상흔(傷痕)』, 다이 호우잉의 『사람아 아, 사람아』, 위화의 『허삼관 매혈기』 등의 소설에서 문화대혁명 시기 중국인들의 삶을 엿볼 수 있다.

하지만 속단은 금물이었다. 좀처럼 열릴 것 같지 않아 보였던 교육의 불길이 어느 날부턴가 들불처럼 번지고 있었다. 재심사를 거쳐 공산당 손아귀에서 풀려난 황 씨도 유하6중 분교로 발령을 받았다. 교단을 떠난 지 꼭 11년 만이었다.

"그때 심정이 어떠셨습니까?"

"복직이 돼서 기쁘기도 했지만, 그만큼 두려운 것도 사실이었네. 자라보고 놀란 가슴 솥뚜껑 보고 놀란다고 문화혁명이라는 피바람이 아직 서슬 퍼렇게 살아 있던 때가 아닌가. 더구나 나는 언제 또 저들이 불러들일지 모를 재심사를 거쳐 풀려난 몸이었고."

가석방, 말 그대로 하루하루가 가시방석이요 외줄에 몸을 실은 것처럼 모든 것이 위태로워 보였다. 아차, 말실수라도 했다간 악몽의 심판대에 다시 설지도 몰랐다. 하여 이럴 때는 눈과 귀를 닫아거는 게 좋았다. 보고도 못 본 척, 듣고도 못 들은 척. 황 씨의 손에 아직 저 강을 마음껏 저어갈 노가 없는 까닭이었다.

"한족 학교 두 곳을 더 거쳐 삼원포[12] 동명소학교로 발령이 났을 때네. 운동장에서 뛰노는 학생들을 보는 순간 멈췄던 내 심장이 다시 뛰지 않겠나!"

---

12) **삼원포(三源堡)** : 봉천성(奉天省) 유하현(柳河縣)에 위치한 삼원포는 독립운동의 요람 역할을 했던 곳이었다. 이회영·이시영 일가와 6형제는 이상룡·이동녕·김동삼 등 망명한 신민회 회원들과 1911년 이곳에 서간도 (남만) 최초의 한인자치단체인 경학사(耕學社)를 창립했다. 그리고 그해 여름 독립군 양성소인 신흥강습소(新興講習所)를 설립했다. 1919년 3·1운동이 일어나고 많은 애국 청년들이 학교를 찾아오자 하동(河東)의 대두자(大肚子) 지역에 시설을 확대·부설해 1919년 5월 '신흥무관학교(新興武官學校)'로 개칭했다. 그 뒤 경학사는 부민회·한족회로 발전하여 서간도의 주요한 항일단체로 커나가고, 신흥무관학교는 1920년 폐교될 때까지 2100여 명의 독립군을 배출하는 등 서간도가 독립운동의 근거지가 되는 데 이바지했다. 님 웨일즈가 쓴 『아리랑』의 주인공 김산(본명 장지락)도 이들 중 한 사람이었다.

멀고 먼 길을 돌아 본향에 온 것 같은, 소풍을 떠나온 소년처럼 황 씨는 매사가 즐거웠다. '선생님 안녕하세요?' 이 한마디만 들어도 눈시울이 붉어졌다. 한 가지 숙제도 놓여 있었다. 어디서부터 손을 써야 할지 모를 정도로 학교 재정이 엉망이었다.

'학교 운영은 자체적으로 해결하라'는 당국의 지침에 따라 황 씨는 얼마 전부터 그 일에만 매달렸다. 그날도 학교에 늦게까지 남아 밤하늘 별들과 함께 귀가하는 길이었다. 삼원포역 페인트 가게 앞을 지나다 말고 황 씨는 걸음을 멈춰 세웠다.

"그때 번쩍, 섬광처럼 떠오른 것이 있었네. 가게 앞을 지날 때 내 코끝을 강하게 자극한 화공약품이었네. 그걸 구입해 분필을 두어 시간 담갔다 말린 다음 옷에 칠했더니 글쎄, 거짓말처럼 이가 사라지지 않겠나."

몇 차례 더 실험 끝에 황 씨는 속으로 쾌재를 불렀다. 그가 개발한 이 약은 학교의 재정난은 물론이고 삼원포 일원을 떠들썩하게 만들었다. 이미 겨울철로 접어든 만주는 집집마다 이와의 전쟁이 한창이었던 것이다.

"전교생이 몽땅 달라붙어 이약을 만들어냈으니 그거야말로 일대 혁명이 아니고 무엇인가. 이약을 사려고 학교로 직접 찾아온 주민만도 하루 백 명이 넘었단 말이지. 삼원포 장날의 경우는 학교가 마치 운동회를 하는 것 같았네."

이약을 팔아 생긴 수익금으로 황 씨는 먼저 학생 전원(당시 학생 수는 160여 명)에게 두툼한 겨울옷부터 한 벌씩 사 입혔다. 이 점은 황 씨가 그동안 교사로 근무하면서 늘 마음이 쓰였던 부분이기도 했다.

"만주가 보통 추운 곳인가. 혹한기에는 축사에서 기르는 소가 얼어 죽을 정도로 매섭단 말이지. 그런데도 학생들 중 누구 하나 제대로 옷을 갖춰 입은 사람이 없었으니……."

그리고 며칠 더 지나서였다. 흐뭇한 분위기 속에서 황 씨는 사물을 구입해 풍물반을 꾸렸다. 만주 땅에 뿌리를 내린 조선족 학교들이 반드시 지켜내야 할 두 가지 사명이 있다면 그것은 모국어와 전통문화로, 이번 기회에 그 점을 꼭 상기시켜주고 싶었다.

"식민지 때만 해도 항일독립군들이 말을 타고 내달렸던 만주 벌판이 아닌가. 바로 그 터전 위에 우리의 가락이 울려 퍼지는, 당시 교장을 맡았던 나는 그런 학교를 만들어보고 싶었네."

동명소학교에서 즐거운 한때를 보낸 황 씨는 3년 뒤, 유하8중학교로 발령을 받았다. 무엇보다도 이번 발령은 십 년 묵은 체증이 한꺼번에 내려가는 것 같았다.

"하방 조치를 당한 지 근 20년 만에 우파 분자 딱지를 뗐으니 그 후련함이야 이루 말할 수 없지. 정치에 대한 관심이 없었을 뿐, 공산당과 사회주의를 극구 반대한 사람은 아니었잖은가."

유하8중학교 교장으로 발령을 받은 황 씨는 장춘에서 잠깐 근무한 적 있는 경험을 되살려 학교에 철공장을 꾸렸다. 교육국에 뭔가를 보여줘야 한다는 점이 부담스럽기도 했지만 그렇다고 일부러 피할 생각도 없었다. 재정이 어려운 학교를 일으켜 세우는 일도 교장이 감당해야 할 하나의 몫이었던 것이다.

그렇지만 한 가지 목에 걸리는 부분도 있었다. 한족 학교를 전전하는 시간이 길어지다보니 조선족 학생들의 미래가 여간 걱정되는 게 아니었다.

"대약진운동 전까지만 해도 조선족 학생들의 전망이 매우 밝았었네. 적잖은 학생들이 소련으로 유학을 떠날 정도였으니까. 그러던 것이 대약진과 문화혁명을 계기로 그 기회마저 박탈당하고 말았으니 왜 화가 나지 않겠나. 당시 중국의 교육 정책이 한족 위주로 돌아갔단 말이지. 90퍼센트 이상을 차지하는 한족 학생과 0.16퍼센트에도 못 미치는 조선족 학생을 한 울타리 속에 집어 넣고 순위를 매겨댔으니, 무슨 수로 그들을 이겨낼 것인가."

그렇다고 무슨 뾰족한 수가 있는 것도 아니었다. 아니, 그보다 더 큰 걱정은 조선족 부모들이었다. 대중집회와 인민재판을 통해 일부 지식인들의 탄압을—그것도 20년째—지켜본 조선족 부모들은 이구동성으로 혀를 차곤 했다. 죽어라 공부시켜놨더니 저 모양 저 꼴이라며. 이처럼 모택동 정부의 거듭된 지식인 탄압은 자녀들 교육에 누구보다 열성적이고 헌신적이었던 조선족 부모들의 사기를 꺾어 놓기에 충분했다.

"1958년도였네. 그때 교과서가 대대적으로 바뀌면서 조선족 학생들도 조선 역사 대신 중국의 역사와 지리를 배우기 시작했는데, 그러니 이 얼마나 애통하고 불행한 일인가. 겉은 조선족 학교일지 몰라도 그 안에서는 한족 문화와 중국의 역사를 배우고 있었단 말일세."

황 씨가 자리에서 일어나더니 장롱 서랍에서 제법 두툼한 책을 꺼내왔다. 덩달아 그의 표정도 조금 전보다 더 힘차고 단호해 보였다.

"조선족한테 족보는 자신을 증명할 마지막 자긍심이랄까. 마르지 않는 강물처럼 이 족보 속에 선대들의 뒤를 이어 내 피가 흐르고 있단 말이지. 인간의 피라는 것이 원래 죽은 자와 산 자를 연결해주는 역사의 근본이 아닌가."

애지중지 간직했다는 족보를 펼쳐 놓고 한참을 설명한 뒤였다. 한 번 더 자리에서 일어난 황 씨는 아파트 거실 벽에 붙여둔 가족사진을 손으로 가리켰다.

"세월이 이마만큼 지났는데도 자식들 어렸을 때 사진을 보면 마음이 참 그래. 큰애와 둘째는 조선족 학교를 다녀 일간 마음이 놓였지만, 셋째와 넷째한테는 지금도 큰 죄를 지은 것 같단 말이지. 교육자라는 아비가 우파로 몰려 십 년 넘게 투쟁만 받고 있었으니 무언들 제대로 해줄 수 있었겠나."

두 번 다시 떠올리고 싶지 않은 지난 기억 때문이었을까. 마치 무언가를 짓이기듯 재떨이에 담배를 후벼 끈 황 씨가 자신의 머리카락을 쓰다듬어 올리더니 다시 말문을 열었다.

"손자와 손녀 합해 모두 다섯인데, 그중 셋이 조선말을 할 줄 모르니 이 또한 부끄러운 일이 아니고 무엇인가. 그리고 오늘 자네한테 처음 털어놓네만, 솔직히 이 셋한테는 정이 덜 가는 것도 사실이네. 나부터도 중국어는 하기 싫단 말이지."

내외가 정부로부터 교원연금을 받고 있어 경제적으로 큰 어려움은 없다고 했던가. 대신 황 씨는 사는 꼴은 하급에 속한다며 말문의 여지를 남겼다.

"낫 놓고 기역 자도 모르는 할아버지께서 이런 말씀을 하셨지. 호주머니에 든 것은 누군가에게 쉽게 빼앗길 수 있어도 머릿속에 든 것은 절대 빼앗기지 않는다고. 앞으로 나한테 얼마간의 시간이 더 주어질지는 모르겠으나, 나는 조부님의 그 교훈을 손자 손녀들에게 투자해볼 생각이네."

이 말을 끝으로 황해수 씨가 거주하는 아파트에서 나오는 길이었다. 얼추 시간도 그렇고 머릿속 생각들도 그렇고, 7교시 수업을 마치고 교문을 나서는 기분이었다. 그런가 하면 황 씨는 도산 안창호와 닮은 구석이

"식민지 때만 해도 항일독립군들이 말을 타고
내달렸던 만주 벌판이 아닌가.
바로 그 터전 위에 우리의 가락이 울려 퍼지는,
당시 교장을 맡았던 나는 그런 학교를
만들어보고 싶었네."

많았다. 오래전 도산도 이런 말을 남겼던 것이다. 너도 사랑을 공부하고 나도 사랑을 공부할 때라야 우리는 진정한 동포가 될 수 있다고.

그립다 내 고향 집

량수에서 바라본 왕재산

"아바지 상세나고
뉘기래 밥을 줘야지 말임둥.
기래 군대 가므
세 끼 밥은
배불리 먹을 수 있겠다 싶어
내절로 자원을 한 거였꼬마.
살림이 곤란한 집일수록
기회가 주어지므
국가에 몸을 기대야 한단 말임둥."

여성의 몸으로
팔로군이 된
김금록 씨

특별히 내세울 만한 것이 없다며 부엌으로 들어간 김금록 씨가 방으로 다시 들어온 건 십여 분쯤 지나서였다. 왜소한 체구에서 뿜어져 나오는 그의 강단진 목소리는 마른침을 꿀꺽 삼키게 만들었다.

"농토 괜찮지비, 인심 좋지비, 거기다 바다까지 뒤설랑 물고기들 넘쳐나지……. 기런 고향을 바삐 떠나온 건 왜놈들 탓이었꼬마. 왜놈들이 쳐들어와설랑 선량한 백성들의 땅을 빼앗고, 토지세에 공출까지 받아갔단 말입지."

1940년 늦가을, 김 씨의 나이 여덟 살 때였다. 이웃들의 눈을 피해 밤봇짐을 꾸린 그의 가족은 소리 소문 없이 함경북도 명천군 삼포를 떠났다. 턱밑까지 밀고 들어온 일제의 수탈과 탄압을 더는 견딜 수가 없었다.

"말하는 것도 행동하는 것도 자기절로 할 수 없으니 그거이 지옥이 아니고 뭐겠슴둥. 인사라도 나누고 떠나자 해도 왜놈들이 이웃들 간에 서로 감시를 붙여놔서리 그럴 형편도 못 되었단 말입지."

6촌 당숙이 일러준 대로 한반도 최북단에 위치한 온성 국경은 대체로 경계가 느슨해 보였다. 온성에서 량수(중국 길림성)로 연결된 다리 주변만 무장한 일본군이 지키고 있을 뿐, 나머지는 인적이 뜸했다. 두만강 강폭 또한 넓지 않아 가족 모두가 수중걸음으로 건널 수 있었다.

"변경 도시인 훈춘이나 도문처럼 인간들이 법석대지 않아 좋긴 했지만두, 곤란함으로 치자므 량수는 바닥 중에 바닥이었꼬마. 수전(水田)이 별로 많지 않아서리 묵은 데 파서 옥시기 심고 조 심어 근근이 입에 풀칠하고 살았단 말입지. 더 험한 집은 매구락지(개구리)를 잡아서 연명하기도 했었꼬마."

"어떻게, 집은 바로 구하셨나요?"

"우리 가족이야 시름겹지 뭐. 집단으로 이주한 사람들은 구들로 불 들어가는 집을 한 채씩 다 가지고 있었지만, 쫓기듯 고향을 떠나온 우리 가족은 몸 누일 곳조차 없었단 말임다."

임시 거처로 아버지가 이틀 만에 코야(방을 파서 지은 움막집)를 완성한 날이었다. 흐뭇해하는 식구들의 반응과는 별도로 김 씨는 건넛집 굴뚝에서 피어오르는 저녁연기에 눈을 떼지 못했다. 방구들로 불 들어가는 집을 보고 있으면 고향 집이 못내 그리웠다.

량수 조선소학교에 입학한 날 김 씨는 때아닌 널뛰기 구경을 하는 것 같았다. 일제가 설립한 학교를 두고 어른들이 쳇, 헛바닥놀음을 하고 있었다. 먼저 한 학부형이 이제 믿을 곳은 일본밖에 없다며 자녀의 입학식에 상당히 고무된 표정을 지어 보이자, 옆에 있던 학부형이 아직 그런 말을 하기에는 시기상조라며 멍군으로 받아쳤다.

한데 무슨 일일까? 입학한 지 보름도 안 되어 옥심이가 보이지 않았다. 옥심이와 단짝인 해숙이를 통해 한족 집으로 팔려 갔다는 소식을 전해들은 김 씨는 소스라치게 놀랐다. 다음은 누구 차례일까? 그다음은 또……? 마치 무슨 이명처럼 수업 시간 내내 이 소리가 귓전에서 떠나질 않았다.

"남자들은 일없지만두, 나처럼 여자로 태어나므 신경이 배로 쓰일 수밖에 없었꼬마. 사는 게 바쁜 나머지 부모들이 주로 여자애를 팔아넘긴단 말입지. 기렇지만 량수는 그보다 더 센 바람이 인차 또 불어왔었꼬마. 보국대 바람이 불어닥치믄서리 량수에서만도 잠자다 붙들려간 사람들이 한둘 아이었단 말임둥."

일제에 의한 국민근로보국령이 발효된 것은 1941년도였다. 이후 태평양전쟁을 전후해 일제는 강제연행한 조선인들을 도로와 철도, 비행장 건설에 투입시켰는데, 자그마치 그 수가 700만에 달했다.

량수에서 근로보국대로 끌려간 조선인 수는 40여 명. 삼사오오 모이기만 하면 주민들은 일제를 짓부수기에 바빴다. 그도 그럴 것이 일제는 불과 며칠 전만 해도 량수 전체 인구(1만 명) 중 70퍼센트를 차지하는 조선인만 마을회관으로 따로 불러내, 중국이든 조선이든 소련이든 공산당 회유에 절대 넘어가선 안 된다며 집중단속을 하였을 뿐, 정작 근로보국대와 관련해서는 일언반구도 없었던 것이다. 요컨대 일제는 조선인들 등에 눈 가리고 아웅 하는 식의 비수를 꽂은 셈이었다.

[그립다 내 고향 집]

한여름에 찾아온 오한처럼 덜덜 치가 떨리는 건 오족협화, 대동협회 등 친일단체들도 오십보백보였다. 태평양전쟁을 시발점으로 량수에도 친일단체들이 눈에 띄게 많아졌는데, 그들의 기세가 둘째가라면 서러울 정도로 보통이 아니었다.

"일본 경찰보다 조선 협회 것들이 더 악질이었꼬마. 사는 형편 뻔히 알 믄서도 길쎄, 애국에 동참하라며 시시때때 손을 벌리지 않겠슴둥. 기래 내놓지 않으믄 천황폐하 모독죄로 가둔다며 겁박을 하고."

심지어 그들은 20년 전에 일어난 봉오동 전투[1]와 청산리 전투[2]까지 들먹여가며 주민들을 못살게 굴었다. 량수가 두 곳으로부터 멀지 않은 거리에 위치한 탓이었다. 그걸 빌미로 친일파들은 심심하면 항일독립군 의 끄나풀을 색출해낸다며 야단법석을 떨었다.

학교 수업을 마치고 귀가하는 길이었다. 순간 김 씨는 일이 났어도 단단히 났다는 걸 한눈에 직감할 수 있었다. 언니가 집 앞에서 하늘이 떠나갈 듯 엉엉 울고 있었다.

가마니에 덮인 아버지의 시신이 집에 도착한 건 그로부터 한 시간여쯤

---

1) **봉오동 전투** : 1920년 6월 일제는 대한독립군, 국민회의 국민군, 군무도독부가 연합한 대한군북로독군부의 주 둔지인 봉오동으로 1개 대대 병력을 이끌고 공격해왔다. 이는 전날 있었던 삼둔자 전투에서 독립군 소부대가 일제 헌병순찰 소대를 격파하고 귀환했는데, 이에 일본군이 두만강을 건너 독립군을 추격했던 것이다. 대한군 북로독군부 사령부장 홍범도와 부부장 최진동 등은 봉오골의 주민들을 대피시키고 매복해 있다 진입해 들어오 는 일본군을 기습 공격했다. 일본군은 이 전투에서 600여 명의 사상자를 내는 큰 피해를 입었다. 봉오동 전투 는 독립군이 최초로 거둔 대승이었다.

2) **청산리 전투** : 봉오동 전투에서 대패한 일본군은 '훈춘 사건'을 구실로 대규모 군대를 파견하는 이른바 '간도 출병'을 감행한다. 일본군은 마적단의 훈춘 습격을 조작하여 마적단 토벌과 자국민 보호를 빌미로 독립군이 모여 있던 삼도구 지역으로 2만여 명의 정규군을 난입시켰다. 이 지역의 주력부대는 김좌진이 이끄는 북로군 정서였다. 홍범도의 대한독립군을 비롯한 6개 독립군 부대는 북로군정서와 함께 10월 21일부터 26일까지 삼 도구 청산리에 공격해오는 일본군에 맞서 싸웠다. 10여 차례에 걸친 크고 작은 전투에서 일본군 1200여 명 을 전사시키는 대승을 거뒀다. '간도 참변'이라 부르는 이 시기, 3~4개월 동안 일제는 수많은 조선인을 무자 비하게 학살했다.

지나서였다.

"그 당시 아바지는 밀강 세지골이라는 데서 한족 지주네 한전루田을 지키고 있었꼬마. 농사철만 되므 산짐승들이 농사를 망쳐놔설랑 한족들이 조선인을 품팔이로 썼지 뭡네까."

하지만 누구도 선뜻 김 씨 부친의 죽음에 대해 명확히 짚어주는 사람이 없었다. 심증은 가지만 물증이 없는, 더구나 김 씨 부친의 경우는 사망 시기마저 썩 좋지 않았다. 해방을 코앞에 둔 시점에 일이 발생해 그만 흐지부지되고 만 것이다.

"억울하고 원통해도 어쩌겠슴까? 내 나라 아니지, 내 땅 아니지. 왜놈들 시절에는 우리 아바지처럼 비명에 간 사람들 쌨었꼬마."

1945년 8월 8일, 량수에는 참으로 진기한 일이 벌어졌다. 일본군이 주둔해 있는 상태에서 무장한 소련군이 나타나자 량수는 전야를 방불케 하는 팽팽한 긴장이 감돌았다. 급기야 일이 터진 건 당일 저녁이었다. 군수물자를 몰래 빼돌리던 일본군 2명과 조선인 1명이 소련군 총에 사살되자 그만 발칵 뒤집힌 것이다.

"마우재(소련인)가 들어오고부터 마을이 벌집을 쑤셔놓은 것처럼 이상해진 건 맞습꼬마. 상공에 마우재들 비행기가 막 날아다니지, 비행기가 날아간 뒤에는 마을이 온통 삐라 천지라. 기래 정신이 하나도 없었꼬마."

"혹시 삐라 내용을 기억하십니까?"

"기거야 뭐, 공산주의 선전이지. 공산주의 사상에서 그 우두머리는 소련이고, 기래 중국은 응당 소련의 뒤를 따라야 한다는."

해방을 며칠 앞두고 소련군이 량수에 모습을 드러낸 건 가까운 거리 때문이었다. 량수에서 러시아 핫산까지는 약 120km로, 1945년 7월 26

일 미국·영국·중국의 각 대표들이 독일에 모여 선언한 포츠담 선언의 결과이기도 했다. 그 선언과 함께 일본은 백기를 든 것이다.

8·15 해방을 사흘 앞둔 저녁 무렵이었다. 량수다리 쪽에서 쾅! 쾅! 고막이 터질 듯한 굉음과 함께 불꽃이 치솟아 올랐다. 무슨 일인가 싶어 그곳으로 달려간 김 씨는 아연실색하고 말았다.

"길쎄, 량수에서 온성으로 연결된 다리 한복판이 뚝 부러져 강물에 처박혀 있지 않겠슴둥. 왜놈들이 기렇꼬마. 미리 패주한 것도 귀신같지만, 다른 사람들이 뒤쫓아 오지 못하도록 다리를 폭파시킨 건 더 나쁘단 말입네다."

일제의 항복으로 찾아온 36년 만의 광복. 그러나 귀국길에 오른 조선인은 절반에도 못 미쳤다. 량수만 하더라도 팔 할 이상이 그대로 눌러앉은 채였다.

"우리 집처럼 만주로 나올 적에 인차 고향을 정리한 사람들은 가고 싶어도 못 가지비. 기렇지만 다른 집들은 자기절로 아이 가지비. 떠나온 고향보다 량수가 더 살기 좋은데 뉘가 가겠슴둥. 함경도는 산이 많아서 리 농사짓고 사는 게 바쁘단(어렵단) 말임다."

그렇지만 한 차례 치를 떤 적도 있었다. 소든 돼지든 닭이든, 눈에 보이는 족족 방아쇠부터 당기는 소련군의 횡포는 량수를 초긴장 상태로 몰아넣었다.

"왜놈들만 물러가므 만세를 부를 줄 알았더니 길쎄 마우재들은 사람도 아이라. 따발총으로 가축을 쏴대는 것도 모자라서 여자들을 밖으로 끌고 나가지 않겠슴둥. 기래 마우재 놈들 손에 끌려가지 않으려고 버티므 주민들이 보는 앞에서 무릎을 꿇린 채 총구로 속옷까지 벗겨내고…… 태어나 기렇게 흉측한 꼴은 처음 봤꼬마."

해방 직후 소련군이 머물다 떠난 4개월의 흔적은 그처럼 량수 주민들에게 씻을 수 없는 상처를 남겼다. 소련군에게 겁탈당해 스스로 목숨을 끊은 여자만 넷이나 되었고, 실성한 여자도 있었다.

소학교 시절 가운데 가장 인상 깊게 남아 있는 추억에 대해 물었을 때다. 기다렸다는 듯이 김 씨는 아동절(6월 1일)을 첫손에 꼽았다.

"해마다 아동절 아침이므 단상으로 상을 받으러 나갈 때처럼 가슴이 설레지 뭐. 그날 하루 소학교 운동장에서 마을 전체 운동회가 열린단 말입지."

육상, 씨름, 줄다리기 등 6월 운동회는 그동안 쌓인 시름을 일거에 날려버릴 좋은 기회였다. 특히 이번 운동회는 준비하는 과정에서부터 모두의 가슴을 설레게 만들었다. 광복 기념으로 돼지를 무려 열 마리나 잡았는가 하면, 예년에 비해 상품도 넘쳐날 정도였다. 어른들 틈에 끼어 김 씨가 눈여겨본 종목은 다름 아닌 씨름이었다. 이번 대회에서 우승한 학생은 며칠 뒤 온성으로 건너가 그곳 장사와 최종 한판을 겨루게 되는데, 지난해에 김 씨도 응원차 따라가 그 진풍경을 본 적이 있었다.

"신나고말고. 내 고향 명천은 멀어서 갈 수 없지만 온성 땅만 밟아도 옛 추억들이 그립단 말입지. 길고 그때는 소장수들 인심이 젤로 후했었꼬마. 씨름대회를 마치고 량수로 돌아오는 길이므 일행들 숫자가 열이든 스물이든 빠짐없이 용돈을 줬단 말임등. 그때만 해도 만주는 한족들이 소를 다루지 못해 조선에서 소를 들여와 농사를 지었었꼬마."

가정 형편상 소학교를 끝으로 집에서 가사를 돌볼 때였다. 마을회관 게시판에 나붙은 군인 모집 공고문을 발견한 김 씨는 한동안 눈을 떼지 못했다. 하지만 김 씨는 곧 실망하고 말았다. 공고문 하단에 입대 자격

"조선인이라는 신분 땜에 근심이 더 컸었꼬마.
내가 입대하기 전에 라자구에서 조선인 청년 일흔 몇 명이
토비들한테 몰살을 당했지 뭡네까.
기것도 토비들과 한통속으로 놀아난 같은 조선인한테 말입네다."

요건이 만 18세 이상으로 되어 있었다.

"그만 포기를 하자고 했으면서두 어째 영, 잠이 아이 오더란 말임다. 기래 남을 속이는 나쁜 짓은 이번 딱 한 번이다, 그리 마음을 정하고 열다섯을 열여덟 살로 고했더니 심사관이 길쎄, 나랑 박자를 같이해주지 않겠슴둥. 내 그날 어케나 고맙던지 심사관한테 인사를 다섯 번이나 했었슴꼬마."

"한 가지 궁금한 게 있습니다. 왜 하필 군인이 되려고 하셨습니까?"

"아바지 상세나고 뉘기래 밥을 줘야지 말임둥. 기래 군대 가므 세 끼 밥은 배불리 먹을 수 있겠다 싶어 내절로 자원을 한 거였꼬마. 살림이 곤란한 집일수록 기회가 주어지므 국가에 몸을 기대야 한단 말임둥."

1947년 팔로군[3]에 입대한 김 씨는 집결지인 왕청으로 향했다. 중국 공산당과 국민당 간의 치열한 내전 탓인지 왕청은 장전한 총을 손에 막 거머쥔 분위기였다.

"왕청에 주둔 중인 팔로군이 분망하긴 했었슴꼬마. 장개석이 이끄는 중앙군에 토비까지, 물리쳐야 할 적이 둘이나 되었단 말입지."

신병 훈련도 대부분 토비 소탕 작전에 맞춰졌다. 그 일환의 하나로 날쏘시개(탄알), 벼룩(군대), 개(경찰), 탕두(신발), 판산(밥), 표(인질), 닭발(손) 등 토비들이 주로 사용하는 은어를 학습할 때였다. 김 씨를 비롯해 백여

---

3) **팔로군** : 신사군(新四軍)과 함께 항일전쟁(1937~1945)의 최전선을 담당했던 팔로군의 정식 명칭은 '국민혁명군 제8로군'이며 국공합작 전까지는 홍군(紅軍)으로 불렸다. 1947년에 인민해방군으로 명칭을 바꾸었다. 항일전 기간 동안 총 5500여 차례의 전투를 치렀던 팔로군은 일본군의 거점 3500여 곳을 함락시키는 등 화려한 전공을 세웠다. 조선의용군도 팔로군, 신사군과 긴밀한 관계를 유지하며 반일 투쟁에 앞장섰다.

명의 신병들은 터져 나오는 웃음을 참느라 애를 먹었다. 세상에 이런 언어를 사용하는 사람들이 있다는 게 신기할 따름이었다.

왕청에서 4주간 소정의 군사 훈련을 마치고 라자구를 향해 떠나는 길이었다. 구릉지대처럼 펼쳐진 해발 420미터 노호산은 보기와 다르게 그 속내를 알 수 없었다. 벌써 반나절 가까이 행군을 하였는데도 천금령은 오리무중이었다. 그때 어디선가 탕탕, 반갑지 않은 두 발의 총성이 노호산의 적막을 갈라놓았다.

"동쪽에서 시작된 총질이 2분 상간으로 서쪽에서, 그 다음번엔 북쪽에서 탕탕댔으이 정신없지 뭐. 꼭 도깨비 구신한테 홀린 것 같았단 말입지."

다름 아닌 그것은 수적 열세에 놓인 토비들의 교란작전이었다. 하지만 그날 토비들의 작전은 성공을 거두지 못했다. 팔로군 진영에서 아무런 반응을 보이지 않자 토비들도 더 이상 총을 쏘지 않았다.

신병 훈련 과정에서 귀에 딱지가 앉도록 들었던, 실제로 왕청과 라자구 일대에서 활동 중인 허이펑 마적단은 신출귀몰 그 이상이었다. 마적단들은 팔로군의 소탕 작전을 비웃기라도 하듯 사흘만 지나면 바람처럼 나타나 역공으로 되받아쳤다. 그런 어느 날이었다. 마적단에 붙잡혔다 돌아온 두 대원의 신원을 확인한 김 씨는 자신의 입부터 틀어막았다.

"한 대원은 얼굴 가죽이 몽땅 벗겨진 채, 또 다른 대원은 사지가 너덜너덜 죄 꺾인 채 돌아왔으니 어째 무섭지 않겠슴꽈. 잠자리에서 나타날까봐 내 사지가 다 후들거리더란 말임다."

그렇다고 당장 보복을 하러 나갈 형편도 못 되었다. 연변 지역에서 가장 북쪽에 위치한 라자구는 중국과 러시아로 통하는 교차로이자 군사적 요충지로, 공산당과 국민당 어느 쪽도 신중을 기하지 않을 수 없었다. 섣불리 자신들의 해방구라고 주장했다간 소련군으로부터 철퇴를 맞을 수도 있었다.

"기것보다도 내는, 조선인이라는 신분 땜에 근심이 더 컸었꼬마. 내가 입대하기 전에 라자구에서 조선인 청년 일흔 몇 명이 토비들한테 몰살을 당했지 뭡네까. 기것도 토비들과 한통속으로 놀아난 같은 조선인한테 말입네다."

1946년 청명 무렵이었다. 연이어 계속되는 토비의 출현으로 라자구 주민들은 마을 뒷산으로 몸을 피했다. 한 가지 수상한 점은 토비들에게 피해를 당한 청년들의 신분이 공교롭게도 조선인이라는 사실이었다. 그 의문의 실체가 밝혀진 건 74명의 청년들이 강가로 끌려가 한날한시에 총살을 당한 뒤였다. 여러 말들이 오갔지만 산으로 피신 중인 주민들은 당시 라자구 촌장의 말에 귀를 기울였다. 그러니까 국민당은 조선인 출신 토비를 이용해 조선인 청년들을 살해함으로써, 공산당 소속인 조선의용군에 대한 앙갚음을 동시에 자행한 터였다.

"기런 소식을 듣고도 무섭지 아이하다므 기거야말로 거짓뿌렁이지 뭐. 토비 쪽에서 마음만 세게 묵으므 조선인 출신들은 솔개 앞에 병아리 신세란 말입지."

하루 세 끼 밥과 칫솔·치약이 주어졌던 군에서 제대해 량수로 돌아온 뒤였다. 벌써 며칠째 김 씨는 한숨만 내쉴 뿐이었다. 그사이 세 해가 다 지나도록 량수는 이렇다 하게 달라진 게 없었다. 시렁에 걸린 조밥 궤짝처럼 살림살이의 밑굽이 훤히 들여다보였다.

자리를 박차고 일어난 김 씨는 기간민병대基幹民兵隊를 찾아갔다. 여기서 이대로 군복을 벗는다면 농사일 말고는 마땅히 할 게 없었다. 차라리 그럴 바엔 얼굴에 구르모 정도 바를 만한 보수를 받더라도 군과 관련한 일을 하고 싶었다.

"기간민병대 후방공작 책임(훈련조교)을 맡았다이까네 어마이가 젤로 좋아하지 뭡네까. 총 가지고 집에 들어가므 어마이가 만져보고 또 만져보고……. 아바지 일쩍 상세나고 우리 어마이, 고생 수태 했었꼬마. 꼬리빵즈4)로 살아도 가정에 나그네(남자)가 있어야 든든한 법인데 어케 우리 집은 여자만 셋이었단 말임둥. 내 지금도 잊지 않고 사는 건 한족보다 조선인들이 더 못되게 굴었다는 거임네다. 한족 나그네들은 우리 어마이를 진심으로 불쌍히 여기는데, 이놈의 조선 나그네들은 능구렁이처럼 의뭉수를 쓴단 말입지."

하지만 그들의 못된 행티도 최근 들어 사라질 기미가 보였다. 어깨총 자세로 기간민병대를 오갈 때면 량수의 주민들은 어제와 전혀 다른 시선으로 김 씨를 대하곤 했다. 물론 김 씨도 그들의 변화된 시선과 제스처가 싫지는 않았다. 최근 들어 그는 한 자루 총의 위력을 누구보다 절실히 실감하던 참이었다.

중화인민공화국 창립 이후 국방 쪽에도 변화의 바람이 불고 있었다. 며칠 전 민병대를 관할하는 인민무장부人民武裝部를 통해 량수의 기간민

---

4) 꼬리빵즈 : 일제강점기에 일본인들이 조선인들을 '조센징'이라고 비하했던 것처럼 한족들은 조선족들을 '꼬리빵즈'라고 불렀다. '꼬리(高麗)'는 조선족을 뜻하지만 '빵즈'에 대한 해석은 분분하다. 대체로 '방망이' 혹은 '막대기'로 해석하는 게 일반적이다. 2002년 7월에 결성된 조선족 가수 '2mc'의 노래 〈MADE IN CHINA〉에서 꼬리빵즈의 애환을 느낄 수 있다.
"우리 할아버지께서 우리 아버지 손목 잡고/ 두만강 건너실 때 겨울이었어/ 손이 시리고 발이 시렸어/ 쌩쌩 차가운 칼바람 속에 강가의/ 어둠 속에 얼어붙은 나룻배/ 하얀 눈 위로 가지런히 찍혀지는/ 크고 작은 발자국/ 무서운 어둠을 가로질렀어/ 한숨짓고 뒤를 돌아보며 눈물을 흘리셨어/ 그리고 힘내어 걸으셨어/ 하지만 남겨둔 게 너무 많으셨어/ 그리고 꼬리빵즈 되셨어/ 만주 땅에 꼬리빵즈 되셨어/ 세월이 흘러갔어 왔어 내가 왔어/ 뭐가 원지 모르겠지만/ 교포? 동포? 나는 차이나 메이드 인 차이나"

병대가 곧 해체될 것이라는 소식을 접한 김 씨는 그만 힘이 쭉 빠져버렸다. 현역 생활을 포함해 6년간 입었던 군복을 벗는다고 생각하니 삶 전체가 무너지는 것 같았다.

"그동안 내 행색을 드높여준 군복을 인차 벗게 됐으이 그 서운함을 어케 말로 설명할 수 있겠슴꽈. 적과 싸우지 않더라도 군복을 입고 있으므 자기절로 정신이 무장되고, 자기 행실에 위상이 생겨난단 말입지."

3년 전, 기간민병대로 첫 출근을 한 날이었다. 겉으로 표현을 하지 않았을 뿐 김 씨는 소녀처럼 가슴이 뛰었다.

"남성 간부 여섯에 여성은 나 혼자뿐이었으니 걱정할 게 무스그 있겠슴까. 내 쪽에서 보자므 남성 동무 셋도 짐이더란 말임다."

기간민병대가 해체되자 김 씨는 그 여섯 중에서 말수가 제일 적은 남자와 백년가약을 맺었다. 그간의 군 생활을 통해 느낀 거지만 과묵한 성격의 남자일수록 책임감이 더 강해 보였다. 그러나 김 씨의 선택은 결혼 반년 만에 위기가 찾아왔다.

"항미원조5)를 나가야 한다는데 어쩌겠슴꽈. 좋든 싫든 군인은 국가가 부르면 지체 없이 따르는 게 기중 첫 번째 사명이란 말입네다."

농사가 주업인 친정과 달리 시댁은 가족 모두가 공장 노동자로 일하

---

5) **항미원조(抗美援朝)** : 1950년 6월 25일부터 1953년 7월 27일까지 약 3년간 한반도에서 발생한 전쟁을 부르는 명칭에는 여러 가지가 있다. 이는 전쟁 발발 원인 등에 대한 시각의 차이 때문이다. 한국에서는 발생 날짜에 따라 보통 '6·25전쟁'이라 부르고, 미국 등의 나라에서는 열강들이 한반도에서 벌인 전쟁이라는 지역적 의미를 부각해 '한국전쟁(Korean War)'이라는 이름으로, 북에서는 미국 등 자본주의 세력으로부터 조국을 해방시킨다는 의미로 '조국인민해방전쟁'이라고 불린다. 중국에서는 1950년 6월 25일부터 1950년 10월 25일까지를 '조선전쟁', 중공군이 개입한 10월 25일부터 1953년 7월 27일 정전협정까지를 미국에 대항해 조선을 도운 전쟁이라는 의미로 '항미원조전쟁'이라 부른다.

고 있었다. 집에서 그냥 쉬라는 시어머니의 만류가 있었지만 김 씨는 곧이곧대로 받아들이진 않았다. 은연중 그 속에는 맏며느리의 임신 여부를 묻는 가시가 숨어 있었다.

"기것도 기렇지만, 내가 본래 가만있는 걸 별로 좋아하지 않꼬마. 부지런히 움직여야 사람도 생기도 밥도 생기지 않았소."

옹기를 생산하는 공장(정확한 명칭은 '조선민족도자기공장')에 입사해 첫 월급을 탄 날이었다. 군에서 쌓은 업적(군 가산점)에 따라 이보다 더 큰 혜택이 주어질 수도 있다는 시어머니의 말에 김 씨는 내심 기대가 되었다. 공짜라면 또 모를까 그만한 대가를 받는 일이어서 자부심마저 생겼다. 하지만 김 씨의 예상은 꿈에서 막 깼을 때처럼 보기 좋게 빗나가고 말았다. 공장 생산대生産隊를 찾아간 그는 자신의 귀부터 틀어막아야 할 지경이었다.

"길쎄 생산대 간부라는 작자가 앉으라는 말도 없이 인차 호통부터 치지 않겠슴까. 그따위 업적, 그따위 문화(학력)를 가지고서리 무스그 혜택을 바라느냐고 말입네다."

생산대 간부의 조소는 그것으로 끝이 아니었다. 김 씨의 학력을 빌미로 그는 재만 조선인 전체를 싸잡아 비난했다.

"처음엔 좀 화가 나기도 했지만, 기렇다고 한족 간부의 호통을 나쁜 쪽으로만 듣지는 않았꼬마. (해방 전) 왜놈들 잔꾀에 놀아난 나머지 일본은 1등, 조선은 2등, 중국은 3등 국민이라며 앙심을 품게 만들었으니 기실은 우리 탓도 있단 말임다."

김 씨의 말마따나 한족 입장에서 보면 조선족은 결코 좋은 동맹이 될 수 없었다. 8·15 광복 이후 절반(100만)에 가까운 수가 만주 땅에 그대로 눌러앉아버렸으니 어느 누가 그들을 달갑게 여길 것인가.

한국전쟁에 참전한 남편이 귀환한 날이었다. 남편의 입에서 잠시 휴가를 나왔다는 소리를 들었을 때만 해도 김 씨는 오랜만에 해후한 남편이 그동안의 어색함을 감춰보려 한 말인 줄 알았다. 그러나 남편의 말은 사실이었다. 며칠 뒤 김 씨의 남편은 전후 복구를 위해 북한으로 다시 들어가야 한다며 짐을 꾸리고 있었다.

"명색이 부부가 뭡네까. 옥시기밥으로 삼시 세끼를 채우더라도 함께 자리에 눕고 함께 행동해야 하는 거 아입네까? 내 항미원조 때는 그냥 보냈지만 이번엔 생각이 좀 달랐꼬마."

시간이 별로 없는 탓에 김 씨는 군에서 생활할 때처럼 속전속결로 일을 진행시켰다. 공장에 사직서부터 제출한 그는 이틀 후, 돌 지난 딸을 둘러업은 채 남편을 따라나섰다.

남편의 일은 생각보다 순조롭게 풀렸다. 도착 다음 날 흥남비료공장으로 출근하는 남편을 지켜보던 김 씨는 코끝이 찡했다. 내심 이날을 얼마나 손꼽아 기다려왔던가. 만주에서 보낸 지난 삶은 살아도 산 것이 아니었다. 집단 이주에 비하면 개별 이주는 해방 후에도 별로 나아진 게 없었다.

"내 언제고 기회만 닿으므 고향땅으로 돌아가 살고 싶었꼬마. 제아무리 잘살고 좋은 나라라도 내 고향만 하겠슴까."

그런데 이 무슨 낭패란 말인가! 남편의 첫 급여를 확인한 김 씨는 할 말을 잃고 말았다. 그 좋은 곳을 두고 왜 하필이면 이곳으로 왔느냐는, 이웃들의 진심 어린 충고를 비로소 알 것 같았다.

"기실 내 생각이 짧았꼬마. 한시라도 빨리 량수를 떠나고 싶은 마음에 고향 가차운 곳으로 왔더니 길쎄 군인 가족인데도 입으로 멀건 죽만 들어가지 뭡네까."

이제 어찌할 것인가? 반년을 더 기다린 끝에 김 씨는 마음을 돌렸다. 동양 최대 규모인 흥남비료공장의 사정이 이렇다면 서둘러 떠나는 게 좋았다. 그런데 이번에는 국경이 말썽을 부렸다. 장마로 불어난 수위 때문에 두만강을 건널 엄두가 나지 않았다.

"당시는 들어갈 때와 나올 때의 사정이 제각각 달랐꼬마. 량수에서 온성으로 들어가는 건 일없지만두, 온성에서 량수로 넘어오자므 북조선 당국의 도장이 박힌 통행증이 필수였단 말입지."

상황이 그렇다보니 김 씨의 가족으로서는 일이 꼬여도 단단히 꼬인 셈이었다. 휴전협정(1953년 7월 27일) 이후에도 북한에 소규모 병력의 중국 군이 주둔해 있는데다, 김 씨의 남편처럼 전후 복구 차원에서 북한에 재투입된 경우 직장을 임의대로 빠져나올 수도 없었다.

"기러니 어쩌겠슴둥. 목마른 사람이 먼저 샘 판다고 내 인차 비료공장 간부를 찾아가설랑 간청을 안 했습꽈. 아, 기런데 이놈의 작자가 내 뜻과 따로 놀지 뭡네까. 귀맛 좋게 대답은 척척 하믄서리 기실 제일 중요한 통행증 수속은 함흥차사더란 말임다."

남편의 몸도 퍽 좋은 편은 아니었다. 중국 내전 때 총상을 입은 부위가 재발하면서 흉통을 호소하는 횟수가 잦아졌다. 기회는 이때다 싶어 공장 간부를 다시 찾아간 김 씨는 남편의 총상 후유증을 내세워 어렵게 통행증을 받아낼 수 있었다.

"우리 가족이 빠져나온 뒤로 어드런 사단이 벌어졌는지 아십네까? 복구 건설을 다 마쳤는데도 북조선에서 사람들을 놓아주지 않아 또 한 번 생이별을 치렀지 뭡네까."

그건 김 씨의 말이 옳았다. 전후 복구 건설을 목적으로 북한에 투입된 조선족 중 중국으로 다시 귀환한 수는 10퍼센트에도 미치지 못했다.

가까스로 국경을 넘어 귀환한 김 씨의 남편은 그 길로 곧 하얼빈 군통합병원에 입원했다. 간병을 자처한 김 씨는 일분일초가 살얼음판을 걷는 심정이었다. 자신의 잘못된 판단으로 남편을 더욱 곤궁에 빠트린 것 같아 입이 열 개라도 할 말이 없었다.

　"약담배(마약주사)까지 썼는데도 그때뿐이라. 인차 정신이 돌아와설랑 보므 스르르 다시 눈을 감아버리고……. 허망합지 뭐. 입원한 지 한 달도 아이 돼 영영 눈을 감더란 말입지."

　결혼한 지 햇수로 다섯 해 만이었다. 남편의 유해를 가슴에 안고 량수로 돌아온 김 씨는 옹기공장에 재입사했다. 자신의 호구가 공장 노동자로 분류돼 있어 지금으로서는 선택의 여지가 없었다.

　김 씨의 재혼 이야기가 흘러나온 건 직장 동료인 아낙들의 입을 타고서였다. 자리에 모였다 하면 그들은 같은 과부라도 이십 대가 다르고 삼십 대가 다르다며, 김 씨의 잔잔한 호수를 들쑤셔놓았다.

　아낙들이 소개해준 남자는 같은 공장의 기술자였다. 그렇지만 당사자인 김 씨의 입장에서 보면 선불리 입을 열 처지가 못 되었다. 만에 하나 남들 입방아에 오르내리기라도 하는 날엔 두 사람 모두 좋을 게 없었던 것이다. 더구나 상대는 아직 미혼이 아닌가.

　"새 신랑에 헌 각시니 좋을 거야 없지비. 기렇지만 주위에 훼방꾼은 없었꼬마. 나그네가 일쩍 조실부모해서리 눈치 볼 일은 없었단 말입지."

　아낙들이 흔히 하는 농담처럼 남녀의 하룻밤은 정말이지 알다가도 모를 일이었다. 첫날밤을 무사히 치르고 나자 강은 더 깊어져 있었다. 그보다도 김 씨가 더욱 놀란 건 남편의 월급봉투였다. 두 사람의 월급을 합산하자 150위안이 넘었다.

량수와 온성 사이를 흐르는 두만강

"고향을 돈으로 살 수 있겠습까,
황금과 바꿀 수 있겠슴까. 량수에서만 칠십 평생을 살았지만두,
내 나이 여덟 살 때 떠나온 명천 집이 그립단 말임다."

"교원들 신봉(첫 월급)이 20(위안) 좌우할 때였으니 150이므 얼매나 큰돈이야. 길고 그때는 자전차와 라지오 중에서 하나만 가졌어도 부잣집 소리를 들었는데, 그 둘을 몽땅 다 가졌으이 부러울 게 뭐야. 우리 집 나그네는 손목시계까지 차고 다녔단 말입지."

행복이란 이런 걸까? 재혼 두 달 만에 입덧을 시작한 김 씨는 하루하루가 꿈결만 같았다. 그리고 얼마 뒤에 떡두꺼비 같은 아들을 출산했을 적엔 새삼 길주댁의 말이 귀에 쏙 들어왔다. 김 씨의 재혼에 일등공신 역할을 한 길주댁이 한날 이런 얘기를 들려준 것이다. 여자 팔자는 그저 남자 손에 달려 있다는.

"기렇지만 속담에 이런 말도 있지비. 넘칠 때 조심하고, 넘쳐나는 물에 눈물이 고여 있다는."

어느 가을날 밤이었다. 식은땀을 흘리며 고통을 호소하는 남편을 부축해 병원을 찾은 김 씨는 사는 게 무슨 장난처럼 느껴졌다. 첫 남편에 이어 재혼한 남편도 같은 증세를 보였던 것이다.

"나그네 둘을 총상으로 잃고 말았으니 기거이 하늘의 장난이 아이고 뭐겠슴둥. 인명은 재천이라도 어린 자식 넷을 바라보자므 하늘이 원망스럽더란 말임다."

같은 공장에 입사만 벌써 세 번째. 김 씨는 무엇보다 직장 동료들의 따가운 시선을 차마 견딜 수 없었다.

차일피일 미루던 끝에 김 씨는 농촌 생산대를 찾아갔다. 공장 호구로 등록되면 노동자 본인에게만 복지 혜택이 주어지는 반면 농촌 호구는 가족 전체를 기준으로 하고 있어 이제 기댈 곳은 농촌 생산대밖에 없었다. 물론 공장 호구를 농촌 호구로 전환하는 일이 결코 쉽지 않다는 것

쯤은 소문을 통해 익히 알고 있었다.

"한때 이런 마음까지 가졌었꼬마. 하늘만 용서를 해준다면 아들 둘을 한족 집으로 보낼까 하는. 혼자 벌어서는 도저히 넷이나 되는 자식을 감당치 못하겠더란 말임다."

무려 한 시간 넘게 물고 늘어진 결과였을까. 김 씨의 간곡한 호소에 생산대 대장도 못 이기는 척 표정을 바꾸었다.

"기래 나도 생산대 대장의 결단이 너무 고맙고 감사해서리 다니던 공장을 내던지고 시키는 일이면 다 했었꼬마. 김매라면 김매고, 옥시기 따라면 옥시기 따고, 새끼 꼬라면 새끼 꼬고."

하지만 그 결과는 한숨뿐이었다. 너무 커서 바꿔 온 신발이 이젠 작아서 못 신는 격이었다. 공장에서 일할 때보다 더 열심히 하는데도 정작 생활은 펴질 기미가 보이지 않았다. 더욱 암담한 것은, 이제 공장으로 돌아가려 해도 호구를 농민으로 전환해버려 마지막 남은 패마저 다 써버렸다는 것이다.

"우리 집이 생산대로부터 미운털이 박힌 건 아(아이)들 때문이었꼬마. 집체(농업 집단화)는 고저 공작(일)하는 식구가 많아야 하는 법인데, 우리 집은 아들이 아직 어려설랑 기러지 못했단 말임다."

이어서 김 씨는 농업 집단화, 즉 집체의 변질에 대해서도 말을 아끼지 않았다.

"내 양심을 걸고 똑바로 고할 수 있지비. 집체에서 기중 모범을 보여야 할 첫 번째가 분배인데, 1년에 한 번씩 주어지는 분배가 공평치 못했단 말입지. 생산대 간부 놈들 배부터 인차 채운 뒤 주민들을 불러 모아 분배를 했으이 그거이 어케 사회주의임둥. 도적패나 다름없는 토비들도 그 정도는 할 줄 안단 말임다."

한날 톱을 좀 빌리려고 생산대를 찾아간 날이었다. 김 씨는 흥, 속으로 콧방귀를 뀌어주었다. 며칠 전 생산대에서 보관 중인 농기구를 다른 주민이 빌려가는 걸 제 눈으로 똑똑히 보았던 것이다. 그런데도 생산대 간부는 입술에 침도 바르지 않은 채 집체용은 절대 개인 용도로 사용할 수 없다며 둘러대기 바빴다.

"기거이 말임둥, 윗머리들이 안면장사치 노릇을 해서 기리 된 거고마. 사람을 봐가매 빌려주고 안 빌려주고, 자기네들 멋대로 한단 말임둥."

이에 화가 난 김 씨도 보란 듯이 낫을 챙겨 집을 나섰다. 그나마 형편이 좀 나은 집은 석탄을 구입해 겨울을 나지만 김 씨처럼 생활이 어려운

집은 언감생심, 꿈도 꿀 수 없었다.

매년 해왔던 대로 두만강을 건넌 김 씨는 왕재산 쪽으로 거슬러 올라갔다. 인적이 뜸한 강기슭에는 삭정이 버들가지가 수북이 쌓여 있었다. 정신없이 땔감을 줍던 김 씨는 허리도 펼 겸 땅바닥에 주저앉아 무릎 높이로 흘러가는 두만강 물을 물끄러미 지켜보았다. 그때 수면 위로 '너나 나나 박복한 여생'이라는, 생전 어머니의 말씀이 부표처럼 떠올랐다.

"나그네 둘을 제명에 못 보냈으이 우리 어마이 말이 백번 옳지 않고. 내 그동안 사람들 많은 곳을 죄인처럼 피해 다녔단 말입지. 상호 보는 눈이 다르고 사상(생각)이 다른 판에 여자 혼자 몸으로 무스그 감당할 수 있었겠수꽈."

새끼줄로 갈무리한 땔감을 머리에 이고 두만강을 다시 건넜을 때였다. 하마터면 김 씨는 실소를 터뜨릴 뻔했다.

"집에서부터 내 뒤를 밟아온 끄나풀처럼 량수 쪽에 생산대 간부와 민경民警이 떡 버티고 있지 않겠슴둥. 우리 가족을 이 모양 이 꼴로 만든 왜놈들을 다시 보는 것 같아 내 속이 막 부글부글 끓어올랐꼬마."

공안국의 허가 없이 국경을 넘었다는 엄포와 함께 땔감 전부를 압수한다는 말이 나온 건 그다음이었다. 가까스로 참고 있던 김 씨는 머리에 인 땔감을 냅다, 바닥에 패대기쳐버렸다. 두 사람을 하필 여기서 맞닥뜨린 것도 의심스럽거니와 민경 옆에 거머리처럼 들러붙어 있는 생산대 간부가 더 꼴 보기 싫었다. 신분으로 보면 저나 나나 같은 조선족이 아닌가.

"내 그날 정신 나간 사람처럼 막 소리쳤꼬마. 이래 봬도 우리 집이 팔로군에서 고생한 사람이 나까지 셋이나 되지 않습네까."

예기치 못한 김 씨의 행동에 지레 겁을 먹은 건 두 사람이었다. 방금까지만 해도 의기양양한 자세로 김 씨를 노려보던 생산대 간부가 민경의 팔을 잡아끌고 있었다.

그리고 다음 날 오후였다. 생산대에서 보냈다며 집 앞에 석탄을 실은 차가 빵빵대고 있었다.

"석탄을 보내줘서 고맙긴 했지만 기렇다고 생산대를 높이 평가할 생각은 없꼬마. 윗머리들의 사상이 형편없단 말입지."

이모저모 한시름 놓은 건 량수에 주덕해[6]가 다녀간 뒤였다. 연변 지역에 거주하는 조선족 가정을 시찰 중인 주덕해는 량수에서도 생활이 가장 어려운 집부터 방문을 했는데 김 씨의 집도 그중에 포함되었다.

"조선족 신분으로 살아가는 우리한테 자치주 주장님은 총통이나 매한가지꼬마. 기런 분이 길쎄 그동안 겪은 우리 집의 가정사를 귀담아듣고 나서는 인차 생산대에 몇 가지 지시를 하지 않겠슴까. 지금 살고 있는 이 집도 주장님이 하사한 거나 다름없꼬마. 우리 집의 가족 수와 형편을 사실대로 고했더니 한전 조금과 이 집을 주더란 말임다."

그때 하사받은 집에서 반세기를 살았다며 김 씨가 계면쩍은 표정으로 머리에 두른 수건을 고쳐 쓴 뒤였다. 중국에서 놓아주고 북한에서 받

6) **주덕해(朱德海, 1911~1972)** : 연변 조선족자치주의 초대 주장을 지낸 주덕해(朱德海, 본명 오기섭)는 러시아 연해주(沿海州)의 한 산간마을에서 가난한 조선족 농민의 아들로 태어났다. 이곳은 조선인의 이주가 시작된 첫 번째 지역이기도 했다. 불우한 어린 시절을 보낸 주덕해는 1927년 고려 공산주의 청년동맹에 가입하여 활동하다 모스크바에서 유학하고 돌아와 연안(延安)과 하얼빈 등에서 항일운동을 펼쳤다. 주덕해는 일제가 패망하자 1946년 흑룡강성에 최초의 조선족 학교인 '상지(尙志) 조선족중학교'를 세우고 1949년에는 연변대학교를 개교했다. 1949년 열린 '중국인민정치협상회의'에서 주덕해는 "조선반도에서 이주한 재중국 조선인은 척박한 땅을 개척했고, 항일과 해방전쟁의 승리에 있어서도 조선인의 피의 대가가 컸다"면서 중국 조선인들에게 중국 국적과 토지 소유권을 부여할 것을 적극 건의했다. 이후 1952년 연변조선족자치주가 건립되면서 초대 주장에 취임했다. 주덕해는 연변조선족자치주 초대주장으로서 조선족의 교육과 농업, 문예, 언론 등 자치주 기반을 닦았고, 오늘날까지 조선족의 삶과 문화에 지대한 영향을 끼친 인물이다.

아만 준다면 지금이라도 당장 고향으로 돌아가 살고 싶다며 눈시울을 붉혔다.

"고향을 돈으로 살 수 있겠슴까, 황금과 바꿀 수 있겠슴까. 량수에서만 칠십 평생을 살았지만두, 내 나이 여덟 살 때 떠나온 명천 집이 그립단 말임다."

첫 남편한테서 얻은 큰딸은 자기절로 공부해 신문사 기자로 일했고, 나머지 삼 형제는 연길과 광동 등지에서 고만고만하게 살아간다는 이야기를 끝으로 김 씨의 집에서 나왔을 때다.

조선족 사회에 한국 바람이 분 뒤로 마을이 아주 못쓰게 되었다며 혀를 차던 김금록 씨의 말대로 량수는 썰렁하기 이를 데 없었다. 불을 켠 집보다 시커먼 어둠을 뒤집어쓴 채 버려진 집이 훨씬 더 많았다. 도로변에 늘어선 상점들도 예외는 아니었다. 간판만 그럴싸하게 한글과 한자로 병기되어 있을 뿐, 정작 안으로 들어가서 보면 주인은 한족이었다.

해외에 계신 동포 여러분

"보따리장삿길로 나선 지
 20년 만에
 내 가게를 갖게 됐으니
 그 기분을 누가 알겠습니까.
 그것도 왕청에 제1호로
 우리 민족 고유의 의상인
 한복점을 차렸단 말이죠."

**왕청에 첫 한복점을 개업한
최계선 씨**

식당에서 점심을 먹고 나오는 중이었다. 길 건너편 시장 입구가 사람들로 북적였다. 산책 삼아 1층 식품 매장을 둘러본 후 계단을 타고 2층으로 올라갔다. 그때 시선을 잡아끈 곳은 한복 가게였다. 각종 의류와 침구를 파는 다른 매장에 비해 면적도 두세 배 넓어 보였다.

"매장 세 개를 터서 안 그렇습니까. 이왕 할 거면 제대로 한번 해보고 싶었습니다."

왕청현 중심시장에서 한복점을 하는 최계선 씨의 첫 인상은 수더분해 보였다. 그가 다시 말을 이었다.

"나는 이곳에서 태어났습니다. 1946년 훈춘시 삼가자현에서 출생해 왕청으로 시집을 오면서 여기 사람이 된 겁니다."

"그럼 부모님 고향은요?"

"두 분 모두 함경북도 경원입니다. 해서 저도 경원을 마음의 고향처럼 여기며 자랐고요."

일제강점기 때 만주로 이주한 조선인들의 삶이 대개 그랬던 것처럼 최 씨의 집이라고 해서 크게 다를 건 없었다. 신발 살 돈이 없어 왕복 20리 등하굣길을 맨발로 걸어 다니기 일쑤였다.

"어려운 환경 속에서도 고중(고등학교 과정)까지 마칠 수 있었던 건 아버지의 교육열 덕이었습니다. 현지인(중국인)보다 뒤처진 삶을 살아선 안 된다는 것이 아버지의 목표였지요."

또 한 사람, 최 씨에게는 주덕해도 잊을 수 없는 인물로 남아 있다.

"고중 2학년 때 들었던 주장님의 훈화가 지금도 생각나지 뭡니까. 문화가 없는 민족은 우매한 민족이라고 말씀하신 뒤, 그 민족문화를 발전시키는 관건은 교육에 달려 있다고 하셨지요."

이후 주덕해는 문화와 관련해 이런 일화도 남겼다. '세계 각국에 총을 든 군대가 있는 것처럼 예술의 군대도 반드시 필요한 법'이라고. 하지만 최 씨는 영화를 무척 좋아했음에도 극장 주변만 맴돌 뿐이었다.

"공책은 5전, 영화는 8전 하던 시절이었지요. 그때 제일 부러웠던 건 성시省市(여기서는 훈춘시를 일컬음)에 사는 친구들이었습니다. 기껏해야 나는 명절 때나 한 편을 볼까 말까 했는데 그 친구들은 제집처럼 드나들지 뭡니까. 그것도 극장 간판이 바뀔 적마다 말이죠."

영화 한 편 마음 놓고 볼 수 없는 가난이 싫었지만 최 씨는 그럴수록 공부에 더 집중했다. 성시에 사는 친구와 자신의 처지를 비교하면 아무것도 할 수 없었다.

"이곳 조선족 어른들이 잔소리처럼 해대는 말이 있습니다. 1년 농사와 공부는 한 배에서 태어났다는 것이죠."

중학교 2학년 때였다. 어른들의 말은 틀리지 않았다. 부반장으로 선출된 최 씨는 어깨가 으쓱해졌다. 그는 거기서 멈추지 않았다. 반 친구들이 이맛살을 찌푸리는 노동 과목도 귀를 쫑긋 세워 들었다. 그만큼 노동 과목은 지금의 중국을 엿볼 수 있는 바로미터였다.

"1960년대 초반이면 중국 사회가 온통 집체로 떠들썩할 때였단 말이죠. 오전 수업을 마치면 학교에서 현장으로 달려가 농촌을 방조하기에 바빴으니까요. 물론 거기에는 현장평가 점수도 뒤따랐습니다."

이처럼 집체가 본격화되면서 중국 사회는 교육에서도 커다란 변화를 보였다. 노동, 정치, 사상 등 집체와 관련한 수업이 그 절반을 차지했다.

한 우물만 고집한 최 씨의 비상은 고등학교에서 더욱 그 빛을 발했다. 훈춘시 교육국에서 주최한 수학경연대회에서 최우수상을 받은 그는 이제야 뭔가를 해냈다는 생각에 가슴이 벅차올랐다.

"큰언니가 고생이 많았습니다. 아버지의 교육열이 아무리 높다고 해도 공부를 하자면 돈이 필요하잖습니까? 그 방조를 소학교밖에 졸업 못한 큰언니가 다해줬으니 어찌 그 공로를 잊을 수 있겠습니까."

교과 중에서 수학을 놓치면 성적과 멀어진다는 말은 나름 일리가 있어 보였다. 수학에서 자신감을 얻은 최 씨는 가족들의 여망대로 다음 진학의 목표를 의과대학으로 정했다. 하지만 최 씨의 부푼 꿈은 국가라는 거대한 장벽 앞에서 그만 길을 잃고 말았다.

"졸업을 앞두고 글쎄, 문화혁명이 터졌지 뭡니까. 그로 인해 휴교령 조치가 내려지면서 대학 입시 제도마저 중단이 돼버렸고요."

발만 동동 구르고 있던 최 씨는 가족들의 의견을 따르기로 했다. 전쟁이 터진 것도 아니고, 1년 뒤에는 뭔가 해결책이 나올 것도 같았다. 하지만 웬걸! 달라진 건 아무것도 없었다. 대약진운동의 실패로 적잖은 타격을 입은 모택동이 장강을 헤엄쳐 북경으로 다시 돌아왔다는 소식이 전해지자, 오히려 청년들은 붉은 기를 휘저으며 혁명전선으로 뛰어들었다.

"남자와 여자가 다르다는 걸 그때 몸소 체험했지 뭡니까. 고중을 졸업한 첫 해는 집에서 마음 놓고 공부할 수 있었지만, 이듬해부터는 사정이 좀 달랐습니다. 책만 붙들고 있으려니 가족들의 눈치가 보이더란 말이죠. 나이도 걱정이 되고요. 여자 나이 스무 살을 넘어서니 여기저기서 청혼이 들어오기 시작하는데……."

그때 마침 가게로 손님이 찾아왔다. 오십 대 초반의 초췌한 여인이었다.

삼도구에서 왔다는 여인은 2년 전 간암 판정을 받은 남편이 오늘내일한다며, 최 씨에게 수의를 좀 보여달라고 했다.

"쯧쯧, 이걸 어쩌나. 나서서 말릴 수 있는 길도 아니고……."

마치 혼잣말을 되뇌듯 말꼬리를 흐린 최 씨가 길게 한숨을 내쉬었다. 그런 다음 진열장 안에서 수의를 꺼내놓았다.

"그래, 장례 절차는 알고 있소?"

최 씨의 말에 여인이 힘없이 고개를 내저었다. 일순, 최 씨의 손놀림이 바빠졌다. 롤에 말린 붉은 원단을 진열장 위에 펼친 그는 재단용 초크로 명정을 쓰기 시작했다. 제법 익숙한 손놀림에 필체 또한 범상치 않았다. 잠시 틈을 줬다 물으니 최 씨는 자신의 손으로 쓴 명정만도 족히 백 장은 넘을 거라며 씁쓸히 웃었다.

"이곳 사람들이 한국으로 나간 뒤부터 명정 쓰는 횟수가 부쩍 많아졌지 뭡니까. 어쩌겠습니까, 장례 절차를 잘 몰라 그러는 것이니 내 손이라도 보탤 수밖에."

명정 쓰기를 마친 최 씨가 수의 등속을 담은 종이가방을 내밀 때였다. 삼도구에서 농사를 짓는다는 여인도 안정을 찾은 듯 어두웠던 표정이 한결 밝아 보였다. 그러고 보니 최 씨의 가게는 가장 고운 날과 가장 슬픈 날이 서로 공존하는 듯했다. 한 공간에 놓인 한복과 수의가 그걸 말해주었다.

"하늘이 불러서 가는 길이니 어쩌겠소. 아파도 기쁜 마음으로 보내드려야지. 나도 우리 집 나그네를 회갑 전에 떠나보냈는데, 그게 어디 사람의 힘으로 막을 수 있는 일이어야 말이죠."

중매로 결혼한 최 씨에게 시댁은 찬바람이 느껴질 정도로 온기를 찾아볼 수 없었다. 식구 또한 시할머니와 남편뿐이었다.

"훈춘과 같은 연변 지역에 속해 있는데도 왕청 사람들은 매우 독단적이었습니다. 남한테 의존하지 않고 어떻게든 제힘으로 일어서려는, 소나무처럼 억센 기질을 갖고 있었지요."

이처럼 최 씨에게 왕청은 모든 것이 낯설게만 느껴졌다. 거기에다 집체까지 기승을 부리면서 하루도 마음 편한 날이 없었다.

"난 말이죠, 집체 소리가 나오면 귀부터 닫아겁니다. 내 밭에서 수확한 것을 내다 파는데도 자본주의 길로 간다며 닦달하고, 닭 몇 마리 더 길렀더니 와살궂게 윽박지르고……."

첫째에 이어 둘째와 셋째가 연년생으로 태어난 뒤였다. 시할머니의 말처럼 헐렁했던 집이 이제야 좀 꽉 들어찬 것 같아 최 씨도 흐뭇한 나날이었다. 더도 말고 덜도 말고, 봄날 무심히 꺾어 땅에 꽂은 버들가지가 숲을 이루듯 삼 형제가 그렇게만 자라주길 바랐다.

무럭무럭 자라는 세 아들을 지켜보면서 가장 흐뭇해한 사람은 다름 아닌 최 씨의 남편이었다. 일찍부터 조손가정에서 자란 터라 그는 슬하의 삼 형제를 무슨 보물단지처럼 여겼다.

"시집왔을 때 시할머니께서 이 말을 하시더군요. 시아버지께서 세상을 뜬 건 남편이 일곱 살 때였고, 그길로 시어머니는 재혼을 하셨다고."

그런 남편한테서 이상한 기미가 보인 건 큰아들이 일곱 살로 접어들 무렵이었다. 그토록 애지중지했던 아이들조차 멀리한 채 남편은 피곤하다며 자리에 누울 궁리만 하고 있었다.

"처음엔 솔직히 화가 났습니다. 왜, 그런 말도 있지 않습니까. 사랑도 받아본 사람이 줄 줄 안다는. 그런데 며칠 더 지켜본 결과 내 생각이 짧았다는 걸 알았습니다. 글쎄 나그네 몸에 변고가 생겼지 뭡니까!"

악성 간염 진단을 받은 남편의 병세는 곧 생활고로 이어졌다. 집체 특성상 노동력을 갖춘 머릿수대로 식량을 지급한 탓이었다. 최 씨의 남편이 집단노동을 할 수 없게 되자, 마을의 집체를 총괄하는 생산대[1]는 거기에 따른 조치로 식량 지원을 중단해버린 것이다.

"암담하더라고요. 남편이 병석에 누우면서 이제 노동력을 갖춘 사람은 나 혼자잖습니까. 그러니 무슨 수로 다섯 식구를 먹여 살릴 수 있겠습니까."

엎어치나 매치나 매한가지라면 최 씨도 생각을 달리할 수밖에 없었다. 입만 열었다 하면 생산대에서는 농사꾼은 농사만 지어야 한다는 집체 규정을 마치 무슨 계명처럼 내세워 닦달했지만, 최 씨는 한 귀로 듣고 한 귀로 흘려버렸다. 집단노동을 포기한 그는 새벽같이 일어나 첫차에 몸을 실었다.

"다만 얼마라도 현금이 들고나는 장사를 하지 않으면 식구들이 굶어 죽게 생겼는데 어쩌겠습니까. 그때도 그렇고 지금도 그렇고 장삿길로 나선 걸 절대 후회하지 않습니다. 글쎄, 영안(흑룡강성)에서 산 새끼돼지를 오리 길도 안 되는 발해에 가서 팔았더니 농사짓는 것보다 훨씬 더 많은 이윤이 생기지 뭡니까."

그렇지만 생산대의 압박 수위는 하루가 다르게 숨통을 조여왔다. 사나흘 일정으로 장사를 마치고 귀가하면 생산대 간부들은 최 씨가 혁명에 반하는 행동을 하고 있다며 타도까지 들먹였다.

"왜 무섭지 않았겠습니까. 지금이야 하고픈 말 가리지 않고 다 할 수 있지만 그때야 뭐, 그럴 수나 있었나요. 텃밭에서 자란 호박순을 보고 하지 않고 땄다며 생산대에서 나와 난리를 쳤다면 짐작이 가십니까? 집

---

1) **생산대(生産隊)** : 인민공사(人民公社)의 가장 작은 구성 단위. 35호 정도가 모여 조직하는 생산대를 기초로 하여 6~8개의 생산대를 묶어 생산대대(生産大隊)를 형성했고, 10개 내외의 생산대대를 묶어 인민공사를 이루었다.

체가 그렇습니다. 명령과 지시만 있지 정작 주민들의 생존 따위는 거들 떠보지도 않는단 말입니다."

시댁의 가장 든든한 버팀목이었던 시할머니마저 세월을 이기지 못하고 곁을 떠나자 최 씨는 당장 아이들이 걱정이었다. 병석에 누운 남편에게 맡기는 것도 하루 이틀, 시할머니가 사망한 뒤부터는 퇴로마저 끊긴 전쟁터에서 철수하는 심정이었다.

"나이 서른에, 병석에 누운 나그네와 세 아들을 내 손으로 감당해야 했으니 앞이 캄캄할 수밖에요. 주위에 아군은 보이지 않고 갈수록 적군만 넘쳐나는 것 같았습니다."

그렇다고 해서 길이 끝나는 건 아니었다. 설령 길이 보이지 않아도 운명처럼 걸어가야 할 때가 있듯이, 최 씨에게 한 점 불빛은 그렇게 다가왔다. 모택동 시대가 막을 내리고 등소평이 등장하자 더덩실 춤이라도 출 것 같았다.

"중국 건설 30년 만에 정부로부터 서민을 위한 밥상 정책이 나왔으니 왜 기쁘지 않겠습니까. 조선반도의 해방이 1945년 8월이었다면 내 해방은 개혁 개방이 시작된 1983년도였단 말이죠."

중국식 표현으로, 집체생산방식이 가정도급경영으로 호도거리(급히 바뀌다)를 하자 거리는 곧 활기로 넘쳤다. 그중에서도 가장 눈에 띄는 변화는 장사꾼들의 움직임이었다. 예컨대 그들은 물을 만난 고기 떼처럼 활개를 치고 다녔다. 최 씨도 그들 틈에 끼어 도매로 구입한 국수, 쌀, 미역, 그릇 등 돈이 될 만한 것이면 가리지 않고 무엇이든 다 팔았다.

"다 좋은데 그놈의 개가 사달이었습니다. 같은 개라도 컹컹 짖을 때하고 으르렁거릴 때가 다른데, 으르렁대는 개 앞에서는 방법이 없단 말이죠."

　농촌을 전전하며 장사를 하다보면 이렇듯 개와 얽힌 사연들이 비일비
재했다. 언젠가 한번은 송아지만 한 개한테 쫓기느라 머리에 인 그릇들
을 와장창 깨먹은 적도 있었다. 최 씨가 십여 종의 품목을 한 가지로 줄
인 것도 실은 그 개한테 호되게 당한 뒤였다. 여타 품목에 비해 의류는
무게도 가벼울 뿐 아니라 이윤 면에서도 결코 박하지 않았다.

　최 씨가 다음으로 변화를 꾀한 건 노점상이었다. 사나흘 주기로 귀가
해 보면 남편은 아이들 뒤치다꺼리에 파김치가 되어 있었다. 간암은 무
엇보다 피로를 줄이는 일이 급선무였다.

　"급한 불부터 끄자는 심정으로 길바닥에 보자기를 펼쳐놓고 옷을 팔
았는데, 그게 글쎄 돈을 불려줄 줄 누가 알았겠습니까. 한족들을 상대
로 옷을 팔다 조선옷 몇 벌을 구해놓은 게 노다지가 난 겁니다."

　문제는 구입이었다. 그동안 며칠은 대만을 통해 들어온 한국 상품으
로 재미를 봤지만, 거래처로부터 물건이 바닥났다는 소리를 들은 뒤로
는 일이 통 손에 잡히지 않았다.

　"중국과 한국이 아직 수교 전이라 한국 상품을 구하는 일이 어렵긴 했
습니다. 더구나 내 입장에서는 발을 동동 구를 판이었고요. 물건이 없어
서 못 판다는 말을 난생처음 경험했으니 입으로 밥이 들어가겠습니까,
잠이 오겠습니까."

　먼저 남편에게 양해를 구한 뒤 최 씨는 도전장을 내밀었다. 개혁 개방
이후 왕청에도 규모가 제법 큰 장마당이 들어섰지만 최 씨에게 그 장마
당은 그림 속의 떡이었다. 생산대를 찾아가 아무리 호소해도 그들은 농
촌 호구를 가진 사람한테는 절대 상업 허가증을 내줄 수 없다며 시종 같
은 말만 되풀이할 뿐이었다.

왕청을 떠난 지 사흘 만이었다. 이름만으로도 가슴이 설레었던 상해에 도착한 최 씨는 그러나 실망감을 감추지 못했다.

　　"중국 최고의 상업도시 상해에 5위안짜리 지하 여관이 있다는 것도 놀라웠지만, 여관 안은 더 엉망이었습니다. 글쎄 변기가 없어 투숙객들이 나무통에다 용변을 보고 있지 않겠습니까. 냄새가 어쩌나 심하던지 잠깐 소변을 누는데도 코를 틀어막아야 할 지경이었습니다."

　　정작 고생은 이제부터였다. 상해에서 한국 물품 구입에 실패한 최 씨는 입술이 바싹바싹 타들어가는 심정이었다.

　　"그땐 말이죠. 이 생각밖에 안 들어요. 이 고생하려고 며칠씩 걸리는 기차에서 서서 왔는가 하는."

　　왕청에서 상해까지는 약 3000km. 그 먼 길을 입석으로 오가자면 발과 다리가 퉁퉁 부었다. 사람이 아니라 짐짝에 가까웠다. 그리고 대부분의 시간을 기차 안에서 지내다보니 끼니 또한 변변치 못했다. 최 씨의 입으로 들어가는 거라곤 가마치로(누룽지)가 전부였다.

　　상해에서 허탕을 친 최 씨는 청도로 발길을 돌렸다. 여기서 이대로 아무런 성과 없이 돌아간다면 장사를 접어야 할지도 몰랐다. 저울추처럼 내려앉은 몸을 다시 추스른 그는 세 아들을 떠올렸다. 비록 자신은 시대를 잘못 만나 의사의 꿈을 접고 말았지만 자식들한테만큼은 그 전철을 두 번 다시 밟게 하고 싶지 않았다.

　　"상해, 광주, 심수, 하문, 청도, 샤먼, 석사……. 한국 물건이 있는 곳이면 어디든 물불 안 가리고 다 다녔습니다. 그만큼 내 장사가 간고한 시절이기도 했고요."

　　청도에서는 웃지 못할 해프닝도 한바탕 벌어졌다.

　　"'벨벳'을 중국어로 뭐라고 하는지 몰라 속이 까맣게 타들어가는 일

"〈가요무대〉를 마칠 때도 시작할 때처럼
'멀리 계시는 해외 동포 여러분,
안녕히 계십시오'라고 인사를 하는데,
그때 어떤 생각이 드는지 아세요?
아, 조국이 우리를 아직 버리지 않았구나!
이런 확신을 갖게 됩니다."

소왕청

이 생겼지 뭡니까. 벨벳을 달라고 하면 상인들이 고개부터 내저으니 진땀이 날 수밖에요. 꼬박 반나절을 헤매고 다닌 끝에 그것이 우단이라는 것을 알고는 그만 혼자 웃고 말았습니다."

그 무렵 한국에서 벨벳으로 한복을 막 지어 입던 때였다. 청도에서 그 옷감을 발견한 최 씨는 여의주를 손에 넣은 기분이었다. 저 원단으로 한복을 짓는다면 겨울용으로 그만일 것 같았다. 부드러운 솜털로 된 실크천의 감촉이 꼭 갓난아기의 살결을 만지는 듯했다.

최 씨가 왕청으로 돌아온 건 보름을 훌쩍 넘긴 뒤였다. 바느질 솜씨가 남다른 여동생에게 한복 짓는 일을 맡긴 그는 곧 북한으로 떠났다. 모든 일에는 때가 있듯이 지금이 바로 그 시기였다.

"한국에서 중국으로 들어오는 한복 천을 구하자니까 여간 고역이 아니더란 말이죠. 대신 북조선에서 생산하는 천을 구해 오려면 들어갈 때 짐이 좀 많긴 했습니다. 그쪽에서 현금을 싫어해 그랬던 건 아니고요, 이불이나 사카린, 내의를 가져가면 내가 원하는 천을 손쉽게 구할 수 있었습니다. 일종의 물물교환이었던 셈이죠."

돈이 되는 건 옷감만이 아니었다. 그 무렵 이북에서 생산 중인 나일론 제품은 최 씨의 가계에 효자 노릇을 톡톡히 해주었다.

장삿길로 나선 지 만 여섯 해, 소왕청 시골집을 정리한 최 씨는 거처를 왕청현으로 옮겼다. 그리고 요즘 그는 교육의 필요성을 그 어느 때보다 절실히 실감하고 있었다. 학교에서 배운 정치, 역사, 경제, 사상 등을 소재로 담소를 나눌 때면 한족들은 적어도 최 씨를 얕잡아보진 않았다.

"북방에서나 조선족이지 남방으로 내려가면 누구라도 움츠러들 수밖에 없습니다. 의뭉한 한족들에게 당하기 십상이고요. 하지만 난 한족들과 당당히 맞섰습니다. 그들보다 가진 돈은 비록 적을지 몰라도 나한테는 한족들이 갖지 못한 학교 교육이 있었단 말이죠."

1982년 3월, 현縣 정부로부터 상업 허가증을 받아낸 최 씨는 드디어 감옥에서 풀려난 기분이었다. 돌이켜보면 그동안의 7년은 불법체류 신세나 다름없었다.

"상업 허가증이 없는 상태에서 장사를 하다 중국 경찰한테 붙잡힌 적이 있는데, 그때 느끼는 공포는 이루 말할 수 없습니다. 나로 인해 웃었던 가족이 나로 인해 더 처절해질 수도 있으니까요."

한편 최 씨는 상인을 바라보는 한족과 조선족의 온도 차에서 큰 충격을 받았다. 개혁 개방의 흐름을 타고 한족 상인들은 발 빠르게 움직이는 반면 조선족은 정반대의 길을 가고 있었다. 상인은 곧 상놈이라는 유교적 습성을 버리지 못한 채 농업을 무슨 신앙처럼 여겼다.

"안타깝지요, 뭐. 그때 만약 조선족들이 상업 쪽으로 조금만 눈을 돌렸어도 지금과 같은 상황이 벌어지기나 했겠습니까. 한국으로 돈 벌러 나간 것까지는 뭐라고 할 수 없더라도, 그로 인해 가정들이 풍비박산되고 말았잖습니까. 해서 나는 조선족들에게 상업이 축구와 크게 다르지 않다는 걸 말해주곤 합니다. 우리가 사는 세상이 축구 시합이라고 가정했을 때, 다들 수문장지기만 하겠다고 고집을 피우면 공격은 누가 하죠? 변화를 두려워하는 사람은 절대로 후퇴할 수밖에 없습니다."

어쩌면 이것은 정반대의 길을 외롭게 달려온 타사지석의 결과였는지도 모른다. 1999년 여름, 난전을 정리하고 지금의 점포로 자리를 옮긴 최 씨는 흘러내리는 눈물을 멈출 수 없었다.

"보따리장삿길로 나선 지 20년 만에 내 가게를 갖게 됐으니 그 기분을 누가 알겠습니까. 그것도 왕청에 제1호로 우리 민족 고유의 의상인

한복점을 차렸단 말이죠."

봄을 맞이한 들녘처럼 최 씨는 가슴이 두근거렸다. 출근을 해 가게 안으로 들어서면 오방색 꽃무늬들이 주인을 반겼다. 중국에도 치파오라는 전통 의상이 있지만 한복은 그것과 자태부터가 달랐다. 어느 한옥의 처마선을 쏙 빼닮은 한복 저고리의 도련과 배래를 보고 있으면 감탄이 절로 나왔다.

일과를 마치고 돌아와 잠을 청하려던 참이었다. 저쪽 어딘가에서 스르르, 문 닫히는 소리가 들려왔다. 그만 최 씨는 '60'이라는 숫자에서 오열하고 말았다. 한 해만 더 버텨주었다면 회갑상을 차려드렸을 텐데……. 최 씨는 그 점이 너무 가슴 아팠다.

"삶이 그렇더라고요. 잘살아도 못살아도 혼자서는 도저히 감당하기 힘든 시기가 있더란 말이죠. 대학에 진학하지 못한 것이 그 첫 번째였다면 두 번째는 남방으로 물건을 구하러 다닐 때, 그리고 세 번째는 우리집 나그네와의 이별이 아니었나 싶네요."

여기에 덧붙이고 싶은 말이 남았던 걸까. 잠시 숨을 고른 최 씨가 자신의 안경을 벗었다 다시 썼다.

"우리 집 나그네가 이승에 머물 때였습니다. 삼 형제를 남부럽지 않게 키워 그중 둘을 유학까지 보냈는데도 그 기쁨이 오래가지 못했습니다. 짝을 잃은 슬픔에 비하면 아주 잠깐이었다 할까요. 한철 피었다가 지는 꽃처럼 말이죠."

사별은 그렇듯 천형과 같았다. 친정 부모님마저 홀연히 세상을 떠나자 최 씨는 비통함을 가눌 길이 없었다. 특히 고향 땅에 뼈를 묻지 못해 한탄스럽다는 아버지의 유언은 딸의 심장을 송곳으로 후벼팠다.

"아버지 떠나신 뒤로 즐겨 보던 프로가 있습니다. 〈가요무대〉를 진

행하는 김동건 씨가 무대에 나와 '해외에 계시는 동포 여러분'을 이야기
할 때면 왜 그렇게도 부모님 생각이 간절하던지요. 그때부터 매주 빼먹
지 않고 보고 있습니다."[2]

〈가요무대〉가 등장하면서부터였다. 갑자기 최 씨의 입이 바빠지고
있었다. 현숙, 주현미, 현철, 송대관, 김용임, 장윤정……. 한국 트로트
가수들의 이름이 구구단을 욀 때처럼 줄줄 쏟아져 나왔다.

최 씨가 〈부초 같은 인생〉을 흥얼대기 시작한 건 김용임이라는 가수
를 한껏 추켜세운 뒤였다.

> 내 인생 고달프다 울어본다고 누가 내 맘 알리요
> 어차피 내가 택한 길이 아니냐 웃으면서 살아가보자
> 천년을 살리요 몇 백 년을 살다 가리요
> 세상은 가만있는데 우리만 변하는구려
> 아아 부초 같은 우리네 인생 아 우리네 인생

중학교 동창들과 노래방을 찾으면 수많은 노래 중에서 〈부초 같은

---

2) 1985년 11월 4일 첫 전파를 탄 〈가요무대〉는 한국 가요의 명곡을 소개하는 음악방송으로, 방송 30돌을 앞두
고 있다. 최근까지 동시간대 시청률 1위를 차지할 정도로 인기 있는 프로그램으로 해외 동포들의 반응도 뜨
겁다. 1987년 리비아 수로 공사 노동자를 위한 리비아 공연 이후, 미국 LA, 일본 오사카, 독일, 브라질 공연
등 해외 공연이 펼쳐졌고 국내 지역 공연도 꾸준히 열리고 있다. 지난 2005년 방송 20돌을 맞아 발표한 통
계에 의하면 20년 동안 가장 많이 불렸던 노래는 〈울고 넘는 박달재〉(107회), 〈찔레꽃〉(106회), 〈비 내리는
고모령〉(105회), 〈꿈에 본 내고향〉(104회), 〈나그네 설움〉(87회) 순이었다. 모두 고향을 그리워하거나 고향을
잃고 이주하며 살아가는 아픔을 담아낸 애잔한 노래들이다. 일제강점기, 분단과 전쟁 그리고 개발독재로 이
어지는 숨 가쁘고도 굴곡진 삶을 온몸으로 겪어낸 한국인의 정서가 반영된 결과일 것이다.

인생〉을 첫 곡으로 부른다 했던가. 최 씨는 이미 가족을 잃은 슬픔의 터널에서 완전히 빠져나온 듯했다.

"머잖아 초중(중학교) 동창들과 한국으로 유람을 갈 겁니다. 그리고 그때 한국에 도착하면 제일 먼저 꼭 해보고 싶은 것이 있습니다. 김동건 아나운서가 진행하는 〈가요무대〉에 방청객으로 앉아보는 겁니다. 〈가요무대〉를 마칠 때도 시작할 때처럼 '멀리 계시는 해외 동포 여러분, 안녕히 계십시오'라고 인사를 하는데, 그때 어떤 생각이 드는지 아세요? 아, 조국이 우리를 아직 버리지 않았구나! 이런 확신을 갖게 됩니다."

뒤이어 최 씨는 북한에 대해서도 자신의 솔직한 심정을 털어놓았다.

"북조선을 탈출해 중국으로 건너오는 탈북자들, 욕먹어도 쌉니다. 거짓말에 도둑질까지 해대니 어느 조선족이 그들을 좋아하겠습니까. 그렇지만 내 입장에서는 그들을 차마 내칠 수가 없더라고요. 서로 말만 주고받아도 반가운 것이 같은 민족이요 동포가 아닙니까."

처음 듣는 말은 아니었다. 만주를 여행 중에 만나는 조선족 어른들마다 똑같은 말을 했었다. 남쪽도 미워할 수 없고 북쪽도 미워할 수 없는, 그 기로에 서 있는 운명이 바로 조선족이라고.

25만 인구 중에서 조선족이 8만을 차지하는 왕청현에는 현재 세 개의 한복점이 있다. 두 개는 최 씨가, 그리고 3호점은 최 씨의 큰아들이 운영하고 있다.

"다른 가게를 했다면 굳이 아들까지 끌어들이진 않았을 겁니다. 중국 땅에서 한복은 곧 우리 민족의 자긍심이라고 할까요. 아들한테 3호점을 맡긴 건 그래서였습니다. 삼 형제 중 누군가 가업을 이어줬으면 하는 게 내 작은 바람이었죠."

숙소로 돌아가기 위해 가방을 챙길 때였다. 시어머니와 관련해 몇 줄 더, 할 얘기가 남았다는 최 씨의 말에 그의 표정부터 먼저 살폈다. 재가를 했다는 것 말고는 여기에 대해 일절 언급이 없었던 것이다.

"생존해 계신다는 소식을 듣고 며칠 잠을 이루지 못했습니다. 일곱 살짜리 아들을 두고 재가한 분이었으니 내 감정이라고 어디 좋을 리 있었겠습니까. 그런데 한날 가만히 생각해보니 나그네를 잃은 그분의 심정을 조금은 알 것도 같았습니다. 나 역시도 우리 집 나그네를 잃은 뒤로 다 포기하고 싶을 때가 더러 있었단 말이죠."

수소문 끝에 시어머니를 찾아낸 날이었다. 시어머니를 보자마자 최 씨는 눈물을 쏟고 말았다. 재가한 그의 여생을 차마 눈 뜨고 볼 수 없었다.

"시어머니를 찾아달라고 부탁한 사람을 통해 대충 듣긴 했지만 설마 그 정도일 줄은 몰랐습니다. 글쎄 다 쓰러져가는 집에서 혼자 살고 있지 뭡니까."

40년 만에 처음 보는 시어머니의 몰골에서 최 씨는 차라리 잘되었다는 생각이 들었다. 초췌하기 그지없는 저 몰골을 남편이 보았다면 편히 눈을 못 감았을 것 같아서였다.

"나야 집 있겠다, 먹고살 가게 있겠다. 응당 시어머니의 생활비를 대야 한다고 생각했습니다. 과거야 어찌됐든, 시어머니라는 분이 계셨기에 그 아들을 내 나그네로 맞아 가정을 이루지 않았겠습니까? 그것만으로도 감사할 따름이었습니다."

이제야 좀 가슴이 후련해졌다는 최 씨를 뒤로하고 숙소로 향할 때였다. 초저녁 불빛 사이로 눈이 내리고 있었다. 잠시 걸음을 멈춘 채 흩날리는 눈발을 보고 있으려니 노래가 흘러나왔다. 아버지의 아련한 추억이 묻어나는 〈나그네 설움〉이었다.

　　타관 땅 밟아서 돈 지 십 년 넘어 반평생
　　사나이 가슴속에 한이 서린다
　　황혼이 찾아들면 고향도 그리워져
　　눈물로 꿈을 불러 찾아도 보네

네 번째 이야기

장백 소년

혼강(비루수)

"내 인생에서 장백은
거대한 스승이었네.
중국의 문화혁명을 한번 보게.
중국의 문화혁명이
수직적 관계를 요구했다면
장백의 항일운동은 그 반대였지.
자발적이면서,
수평적인 관계 속에서
항일이 이뤄졌단 말이지."

일제강점기 장백에서
항일(抗日) 소년으로 활동한
최경환 씨

1929년 4월, 최경환 씨는 삼 형제 중 막내로 태어났다. 최 씨의 가족이 경주를 떠난 건 그 이듬해였다. 3·1독립운동을 즈음해 만주로 떠난 문중 사람들을 찾아가는 길이었다.

"경주 최씨 고집이 좀 깐깐한가. 왜놈들이 쳐들어와 조선을 우지좌지해대니까 하루걸러 술로 그 울화통을 달랜 거라. 우리 집 조부께서도 한일병합 때부터 줄곧 술만 마셔대다 화병으로 세상을 뜨셨는데, 그래도 그중 몇은 살길을 찾아 두만강을 건너고 압록강을 건넜던 모양이라."

최 씨의 일가족을 실은 기차는 원산, 함흥을 지나 갑산으로 향하고 있었다. 갑산에서 하룻밤 묵어갈 예정이었던 그의 가족은 역에서 내리자마자 다시 밤길을 재촉했다. 일본군의 삼엄한 경계로 갑산 일대가 마치 촘촘한 그물을 쳐놓은 듯했다.

말로만 들었던 백두산 아래 첫 마을 장백. 중국 길림성에 위치한 장백은 함경북도 혜산과 압록강을 사이에 두고 있었다.

"나중에 커서 보니까, 문중 사람들이 터를 잡은 곳은 장백에서도 한참을 더 들어가는 골짜구라. 마을도 1도구道溝(골짜기 마을)에서 21도구까지 압록강 줄기를 따라 기다랗게 이어졌고. 사는 형편이야 뭐, 말할 수 없이 곤란하지. 산비탈 밭에다 귀밀(귀리), 조, 보리, 감자를 심어 수확한 100분지 60을 한족 지주한테 도조로 바쳤으니 오죽했겠나. 죽지 못해 사는 거지."

계산은 거기서 끝나지 않았다. 나머지 40도 아직 더 나눠야 할 곳이 있었다. 장백산을 무대로 활동 중인 항일연군[1]이었다.

"장백은 정규군보다 유격대들의 활동이 더 활발했던 곳이네. 윗선으로 들어온 제2군 6사와 연합해 항일전을 무수히 치렀었지. 그러니 농사를 지어 어떻게 우리들 배만 채울 수 있겠나."

항일연군에게 전달할 식량 보급은 주로 야밤을 틈타 진행되었다. 하지만 그 일 역시 전투만큼이나 긴장을 놓을 수 없었다. 일본 특무대를 시작으로 한족 지주, 협화회(민간 친일단체) 등 넘어야 할 산이 지뢰밭처럼 깔려 있었다. 그리고 만에 하나 그들에게 발각되는 날엔 총살을 면치 못했다.

"북조선과 서로 얼굴을 맞댄 곳에서 살다보니 정말로 그런 일이 수시로 발생했었네. 한족 지주에게 붙잡힌 두 명의 조선인이 밭 한가운데로 끌려가 공개처형을 당한 적이 있는데, 그걸 지켜본 주민들이 슬금슬금 꼬리를 빼기 시작하더군. 그럴 만도 했을 거야. 한족 지주에게 밉보였다간 농사지을 땅마저 빌릴 수 없었단 말이지."

학비를 마련할 길이 없어 1학년 2학기가 시작될 무렵 장백소학교에서 쫓겨난 최 씨는 함경남도 단천으로 향했다. 그곳에 무료로 공부를 가르쳐주는 학교가 있다고 해서 친구 두 명과 함께 찾아가는 길이었다. 이른바 조선공산당이 세운 단천학습소였다.

"항일연군에게 밀서를 전달하기 시작한 게 바로 단천을 드나들면서부터였는데, 그때 암호명이 '까치'였었네. 일본군이 열 명 아래면 까치, 그이상이면 까치까치, 백(명)을 넘어서면 까치를 세 번씩 주고받았지. 봄에는 암호명이 '뻐꾸기'로 바뀌기도 했었네."

---

1) **동북항일연군(東北抗日聯軍)** : 1935년 중국공산당 중앙의 민족통일전선 전략에 따라 동북인민혁명군 2군을 중심으로 여러 반일무장대를 연합하여 동북항일연군을 편성한다. 동북항일연군은 1군에서 11군까지 편성되었는데, 원래 동북인민혁명군에 가담하고 있던 조선인 대원은 동북항일연군 특히 제1로군으로 많이 편입되었다. 해방 후 북한 정권 창출 과정에서 중요한 역할을 수행한 김일성·서철·최현·오백룡 등은 모두 여기서 활동했다. 김일성은 장백지구에 조국광복회를 조직했고, 1937년에는 보천보 전투를 지휘했다.

1931년 9월, 일제가 만주사변을 일으키자 장백도 적들의 감시가 더욱 심해졌다. 며칠 전에도 16도구에 사는 부녀자가 밀서를 전달하던 중 한족 지주에게 붙잡혀 숨지는 일이 발생했다. 하지만 장백의 아이들은 아랑곳없이 노래로 앙갚음했다.

주룩주룩 비가 와서 시냇물이 불었네
시냇물이 불어도 아버지는 걱정걱정
누렁소도 왈랑절랑 아이들도 건네는데
뚱뚱보라 지주 놈은 그 물마저 못 건너서
여봐라 저봐라 사람만 불러대네
가만가만 언덕으로 살랑살랑 기어올라
지주 놈을 와락 재깍 밀어 훌떡 처넣을까
어푸어푸 물을 먹고 아이지고 뒤여지게

"식량 공작은 어른들이, 밀서는 소년 소녀들이 전달하는 게 훨씬 더 안전했다고 할까. 물론 거기엔 한 가지 요령이 필요했네. 일본군과 맞닥뜨리면 나도 주저 없이 '일본군 만세!'를 더 크게 외쳐댔는데, 그러면 일본군도 빙긋이 웃어대며 통과시켜주더군."

그렇지만 계절이 겨울로 바뀔 즈음이면 상황은 또 달라졌다. 거리가 얼추 칠십 리를 넘어서면 산속에서 하룻밤을 지내야 했고, 일본군의 경계가 심상치 않은 날은 허리 높이로 쌓인 눈 속에 처박히듯 몸을 숨겨야만 했다.

"여기 이 손이 그 증거일세. 그때 얼은 동상으로 손가락이 이 모양 이 꼴이 됐지 뭔가."

손깍지를 낀 채 말을 이어오던 최 씨가 탁자 위에 자신의 두 손을 앞으로 펼쳐 보였다. 열 개의 손가락 중 반듯한 손가락이 단 한 개도 없었다. 손가락 끝마디가 하나같이 갈퀴 모양을 하고 있었다.

"내가 밀서 전달자로 나선 건 아버지의 영향이 컸었네. 조선인 밀고자에 의해 사망하기까지 아버지도 유격대원으로 공작하고 있었지."

그래서였을까? 일본군은 이번 기회에 아예 씨를 말릴 작정인 모양이었다. 부친에 이어 최 씨의 큰형까지 연행해 간 일제는 끝내 시신마저 돌려주지 않았다.

"우리 집만 당하는 일이었다면 한 사흘 울기라도 하였을 텐데 당시 상황이 그러질 못했네. 지리적으로 장백이 어떤 곳인가. 백두산과 압록강 중간에 갱도처럼 푹 파묻혀 있어 항일의 요새이자 격전지였단 말일세."

실제로 해발 1570미터에 위치한 장백은 보천보, 간삼봉[2] 등 크고 작은 항일전투가 끊이지 않은 곳이었다. 또한 거기에는 조선인 이주자들의 활약이 무엇보다 두드러졌다. 만주에서 최초로 조선족자치현이 들어설 정도로 장백은 이미 주민들의 항일이 일상화되어 있었다.

부자를 한꺼번에 잃은 슬픔이 채 가시기 전이었다. 둘째아들이 자진 입대하자 최 씨의 어머니도 팔을 걷어붙이고 나섰다.

---

2) **보천보 전투** : 1937년 6월 김일성이 이끄는 동북항일연군 1군 6사는 압록강을 건너 국경지대인 함경남도 보천보를 점령하고 경찰 주재소와 면사무소 등 일제의 관청을 불태우고 철수했다. 동북항일연군은 뒤쫓아 오는 일제 토벌대를 장백현 간삼봉에서 다시 크게 물리쳤다. 보천보 전투는 〈동아일보〉, 〈조선일보〉 등 국내 신문에 크게 보도되면서 조선인의 독립 의지를 드높인 사건이었다. 보천보 전투로 피해를 입은 일제는 조국광복회 조직을 색출하여 1937년 10월부터 1938년까지 700이 넘는 조선인 활동가를 검거했다. 이 '혜산 사건'으로 조국광복회 장백현 조직과 국내 조직은 큰 타격을 입었다. 일제가 이후 유격대에 대한 공세를 강화하자 동북항일연군은 만주에서 항일투쟁이 어렵다고 판단, 소련으로 들어갔다.

"어머니까지 일떠서고 나니 보는 내가 더 긴장이 되더군. 누가 보든 말든 부상당한 항일군들을 집으로 데려와 돌보는데……. 저분이 정말 내 어머니가 맞나 싶더라니까."

그러고 보면 일본군이 장백을 더 정확히 보았는지도 모른다. 시간이 쌓이면 쌓일수록 장백은 먼저 밀려온 물결이 발밑에서 스러지면 그다음 물결이 다시 차고 오르는, 마치 성난 파도를 보는 것 같았다. 지난번에는 한족 지주를 조롱하는 동요가 고샅을 타고 흐르더니 오늘은 항일연군을 집으로 맞이하는 노래가 탑산을 붉게 물들였다.

훈풍은 솔솔 나뭇잎도 춤추네
항일연군 아저씨들 마을에 오셨네
아버지는 물을 긷고 어머니는 밥 짓는데
나는 나는 나무에 올라 망을 봐요

그해도 압록강변에는 동사한 사체들이 벌써 여러 구 보였다. 일본군 수비대의 눈을 피해 숲이 우거진 상류 쪽으로 이동 중인 최 씨는 정신 무장을 새롭게 했다.

"만주가 제아무리 춥다 한들 압록강만 할까. 영하 삼사십 도면 얼음 바닥에 짚신이 쩍쩍 달라붙는단 말이지. 그걸 망각한 채 늑장을 피웠다 간 강에서 얼어 죽기 십상이고."

거기에 따른 후유증도 만만치 않았다. 온몸이 쩍쩍 갈라지는 것 같은 칼바람과 일본군 수비대의 눈을 피해 언 강을 사력을 다해 뛰고 나면, 머리에서 제일 먼저 그 신호가 왔다. 그때마다 최 씨는 뇌에서 골수가 다 빠져나간 것처럼 한동안 자리에서 일어나질 못했다.

"다른 계절에 비해 겨울철이 몇 배 더 힘들었던 건 사실이네. 그렇지만 또 밀서라는 게 시간을 다투는 일이 아닌가."

최 씨의 고민도 바로 거기에 있었다. 수업 중에 불러서 나가보면 시급히 전해야 할 밀서가 기다리고 있었다. 이처럼 장백산지구는 서간도와 조선, 북간도를 연결하는 삼각지점에 위치해 있어 갈수록 혼잡한 양상을 보였다.

"그 무렵 사람들의 입에서 이런 말이 나왔었지. 장백은 매우 복잡하고 어지러운 땅이라고. 압록강만 건너면 혜산이고, 혜산에서 남쪽이 낭림산맥, 그리고 그 북쪽이 마천령산맥이었으니 어느 군대가 천혜의 보물이나 다름없는 장백에 눈독을 들이지 않겠는가. 또 압록강을 무사히 건너 혜산에만 당도하면 청진, 함흥, 원산 등 항구 도시를 거쳐 태백산맥인 지리산까지 닿아 있었단 말이지."

조국광복회 소속 장백현공작위원회[3]를 필두로 청년동맹, 부녀회 등 항일단체들이 앞다퉈 조직되고 있었다. 여기에 150여 명의 단원을 갖춘 '장백항일소년단'이 출범하자 최 씨의 발걸음도 더욱 바빠졌다. 항일과 관련한 일이면 그는 자다가도 벌떡 일어나 채비부터 갖췄다.

"이쪽 (항일)연군에게서 받은 밀서를 저쪽 연군에게 무사히 전달하고 나면 어떤 마음이 드는 줄 아는가? 탑산에서 아침 해가 솟아오를 때처럼 감정이 막 벅차오르곤 하지. 학교 공부보다 더 큰 공부를 해냈다는

---

3) **장백현공작위원회** : 동북항일연군 2군 6사가 백두산 지구에 유격 근거지를 마련하면서 조국광복회의 활동이 본격화되었다. 이후 1937년 3월 조국광복회 하부조직인 장백현위원회 등의 단체를 결성했다. 이들은 조국광복회의 10대 강령에 따라 반일 세력을 조직하여 민족해방운동에 동원하고 항일연군의 무장 활동을 지원하는 등의 역할을 맡았다.

격동과 함께 말일세. 그리고 항일연군들은 아무리 바쁜 일이 있어도 밀서를 가지고 온 소년단들에게 쌀밥을 꼭 지어주었는데, 그러면 우리는 그 밥을 서로 먹기 위해 다투곤 했었지."

"밀서를 보다 안전하게 전달하기 위한 교육을 받지는 않았습니까?"

"그런 건 없었고, (단천)학습소에서 이건 알려주었네. 밀서를 전달하는 과정에서 주변이 너무 위험하다고 판단되면 찢어서 없애도 된다는. 그러고 보니 그것도 생각나는군. '입은 무겁게 두 발은 날렵하게!' 장백소년단원이라면 적어도 머릿속에 이것만큼은 분명하게 박아둬야 했었지."

소년단원들 중에서 최 씨의 체격은 왜소한 편에 속했다. 하지만 최 씨는 중학교 입학과 동시에 반장으로 선출될 정도로 친구들의 신망이 두터웠다. 학교에서 그는 '소년 대장'으로 통했다.

"용기와 단결, 그다음으로 중요한 게 뭔 줄 아나? 각자 머리를 맞댄 사상(생각)일세. 제아무리 뛰어난 용기와 단결력을 가졌다 하더라도 사상이 이를 받쳐주지 못하면 절대 큰일을 할 수 없지."

그리고 여기에 따른 성과는 작문 수업에서 곧 나타났다. 최대한 실수 없이 밀서를 전달하기 위해서는 우선 그 지형에 밝아야 하는데, 최 씨의 머릿속에는 압록강 이편과 저편의 사계가 손금처럼 박혀 있었다. 얼마 전에 치른 전교생 백일장에서 최우수 작품으로 선정된 「나의 하루」가 바로 그 본보기였다. 백일장이 시작되자 최 씨는 마치 지도를 그리듯이 세밀한 묘사로 한 단어, 한 문장을 완성해나갔다.

"초중 2학년 때 해방을 맞았는데 정말 속이 시원하더군. 낮에는 적군에게 지배 당하고 밤이 되면 아군이 되찾는 그런 세상을 살았단 말이지."

중학교 졸업을 한 달여 앞둔 어느 날이었다. 담임과 면담을 마친 최

장백현

"그 무렵 사람들의 입에서 이런 말이 나왔었지.
장백은 매우 복잡하고 어지러운 땅이라고. 압록강만 건너면 혜산이고,
혜산에서 남쪽이 낭림산맥, 그리고 그 북쪽이 마천령산맥이었으니
어느 군대가 천혜의 보물이나 다름없는 장백에 눈독을 들이지 않겠는가.
또 압록강을 무사히 건너 혜산에만 당도하면 청진, 함흥, 원산 등 항구 도시를 거쳐
태백산맥인 지리산까지 닿아 있었단 말이지."

씨는 흥분을 감추지 못했다.

"우리 집 형편에 고중 진학은 꿈조차 꿀 수 없었네. 초중을 졸업한 것만도 감지덕지였었지. 한데 그날 담임교원께서 이리 말하지 않겠나. 통화에 조선 사범학교(요동사범학교)가 생겨 추천을 했으니 인차 떠날 채비를 하라고."

장백에서 통화까지는 오백 리 길. 최 씨를 배웅하기 위해 모여든 장백 친구들은 걱정이 한 짐이었다. 하지만 최 씨는 헤헤 웃고 말았다. 이 정도의 거리면 누워서 떡 먹기였던 것이다.

"동무들과 헤어져 통화로 가는 날 이 생각이 먼저 들더군. 산에서 자란 내가 이제야 그 산을 떠난다는. 개마고원은 조선반도의 지붕이나 다름없잖은가. 그 지붕 위를 장장 8년 동안 가슴에 밀서를 품고 내달렸으니 왜 위험한 고비가 없었겠나. 왜놈도 무서웠고 산짐승도 무서웠고, 사나운 비바람과 눈보라도 무섭긴 마찬가지였네. 하지만 그 모든 것을 이겨낼 수 있었던 가장 큰 원동력은 장백에서 살았다는 것이네. 장백은 나한테 두려움을 없애주었지."

장백에서 통화까지는 도보로(중간에 마차를 잠깐 얻어 탄 적도 있었다) 꼬박 닷새가 걸렸다. 최 씨는 그 길을 걸으면서 느낀 점도 많았다. 광복 후라 그런지 하룻밤 잠을 청하러 민가로 들어서면 하나같이 반갑게 맞아주었다. 함경북도 삼수에서 건너왔다는 한 할머니는 손수 빨래까지 해주었다.

"그때 잠깐, 자네처럼 글을 쓰는 작가가 되어볼까 하고 헛생각을 한 적도 있었지. 하룻밤 묵어가는 인연인데도 노인들이 들려주는 이야기가 산처럼 쌓여가지 뭔가. 재미나기도 하고 가슴 아프기도 하고……. 그분들의 이야기를 끝까지 다 들어주지 못하고 떠나온 게 두고두고 아쉽더군."

입학식 행사를 다 마친 최 씨는 교정에 나부끼는 공산당 깃발을 올려다보았다. 저 깃발, 중국공산당이 아니었다면 오늘의 이 행운을 맛볼 수나 있었을까? 너무 기쁜 나머지 그는 속으로 공산당 만세, 공산당 만세를 외쳤다.

첫 학기말 시험을 치른 뒤였다. 교내에 갑자기 군 입대와 관련한 이야기가 나돌고 있었다. 표정이 어두운 학우들처럼 최 씨도 자꾸만 그쪽에 신경이 쓰였다. 입학 무렵, 사범학교 학생들은 병역이 면제되는 걸로 알고 있었으나 그게 아닌 모양이었다.

"그때의 심정을 작문으로 표현한다면 '말발굽처럼 뛰었던 내 심장이 겨울 압록강처럼 얼어붙었다'고 할까? 물론 입대를 거부할 생각은 없었네. 다만, 열일곱 살의 사상으로 받아들이는 일이 조금 혼란스러웠을 뿐이네."

학교 측도 벌써 일주일 넘게 회의를 거듭하고 있었다. 그만큼 학교 측도 학생들만큼이나 입장이 곤란한 처지였다. 전교생 50명 중에 남학생만 45명. 만약 이들을 공산당 방침에 따라 전원 입대시킨다면 요동사범학교는 설립 반년 만에 폐교를 맞을 수도 있는 급박한 상황이었다.

"가만 보면 전쟁이라는 것이 흥미롭긴 해. 애들 장난 같기도 하고. 적으로 싸웠던 중국 공산당과 국민당이 7·7사변을 계기로 똘똘 뭉쳐 일본군에 맞서지 않았나. 그랬던 그들이 일본의 패전과 동시에 내전으로 다시 치닫고 있었으니 그게 두 얼굴을 가진 연극이 아니고 무엇인가. 솔직히 난 그런 전쟁에는 별 흥미가 없네. 그건 전쟁이 아니라 힘없는 백성들을 사지로 몰아가는 권력 다툼이란 말이지."

공산당 간부까지 참석한 회의 결과 다행히 입대를 안 하는 쪽으로 결론이 나긴 했지만, 그러기에는 시간이 별로 많아 보이지 않았다. 2년제 수업 과정이 1년으로 단축되면서 학생들은 학업 일수를 채우느라 올빼미가 되어갔던 것이다.

또 하나 눈에 띄는 점은 팔로군의 교내 상주였다. 국가의 인재들을 보호한다는 명목으로 십여 명의 팔로군이 학교에 상주하자 누구보다 그들을 반긴 건 최 씨였다.

"팔로군이라면 장백에서 아군처럼 지냈던 사이가 아닌가. 형뻘 되는 그들과 낮에는 편 갈라 볼을 차고 밤에는 영화를 보곤 했는데, 축구는 사범생들이 한 수 위였네. 한 번 지면 세 번을 이겼으니까."

조직부장을 맡은 최 씨는 축구 시합에서 진 팔로군들이 떡을 사서 안기면 그 답례로 아코디언 연주를 들려주었다. 아코디언은 장백에서 지낼 때 항일연군에게 배운 것으로, 최 씨의 연주는 그 순서가 대체로 일정한 편이었다. 그는 맨 먼저 〈애국가〉를 들려주었다.

"손풍금 연주를 시작할 때 제일 먼저 떠오르는 분은 단천학습소 담임 교원이었네. 그동안 내가 지켜본 사람들 중에서 사상이 가장 똑바로 박힌 담임교원은 수업 전에 꼭 〈애국가〉를 불러주셨는데, 그다음으로 가르쳐준 곡이 〈기운찬 아침〉, 〈민중의 길〉, 〈붉은 깃발〉, 〈아리랑〉 순이었네."

"분위기는 어땠습니까?"

"음악이라는 것이 본래 군중을 사로잡는 묘한 마력을 지녔잖은가. 그래 팔로군 중에는 내 연주를 듣기 위해 일부러 떡을 사 오는 사병들도 있었네."

이어서 최 씨는 사범학교 시절 중에서 그중 힘들었던 기억도 마저 꺼내 놓았다.

"속성 과정으로 공부를 하다보니 수면이 제일 큰 문제더군. 하루 평균 열여섯 시간씩 공부를 해댔으니 그게 어디 사람인가, 기계지. 그리고 내 글씨가 곱지 못한 것도 그때 잘못 들인 습관 탓이라고 할 수 있네. 교원들의 말 수업을 글로 받아 적는 일이 어쩌나 힘들든지. 서너 시간 공책에 받아 적고 나면 글씨가 마치 술에 잔뜩 취한 주정뱅이 같지 뭔가."

졸업을 즈음해 학교 측으로부터 공안(경찰)직 특채 제의를 받은 날이었다. 최 씨는 그 자리에서 단호히 거절 의사를 밝혔다.

"일차적인 생각은 조선어로 공부를 했으니 그걸 후학들에게 돌려줘야 한다는 것이었고, 그다음은 개인적 사상 때문이었네. 공안이라면 왜놈들 시절에 순사가 아닌가! 그렇다면 더더욱 할 수 없지. 문중 어르신들이 무엇 때문에 만주로 건너와 그 고생을 했는가? 단천학습소를 다닐 때 아버지께서도 말씀하셨네. 무엇을 배우든 상관없지만 그것을 사용할 때는 반드시 문중과 민족을 먼저 생각하라고."

학교 측의 배려를 뒤로한 채 첫 발령지인 요녕성 환인으로 향할 때였다. 차창 밖 풍경에 빠져 있던 최 씨는 잠시 후면 보게 될 오녀산과 혼강을 머릿속으로 그려보았다. 단천학습소에서 고구려에 대해 잠간 배운 적이 있는데, 주몽이 고구려를 세운 곳이 바로 환인이었던 것이다.

"타국에서의 삶이 그렇더라고. 우리 민족의 역사가 깃든 곳은 정감이 더 가는 거라. 며칠 굶었는데도 배가 고프지 않은 것처럼 말일세."

그러나 지난 역사의 체온도 잠시, 환인 조선중학교에 도착한 최 씨는 입이 떨어지지 않았다. 학생들 나이 때문이었다. 적게는 열네 살에서 많게는 스물두 살까지, 최 씨보다 나이가 더 많은 학생이 무려 여섯 명이나 되었다.

"쉬는 시간도 만만치가 않더군. 자기들끼리 복도 귀퉁이에 모여 담배를 쭉쭉 빨아대는데……. 자네가 당시 내 입장이었다면 그곳을 아무렇지 않게 지나갈 수 있었겠나?"

최 씨가 더욱 힘들었던 부분은 학부형 집을 전전하며 숙식을 제공받는 일이었다. 가령 두 학생이 교실에서 치고받고 싸웠다 치자. 바로 이럴 때 교사의 입장에서는 곤혹스러울 수밖에 없었다. 잘잘못을 떠나 누구의 손도 들어줄 수 없기 때문이다.

"언젠가 한번 한 학생의 손을 들어주었다가 낭패를 봤지 뭔가. 원수는 외나무다리에서 만난다고, 하필 손을 들어주지 않은 그 학생 집에서 한 달을 머물 줄 누가 알았겠나."

그뿐만이 아니었다. 1개월 주기로 학부형 집을 전전할 때 가장 난감했던 부분은 저녁 식사 후 누군가가 방문을 두드릴 때였다.

"남학생보다는 여학생 집에서 기숙할 때가 몇 배 더 힘들었던 것 같아. 여학생을 자녀로 둔 학부형들마다 나를 사윗감으로 먼저 생각하고 있었으니 어찌 마음이 편할 수 있었겠나. 어떤 학부형은 점쟁이를 찾아가 두 사람의 사주 궁합까지 봐 왔더란 말이지."

그렇지만 짝은 따로 있었다. 은값의 처녀였다.

"당시만 해도 처자들 대부분이 아홉수(열아홉) 전에 시집을 가는 추세였으니 스물이면 은값 아닌가?"

그날도 최 씨는 방과 후 일부러 학교에 남아 책을 읽는 중이었다. 남들처럼 일찍 퇴근해 밀린 빨래도 하고 쉬고 싶지만, 그랬다간 미움을 살 수도 있었다. 학부형 쪽이나 교원 쪽이나 저녁 식사 시간에 맞춰 퇴근하면 서로 편했다. 인기척에 고개를 든 건 땅거미가 질 무렵이었다. 교무실 바깥 창문 쪽에서 킥킥, 마을의 처자들이 총각 선생을 훔쳐보고 있었다.

오녀산

"그동안 만주에서 항일군들이 누구를 위해 싸우고,
무엇 때문에 초개처럼 목숨을 버렸는가?
그런 조국 하나 제대로 지켜내지 못하고 기어이
두 패로 갈라지고 말았으니…….
그 소식을 전해들은 나는
소년 시절의 기억들이 서러워 밥을 삼킬 수가 없었네."

"사람의 인연이라는 게 그렇더라니. 처가 쪽에서 나를 극진히 환대해 주니 어쩌겠나."

아닌 게 아니라 호떡집에 불이 난 것처럼 처가 쪽의 반응은 갈수록 뜨거웠다. 집을 한 채 사주는 것도 모자라 다달이 식량까지 대주었다. 물론 최 씨도 처가 쪽의 호의를 마다하진 않았다. 그동안 내심 바라고 원했던, 자신만의 공간이 생기자 천국이 따로 없었다.

들리는 소문에 의하면 이웃들의 평판도 가히 나쁜 편은 아니었다. 일 잘하지, 수평(교양) 갖췄지, 거기에다 문화적이지. 그만하면 90점은 거뜬해 보였다. 그중에서도 최 씨의 마음을 잡아끈 가장 큰 요인은 군중과의 관계였다.

"생산대와 부녀단에서 모범여성으로 활동하고 있다는 소리를 듣고 더 이상 묻지 않았네. 처가 쪽 본관이 경상남도 밀양이라는 것도 내 마음에 쏙 들었고. 밀양이라면 약산(김원봉)과 석정(윤세주), 의혈단들의 출신지 아닌가."

한 가지 아쉬운 점은 결혼식이었다. 오래 전부터 결혼식만큼은 장백에서 꼭 올릴 거라고 꿈꿔왔으나 주변의 상황이 여의치 못했다. 아들의 결혼식을 앞두고 환인으로 거처를 옮긴 최 씨의 어머니는 이제 전쟁이라면 넌덜머리가 난다며 역정부터 내셨다.

"나 역시도 어머니와 같은 심정이었네. 왜놈들 손에서 풀려난 지 얼마나 되었다고 또 전쟁이란 말인가. 6·25전쟁은 수치였네."

그보다 더 큰 문제는 한국전쟁이 중국의 내전과 다른 길을 가고 있다는 점이었다. 머잖아 곧 끝날 줄 알았던 전쟁이 분단체제로 접어들자 최 씨는 실망을 넘어 화가 치밀었다.

"그동안 만주에서 항일군들이 누구를 위해 싸우고, 무엇 때문에 초개처럼 목숨을 버렸는가? 그런 조국 하나 제대로 지켜내지 못하고 기어이 두 패로 갈라지고 말았으니……. 그 소식을 전해들은 나는 소년 시절의 기억들이 서러워 밥을 삼킬 수가 없었네."

'혁명(문화대혁명)을 수행함으로써 혁명을 배운다'는 기치 아래 중국도 홍위병의 기세가 하늘을 찌르고 있었다. 그들은 주로 지주, 부농, 지식인을 상대로 살상마저 서슴지 않았다. '북한 방송 청취'라는 죄명으로 홍위병들에게 붙들려간 최 씨는 한반도의 분단이 더욱 원망스러웠다.

"끌려가는 것쯤이야 뭐가 무섭겠나. 그보다 먼저 나는 중국 공산주의와 북한의 공산주의가 어떤 점에서 다른지 그걸 좀 따져 묻고 싶었네. 누차 얘기했듯이 나는 공산당 정책에 반대한 적도 없거니와, 공산당 덕에 공부를 해서 오늘날 교원이 된 사람이 아닌가."

발단은 작은형에서 비롯되었다. 팔로군에서 전역한 작은형이 전후 복구 차원에서 압록강을 건널 때만 해도 최 씨는 이를 대수롭지 않게 여겼다. 한국전쟁 당시 이남은 미국이, 이북은 중국이 동맹국으로 참전했던 것이다.

"그렇게만 생각했던 중국과 북한의 문이 감쪽같이 닫히고 말았으니 왜 난들 걱정이 안 됐겠나. 이제 어머니도 세상을 뜨고 안 계시지, 마지막 혈육인 작은형마저 북한에 있었단 말일세."

비록 반혁명 분자로 몰려 심문을 받고 있지만 최 씨도 물러서지 않았다. 중국의 한 소수민족 성분으로, 한반도가 분단되어 있다는 점을 반드시 관철시키고 싶었다.

"공산당 정부에 박해를 당했다고 해서 중국의 문화혁명을 깎아내리거나 탓할 생각은 추호도 없네. 어느 국가라도 혁명은 또 일어날 테니까. 그렇지만 내가 가장 견디기 힘들었던 부분은 '사상개조'라는 말이었네.

어찌 감히 그깟 혁명사상이 항일사상을 심판할 수 있단 말인가? 분명히 말해두지만 그건 한낱 말장난에 지나지 않는 언어도단일세!"

수업 도중 끌려가 8개월 만에 풀려난 뒤였다. 최 씨는 학교를 그만두고 싶었다. 세상이 마치 이미 기획된 각본을 손에 쥐고 연극을 하는 것 같아 더는 견딜 수가 없었다. 그러나 사방 어디를 둘러봐도 마땅히 갈 만한 곳이 없었다. 중국을 떠나 다른 곳으로 가려 해도 남과 북 모두가 꽉 막혀버려 탄식만 깊어갈 뿐이었다.

"그때 절실히 깨달았던 것 중에 하나가 '오갈 곳 없는 신세'라는 거였네. 마흔 중반으로 들어선 내 위치가 영락없는 그 신세지 뭔가."

학교로 복귀한 최 씨는 밤마다 장백을 떠올렸다. 떠나온 지 벌써 30년이 다 되었지만 장백은 그처럼 심장과 같은 곳이었다.

"내 인생에서 장백은 거대한 스승이었네. 중국의 문화혁명을 한번 보게. 중국의 문화혁명이 수직적 관계를 요구했다면 장백의 항일운동은 그 반대였지. 자발적이면서, 수평적인 관계 속에서 항일이 이뤄졌단 말이지. 총만 많이 가졌다고 해서 전쟁에서 승리할 수 없는 것처럼 말일세."

아울러 최 씨는 분단체제에 대해서도 말을 아끼지 않았다. 언중유골이 따로 없었다.

"남쪽에서 살든 북쪽에서 살든 그딴 건 중요치 않다고 보네. 아무리 적대시해도 종국엔 같은 피를 가진 한민족이 아닌가. 하지만 여기서 분명히 말해두고 싶은 것이 하나 있네. 나처럼 나이가 여든을 넘어섰다면 절대로 큰소리치지 말아야 한다는 것이네. 승자든 패자든 6·25전쟁 세대들이 남과 북을 저 지경으로 만들어놓지 않았는가. 내가 고향 땅 밟기를 포기한 것도 실은 그 때문이었네. 이 나이 되도록 살아 있다는 것이 후대들한테 너무 부끄러운 거라."

　팔순을 훌쩍 넘긴 노구에도 시종일관 꼿꼿한 자세로 당신의 지난 시절을 들려준 최경환 씨를 배웅할 때였다. 자신의 첫 발령지였던 환인 조선족중학교 교정을 빠져나가는 최 씨의 보폭이 예사롭지 않았다. 오늘도 그는 한 통의 밀서를 가슴에 품은 채 어디론가 바삐 향하는, 오래전 드라마 속 한 장면을 다시 보는 것 같았다.

다섯 번째 이야기

그런 노래가 있었지

"물론 제2의 도전을 준비할 때
나름 자신은 있었네.
조선족이 원래 무에서
유를 창조한 사람들이 아닌가.
사막이나 다름없는
만주 땅을 개간해
자발적으로 살아남았단 말이지."

선친이 개척한 알라디 촌(村)을
반석에 올려놓은 배명수 씨

길림성 길림시 조선족노년협회를 방문해 인사를 나눈 뒤였다. 잠깐만 앉아 있으라며 자리를 권한 리창수(노인협회 회장) 씨가 뭔가를 급히 쓰고 있었다.

"혹시 몰라서 몇 줄 적었으니 이걸 가져가시게. 곧기가 워낙 먹줄 같 은 분이어서……."

시가지를 벗어난 택시가 송화강 다리를 건널 때였다. 강변을 온통 은 백색으로 수놓은 겨울 눈꽃은 장관 중에 장관이었다. 이곳 사람들이 왜 저 눈꽃을 일컬어 '설류雪柳'라 하는지, 이제야 그 뜻을 조금은 알 것도 같았다. 송화강 주변이 수양버들로 가득했다.

남강공원 옆 아파트에 거주하는 배명수 씨는 매우 신중해 보였다. 조 금 전 리창수 씨가 써준 인편도 부동자세를 취한 채 읽어 내렸다.

"커피를 타 올 테니 잠깐 앉아계시게."

다 읽은 편지를 식탁 위에 올려놓은 배 씨가 주방 쪽으로 걸어갔다. 뒤 에서 지켜보는 사람이 불안할 정도로 그는 다리를 몹시 심하게 절었다. 교통사고 후유증이라고 했다.

"수술만 세 차례나 했으니 나로서는 기적이지 뭐. 이렇게 걷고 있지 않 은가."

커피로 목을 축인 배 씨는 자신의 부친이 고향(경상북도 안동군 풍천면 구호 동)을 떠나게 된 그 배경부터 들려주었다.

"가뜩이나 힘든 시절(식민지)에 아버지 형제만 일곱이었으니 제때 밥이 나 먹고 살았겠나. 그래 조부께서는 아버지의 형제들이 열다섯 살만 되 면 머슴질로 내보냈던 모양이라."

배 씨의 부친도 예외일 수 없었다. 열다섯에 집을 나와 열아홉 살이 될 때까지 그는 부잣집을 떠돌며 종처럼 일해야 했다. 그랬던 그가 조선을 떠나야겠다고 마음을 굳힌 건 모친상을 당해 잠시 귀국한 어느 머슴의 말을 듣고서였다. 만주는 이쪽 끝에서 저쪽 끝이 안 보일 정도로 땅이 너르다는 말에 그는 과감히 길을 떠났다. 그동안 겪은 조선의 부농만 놓고 보더라도 그들은 하나같이 삼백 석 이상의 땅을 소유하고 있었다.

"한족들 인심이 생각보다 나쁘진 않았던 것 같아. 길림성 화전에서 머슴질해 번 돈을 두 달에 한 번씩 고향집으로 송금할 정도였으면 괜찮은 대우 아닌가? 더구나 식민지 시절에."

계약기간 만료와 함께 배 씨 부친은 그곳에서도 미련 없이 길을 떠났다. 화전에서 두 해를 살아본 결과 만주는 자신만 부지런하면 얼마든지 자작농도 가능해 보였다.

"내 부친이 다음 목적지로 정한 곳은 흑룡강성이었다고 하더군. 당시만 하더라도 흑룡강성은 두만강을 낀 길림성이나 압록강을 낀 요녕성에 비해 개간할 땅이 아직은 여유로운 편이었는데, 바로 그 점을 노렸던 것 같네."

배 씨 부친이 흑룡강성을 원한 데는 그것 말고도 하나가 더 있었다. 화전에서 지낼 때 자신보다 서너 달 앞서 떠난 동료 머슴에 의하면 흑룡강성은 경상도 출신 이주자가 칠 할에 가까웠다. 가재는 게 편이라고 배 씨 부친도 이왕이면 고향 사람들이 더 많은 곳에서 살고 싶었다. 그러나 막상 길을 나서고 보니 화전에서 상지까지의 거리가 만만치 않아 보였다. 길림까지 걸어오는 데만 벌써 이틀을 잡아먹은 것이다.

객점에서 하룻밤을 보낸 배 씨 부친은 다음 날 첫차를 타기 위해 새벽같이 길을 나섰다. 미명이 덜 걷힌 도심은 콩물 파는 곳이 수시로 눈에 띄었다. 그 가게들을 무심히 지나쳐 길림역 방향으로 잰걸음을 칠 때였

다. 저만큼에 웬 노인이 손자뻘이 될까 말까 한 소년과 함께 두루마기 차림으로 길을 가고 있었다. 일순 배 씨 부친은 무엇에 홀린 사람처럼 그 곳을 향해 뛰었다. 아! 얼마 만에 보는 조선의 두루마기인가! 만주에서 두 해를 사는 동안 그가 본 조선인이라곤 건넛마을에서 머슴을 산 동료 가 전부였다.

"말 그대로 그날, 극적인 만남이 이뤄졌다고 할까? 세 부자가 마치 약 속이라도 한 것처럼 길림역 앞에서 상봉을 했으니 그게 하늘의 뜻이 아니고 무엇이었겠나!"

　자초지종은 이랬다. 만주로 떠난 셋째아들로부터 우편환이 꼬박꼬박 도착하자 배 씨 조부는 일말의 어떤 확신이 생겼다. 그러나 대가족을 이끌고 압록강을 건너기엔 아직 무리라는 생각이 들었다. 만에 하나 일을 그르쳤다간 아니 떠난 것만 못할 수도 있었다. 해서 그는 궁리 끝에 답사를 다녀오기로 마음을 정했다. 우선 아들을 만나 만주의 정황을 좀 더 알아본 다음, 그때 가족을 불러들여도 늦지 않을 것 같았다.

　그와는 반대로 배 씨 부친은 상봉의 기쁨도 잠시 잊은 채 걱정이 태산이었다. 자신의 수중에 있는 돈으로는 상지행 기차표 두 장도 어려웠다. 추측건대 아버지의 사정도 별반 달라 보이지 않았다. 조금 전 콩물 값도 자신이 치렀던 것이다.

　상지행을 포기한 배 씨 부친은 동쪽으로 길을 잡았다. 콩물 가게에서 나오는데 마침 먼동이 터오고 있었다. 온몸이 꽁꽁 얼어붙을 것 같은 한파와 맞서며 한 시간여쯤 걸었을까. 사십 호 남짓한 대립자大쏜子 마을로 들어서자 한 한족이 성큼 다가오더니 배 씨 부자를 조선인 집으로 안내했다. 두루마기를 걸친 모습을 보고 그곳으로 안내를 한 듯했다.

　"대립자에서 유일한 조선인인 이 서 씨 댁이 나한테는 매우 중요한 곳일세. 조부님과 부친의 극적 상봉에 이어 또 다른 한 편의 드라마가 그 집에서 펼쳐졌지 뭔가."

　그렇지만 서 씨의 처음 태도는 얼음장처럼 차가웠다. 경상북도 상주에서 이주한 서 씨는 자기 집에 필요한 일꾼은 한 명이라며, 세 부자를 금방이라도 내칠 기세였다. 바로 그때였다. 발 빠르기로 치면 배 씨의 부친도 서 씨 못지않았다. 머슴살이로 잔뼈가 굵은 청년답게 그는, 세 식구 먹여주고 재워만 주면 무슨 일이든 다 하겠다며 서 씨를 다시 자리에 눌러 앉혔다.

"그 점이 바로 내 부친의 진면모이기도 하네. 굉장히 부지런하고 근면하신 데다, 가족을 책임지려는 의지가 누구보다 강하셨지."

서 씨도 일찍이 배 씨 부친의 행동거지를 지켜보고 있었던 걸까. 한 해 농사를 다 마친 어느 날이었다. 서 씨 내외가 배 씨 조부를 찾아와 난데 없이 머리를 조아렸다.

"그날이 무슨 날이었는고 하면, 나중에 내 외조부가 되신 서 씨라는 분이 우리 부친을 데릴사위로 맞고 싶다며 청을 하러 온 날이었네."

스물둘이면 얼추 나이도 찼겠다, 배 씨 쪽에서도 서 씨 댁의 청을 마다할 이유는 없었다. 더구나 이역만리에서 남자만 셋이다보니 살림을 도맡아줄 여인의 손길이 절실하던 차였다.

문제는 배 씨 부친이었다. 가정을 이뤄 두 해째 살고 있지만 대립자는 여전히 갈등의 한가운데 놓여 있었다. 마음이 바빠진 배 씨 부친은 옥수수 농사가 끝나갈 즈음 장인에게 자신의 심정을 솔직하게 털어놓았다. 다행히 서 씨도 벼농사를 짓고 싶어하는 사위의 포부를 만류하진 않았다. 서 씨 자신이 보기에도 대립자는 젊은이들이 살아가기에는 팍팍한 게 사실이었다.

"수전을 개척할 당시, 조선인들이 제일 먼저 찾아 나선 건 다름 아닌 버드나무였었네. 버드나무는 습성에 강해 수전을 갈망하는 사람들에게 길잡이가 되어주었지."

대립자를 떠나온 게 9월 중순이었으니 벌써 두 달이 지나고 있었다. 그사이 인원도 네 명으로 불어났다. 배 씨 부친처럼 벼농사를 갈망하는 조선인들이었다. 그들과 함께 길림시에서 동쪽으로 80리가량 떨어진 곳에서 황무지를 발견한 배 씨 부친은 하늘을 향해 두 팔을 번쩍 치켜 올렸다.

"그곳 주소지가 길림시 용담구 우라가진 알라디[1]라는 곳일세. 마을에 나지막한 언덕이 하나 있어 거기서 지명을 따왔다 하더군."

1934년 알라디촌 첫 이주자는 배 씨 부친(배원직)을 비롯해 고판동, 정광호, 남현호, 최갑보, 주상렬, 장도권 등 모두 일곱 명이었다. 이중에서 알라디 개척의 일등공신은 당시 길림성 일본영사관에 적을 둔 남현호였다. 뒤늦게 그가 합류하면서 땅은 얼마든지 개간할 수 있었다.

"볍씨도 남현호가 안배해 북해도(일본) 것으로 농사를 지었는데 결과는 대성공이었네. 그쪽 기후와 이쪽 기후가 잘 맞아떨어진 볍씨를 썼으니 요즘 말로 하면 대박이 난 거지."

첫 해 농사로 마을회관을 지은 주민들은 그 이듬해 학교를 세웠다. 그러자 알라디의 소식을 듣고 찾아오는 사람들의 발길이 줄을 이었다. 물론 개중에는 반갑지 않은 얼굴도 있었다.

"희망의 땅으로 출발했던 알라디가 엉망이 돼버린 건 한족들이 들어오고부터였네. 일제가 간섭하면서 잡거촌으로 전락하고 말았으니 좀 어지러웠겠나."

지략에 능한 일제의 노림수로 마을이 한 지붕 두 가족으로 변하자 자연 그 골도 깊어질 수밖에 없었다. 벼농사에 서툰 한족들은 조선인들이

---

1) **알라디 촌** : 알라디(阿拉底)는 길림시 중심지에서 북으로 40km 떨어진 곳에 위치해 있고, 주민들의 70%가 경상도 출신으로 구성된 조선족 마을이다. 알라디의 '알라'는 언덕을, '디'는 중국어로 낮은 곳(底)을 의미한다. 〈아리랑〉의 '아라리가 났네'에 나오는 '아라'의 명칭과 같다. 1932년 만주로 건너간 이주민들은 척박했던 이곳을 개간하기 시작했고, 이후 1930~1940년대 경상북도 주민들을 위주로 알라디 마을로의 집단 이주가 이어졌다. 마을 사람들은 지금까지 한국의 생활 습성과 전통 문화를 그대로 이어가고 있다.

성심성의껏 도와주지 않는다며 사사건건 시비를 거는가 하면, 조선인은 조선인들대로 한족과 더 이상 같이 살 수 없다며 면전에다 대고 욕설을 퍼부었다.

"학교는 그보다 더 심각한 지경이었네. 200명 규모를 예상하고 지었던 학생 수가 갑자기 600명으로 불어나면서 교실은 콩나물시루지, 수업도 엉망이지. 거기에다 서로 언어까지 막혀 있었으니 얼마나 기가 찰 노릇인가. 이건 학교가 아니라 수용소를 보는 것 같았네."

조선과 중국을 양손에 거머쥔 채 주사위놀음을 해온 일제가 마침내 1945년 8월을 맞아 알라디에서 자취를 감춘 뒤였다. 대한독립 만세를 외치며 해방에 부풀어 있던 조선인 주민들은 더 큰 난관에 부딪히고 말았다. 기다렸다는 듯이 한족들이 몽둥이를 휘저으며 달려들었다.

"자그마치 7년을 서로 앙숙처럼 지냈으니 한 번쯤 터질 때도 되지 않았겠나? 그런데 문제는 한족들의 요구가 갈수록 높아지고 있다는 것이었네."

식량에 이어 토지까지 내놓으라며 압박의 수위를 높여갈 때였다. 결국 이를 보다 못한 조선인들도 농기구 대신 몽둥이를 움켜쥐었다. 다른 거라면 또 몰라도 토지만큼은 단 한 뼘도 내줄 수 없었다. 전선으로 치면 토지는 최후의 고지나 다름없었던 것이다.

"8·15 해방 뒤에도 알라디는 고향으로 돌아간 조선인이 거의 없었는데, 이를 악물고 싸운 것도 바로 그 점 때문이었네. 그동안 일본 놈들에게 당했으면 됐지 또 당할 수야 없는 일 아닌가. 그리고 알라디가 비록 중국의 영토이긴 하나 무상으로 벌어먹진 않았단 말이지. 조세에 공출, 애국 헌금에 독립군 자금까지 아마 이 점에 대해서는 항일독립군들도 특별히 할 말이 없을 줄 아네. 단 한 번도 그들을 빈손으로 돌려보낸 적이 없었으니까."

근 1년간 지속된 조선인과 한족간의 마찰이 수그러든 건 중국의 국공내전[2]이 다시 불거지면서였다. 국민당이 인근 우라가를 점령했다는 소식이 전해지자 조선인 주민들은 몸을 숨기기에 바빴다.

"목숨줄이나 다름없는 알라디를 떠날 수밖에 없었던 건 그럴 만한 사정이 있었네. 재만 조선인 대부분이 중국공산당을 지지해왔지 뭔가. 비적들로부터 마을을 보호하기 위해서는 어쩔 수 없는 선택이기도 했었네."

우라가 전투는 한 치의 양보도 없이 치열한 공방이 계속되었다. 그처럼 우라가는 길림성 일원에서 매우 각별한 진지 중 하나였다. 공산당과 국민당 중 어느 한쪽이라도 우라가를 내주는 날엔 길림시 전체를 잃을 수도 있었다.

"국공내전 때 우리 집도 맏형을 잃었는데, 그날 내가 소스라치게 놀랐던 건 부친의 언행 때문이었네. 글쎄 팔로군 전사자로 돌아온 맏형의 시신을 확인한 부친께서 이렇게 말하지 않겠나. 죽은 사람은 이제 어쩔 수 없으니 부상당한 병사들 치료에 만전을 기하라고."

중국의 내전이 20여 년 만에 역사의 저편으로 저물어갈 즈음이었다. 서란 등지로 몸을 피했던 주민들이 알라디로 다시 돌아오고 있었다. 그 광경을 먼저 도착해 지켜본 배 씨는 한 편의 영화를 보는 것처럼 가슴이 뭉클했다.

---

2) **국공내전(國共內戰)** : 1927년 이후 중국국민당과 중국공산당 사이에 일어난 두 차례의 내전을 말한다. 중화인민공화국에서는 해방전쟁이라고도 부른다. 전쟁의 결과로 본토에는 모택동이 이끄는 중국공산당의 중화인민공화국이 수립되었으며, 장계석이 이끄는 중국국민당은 남경에 있던 중화민국 정부를 타이베이로 이전했다. 보통 1927년에서 1936년까지를 제1차 국공내전, 1946년부터 중화인민공화국이 수립된 1949년까지를 제2차 국공내전으로 구분한다. 그러나 종전 또는 휴전에 대한 합의가 없었고, 분단 이후로도 군사적인 충돌이 오랫동안 이어져왔다.

"그런 노래가 있지, 타향도 정이 들면 고향이라는. 4년 만에 다시 돌아와 서로 얼싸안고 우는데……. 당시 열세 살이었던 나는 그때의 장면을 지금도 잊을 수가 없네. 8·15 해방 때보다 더 감동적이고 더 감격적이었단 말이지."

한족들과의 마찰로 속앓이를 했던 마을도 깨끗이 정리가 되었다. 공산당이 정권을 잡으면서 알라디는 조선인만 거주하는 본래의 모습을 되찾을 수 있었다.

알라디가 주변에 널리 알려지기 시작한 건 1956년, 전국 농업 모범마을로 선정된 후였다. 중국 정부로부터 표창장이 수여되자 주민들은 경작지를 더 확충하는 데 총력을 기울였다. 두 해에 걸쳐 마련한 알라디의 총 경작지 면적은 400헥타르(논 360, 밭 40). 조선족들이 몰려들면서 마을의 규모도 360호로 커졌다.

그런데 그날따라 주민들의 회의 속도가 영 신통치 않았다. 그동안 한족들에게 호되게 물린 탓인지 주민들은 찬성에도 반대에도 뜨뜻미지근한 반응을 보였다.

"그날 열린 회의 안건은 만족滿洲族을 불러들일 것인지 말 것인지 그걸 논의해 결정하는 일이었네. 경작지가 기존의 배로 늘어나면서 양곡 운송에도 비상이 걸렸는데, 정작 우리 쪽에 말을 다룰 줄 사람이 단 한 명도 없지 뭔가."

산과 바다처럼 사람이 사는 세상도 각자의 역할이 따로 있는 듯했다. 찬반 회의 끝에 여섯 가구의 만족이 새로 입주하자 알라디는 곧 생기를 되찾았다. 말은 물론이고 피혁을 다루는 만족들의 솜씨가 일품이었다.

알라디가 중국 농촌의 새로운 본보기로 각광을 받을 때였다. 중국 정부는 최초로 알라디에 농촌 소조小組를 꾸려 그 실험에 들어갔다. 그러나 농업 집단화의 첫 번째 단계인 '호조조', 두 번째 단계인 '합작사', 그리고 마지막 단계인 '협업화'를 가동시켜봤지만[3] 정작 주민들의 반응은 시큰둥할 뿐이었다.

"요란한 잔칫집일수록 먹을 게 별로 없더라는 속담의 사례를 그대로 보여준 결과였다고 할까. 그 뒤로도 생산대, 생산대대, 인민공사[4] 등 집체로 통칭되는 기구들이 줄줄이 생겨났지만 알라디와는 궁합이 맞질 않았네. 한겨울에 여름옷을 걸친 것처럼 말일세."

하지만 대약진운동의 파고는 분명 예전과 달랐다. '마을의 일은 마을에서 결정한다'는 주민들의 의견은 휴지 조각에 불과했다.

"집체가 우스웠던 것이, 사흘이면 충분할 모내기가 닷새나 걸렸다는

3) 중국은 생산수단의 사회주의적 개조를 위한 제1차 5개년계획(1953~1957)을 실시한다. 농촌에서는 농업 집단화가 추진되었다. 몇몇 농가가 필요에 따라 서로 돕는 '호조조(互助組)'를 만들고, 이어서 농민들 스스로가 토지와 농기구를 공동으로 투자한 다음 투자비율에 따라 그 대가를 분배하는 생산협동조합인 '초급합작사(初級合作社)'를 조직했다. 그다음 단계인 '고급합작사(高級合作社)'에서는 토지와 농기구 등은 집단 소유로 하고, 노동량으로 점수로 계산하여 분배하는 형태였다. 이들 고급합작사들과 지역 행정기관을 통합 · 대형화하여 '인민공사'의 발족으로 연결되었다.

4) 인민공사(人民公社) : 인민공사(1958~1982)는 이전까지 농촌에 있었던 합작사를 합친 대규모 생산 조직으로서 지방의 행정 · 생산 · 사회 활동까지 관리 감독했다. 가장 작은 구성단위는 생산대(生産隊; 초급합작사의 연합조직)이고, 그 상부조직이 생산대대(生産大隊; 고급합작사, 생산대의 연합조직)이며, 생산대대가 모여 인민공사를 이루었다. 조직의 3단계 구조는 계속 유지되었지만 지방의 정책 결정, 개인의 토지 소유, 임금 지불 등의 문제를 둘러싸고 끊임없는 갈등이 일어났다. 대약진운동(1958~1960) 중에는 개인의 사유 토지를 몰수하여 공동으로 소유하고 똑같은 임금을 지불했다. 그러나 1959~1961년에 경제적 어려움을 겪은 뒤 인민공사는 다시 개편되었다. 지방의 생산대에게 보다 많은 자치권이 부여되었고, 사유 토지를 농민에게 돌려주고 작업량에 따라 임금이 지급되었다. 문화대혁명(1966~1976)은 인민공사의 엄격한 조직화와 지방자치의 파괴를 초래했다. 생산량 결정의 책임을 생산대대와 인민공사가 지게 되었고, 공산당 간부 및 군대가 책임을 지는 경우도 많았다. 개인의 토지 소유와 작업량에 따른 임금 지불은 반(反)혁명적이라는 공격을 받았다. 이 혼란기에 이어, 특히 1976년 모택동 사망 후 근대화 개혁이 이루어졌다. 1979년부터 인민공사는 차츰 해체되었고, 자영농민들은 사유 토지를 경작하여 농산물을 시장에 내다 팔라는 권유를 받았다.

것이네."

거기에는 두 가지 문제점이 있었다. 하나는 손으로 짓던 농사가 입으로 바뀌었다는 점이고, 다른 하나는 일하는 시간보다 회의하는 시간이 더 많아졌다는 것이다.

"집체로 잃은 건 그것만이 아니었네. 명절에도 일을 하라며 다그치는 바람에 우리의 전통문화가 적잖은 타격을 받았었지."

조선의 시곗바늘이 중국의 시곗바늘로 바뀌면서였다. 결혼식에 일대 변화가 나타났다. 조선 예복은 봉건시대의 것이라며, 양복은 서양 것이라며 군인들까지 나서서 단속을 했다. 당시 유일한 예복은 중산복[5]이 전부였다. 결혼식도 마당에 중국 홍기를 꽂은 채 진행되었다.

전화로 주문한 식당 음식에 반주를 곁들여 점심을 먹는 자리였다. 부친만큼이나 배 씨의 이력도 만만치 않아 보였다. 1961년 생산대대 간부를 시작으로 부촌장, 촌장, 서기 등 그의 삼사십 대는 알리디의 후반기 변화를 엿볼 수 있었다.

"촌장으로 부임했을 때 내가 내세운 건 새로운 농촌 건설이었네. 그 첫 번째 사업으로 알라디에 벽돌공장을 세웠는데, 우선 초가집부터 바꾸고 싶었네. 그동안 선대들이 피땀 흘려 먹고살 땅을 마련했다면 이제부터는 생활의 질을 높여야 할 때였지."

벽돌공장을 계기로 알라디에 기와, 목기공장이 차례로 들어설 때였다. 주민들의 반응은 의외로 뜨거웠다. 초가집이 사라진 자리에 붉은 벽돌집이 들어서자 주민들은 알라디가 다시 태어나고 있다며 함박웃음을

5) **중산복** : 1911년 중국의 정치 지도자인 손문(孫文)이 생활의 편의를 도모하고자 창안한 복장이다. 손문의 호인 '중산'에서 유래되었으며 인민복이라고도 불린다. '공산권 국가의 정장'으로 통하는 중산복은 북에서도 예복과 평상복으로 이용되는데, 2000년 6월 남북정상회담에서 김정일 국방위원장이 착용하기도 했다.

지었다.

"집체도 집체 나름. 농사짓기와 집짓기는 천지 차이였네. 개별 농토가 유명무실해지면서 농사는 자기 땅에 대한 믿음이 사라진 반면 집짓기는 그 반대의 현상이 나타났다고 할까. 이 집만큼은 틀림없이 내 것이라는, 자기 소유에 대한 어떤 확신들이 생겨난 거지."

왜 아닐까. 식당 밥이라고 해서 마다할 이유도 없지만, 그보다 먼저 사람들은 집에서 손수 지어먹는 밥을 더 원했다. 하여 백성은 절대 국가(집체)의 소유물이 될 수 없었다.

술이 인간에게 미치는 영향에 대해 잠깐 생각을 가졌던 건, 교통사고 이후 3년 만에 처음으로 술을 입에 댄다는 소리를 듣고서였다. 불콰한 술기운 탓인지 배 씨는 그사이 어머니에게 가 있었다.

"어머니 기일 때면 마음이 참 허전하긴 해. 우리 집과의 인연도 그렇지만 서 씨 집안의 무남독녀였잖은가."

서른여덟은 떠나는 사람도 보내는 사람도 아무런 준비가 되어 있지 않은 그런 나이였다. 위병으로 고생하던 아내가 속절없이 숨을 거두자 배 씨 부친은 눈만 뜨면 술부터 찾았다. 누구보다 의지가 강했던 아버지를 지켜보면서 배 씨는 이 생각이 먼저 들었다. 첫 선물을 준비하고 있던 시기에 그만 상대가 먼 길을 떠나버려 홀로 남은 사람은 술로 자신을 버텨내는 중이라는.

"왜 그런 생각을 했는고 하면, 성묘 갈 때마다 이 말씀을 먼저 하시지 않겠나. 참 고마운 사람이었다고. 아버지의 그 한마디가 왜 그렇게 내 가슴을 치던지. 부친께서 끝내 재혼을 하지 않은 것도 그런 이유였을 것이네."

앞만 보고 달려온 배 씨의 기관차가 어느 날부턴가 가다 서다를 반복하고 있었다. 지금이야 다섯 식구 별 걱정 없이 살아가고 있지만 삼 남매 교육을 생각하면 머리가 무거웠다.

"중국이나 한국이나 농민들 신세는 다 거기서 거긴 것 같아. 삼 남매 고등학교까지는 어찌어찌 해보겠는데 그다음이 꽉 막혀 있지 뭔가."

알라디에서 보낸 시간만 사십여 년. 떠나는 발길이 가볍지 않았다. 반백으로 접어든 나이도 왠지 불안했다. 그러나 지금이 아니면 다시는 떠날 기회가 주어지지 않을 것 같았다.

"알라디를 떠나올 적에 내가 가진 자산은 딱 두 개였었네. 알라디에서 경험한 공장 경영과 그리고 사람. 그동안 살아보니 사람만큼 귀한 재산도 없더군."

길림시로 이사한 배 씨는 알라디에서 지낼 때 인연을 맺은 몇몇 지인들의 도움으로 자동차 부품을 생산하는 공장을 차렸다. 사람을 믿고 시작한 일인 만큼 쓰든 달든 그 열매도 사람을 통해 맛보고 싶었다.

"자동차 한 대에 들어가는 부속품만 1만 개가 넘는데, 그중 한 개를 생산하는 소규모 기업이었네. 물론 제2의 도전을 준비할 때 나름 자신은 있었네. 조선족이 원래 무에서 유를 창조한 사람들이 아닌가. 사막이나 다름없는 만주 땅을 개간해 자발적으로 살아남았단 말이지."

너무 늦은 나이에 뛰어들어 잠을 설친 적도 많았으나 다행히 공장은 두 해를 지나면서부터 상승 곡선을 그리고 있었다. 그제야 한시름 놓은 배 씨는 선대들이 사무치게 그리웠다. 그분들이 솔선수범해 지표가 되어주지 않았다면 오늘날의 조선족 교육이 가당키나 하였을까. 그런 선대들에게 누를 끼치지 않기 위해서라도 자녀들 교육에 더욱 박차를 가할 수밖에 없었다.

"선대들의 뜻을 이어받은 지금의 우리처럼 3, 4세대도 중국에 동화만 되지 않는다면 조선족이라는 이름으로 살아가지 않겠는가. 그런 점에서 나는 이 말을 들려주고 싶네. 소수민족일수록 먼저 깨어 변화하는 시대를 읽을 줄 알아야 한다는. 무지렁이처럼 버티고만 있다가는 누군가에게 먹혀들고 말 거란 말이지."

자신이 목표한 대로 삼남매가 대학까지 공부를 마치자 배 씨도 주섬주섬 여행 가방을 챙겼다. 더 늦기 전에 다녀올 곳이 있었다.

"아버지의 고향 주소로 편지를 쓸 때였네. 그날 편지봉투에 이렇게 썼었지. 우정국 아저씨, 이 편지가 우리 아버지의 친척 손에 무사히 전달될 수 있도록 꼭 좀 도와달라고. 물론 내 불찰이 컸었네. 부친께서 생존해 계실 때 친척들 함자라도 몇 개 알아뒀더라면 좋았을 것을 그때는 6·25 다 뭐다 해서 다 잊고 살았단 말이지. 그런데다 한국은 중국과 너무 오래 단절되어 있지 않았는가."

답장을 전해 받은 건 그로부터 한 달여쯤 지나서였다. 배 씨가 찾고자 한 사촌형은 부산에서 살고 있었다.

1994년 가을, 한국에 도착한 배 씨는 부산으로 전화부터 걸었다. 그런데 사촌형의 목소리가 중국에서 통화할 때와 전혀 딴판이었다. 반가운 기색이라곤 찾아볼 수 없었다.

"1994년도면 조선족들이 한국에 무시로 약을 팔러 나갔던 때가 아닌가. 사촌형님도 나를 그런 쪽으로 생각했던 모양이라."

부산으로 내려간 배 씨는 사촌형을 만난 자리에서 미리 준비한 봉투를 내밀었다. 얼마 되지는 않지만 괜한 일로 서로 얼굴 붉히고 싶지 않았다. 더구나 고인이 되신 부친을 생각하면 행동 하나하나에 신중을 기할 수밖에 없었다. 만주로 떠나기 전까지 고향 인근에서 남의 집 머슴살

송화강 설류(雪柳)

"한 가지 분명한 사실은
부친의 고향과 내 고향은 이제 다르다는 것이었네.
부친의 고향은 경상북도 안동이 맞지만
나한테는 알라디가 더 정겹고 따뜻하지 뭔가."

이를 하지 않았던가.

부산에서 하루를 더 머문 건 바다 때문이었다. 믿을지 모르겠지만 배씨에게 바다는 해운대가 처음이었다. 만주에서 바다를 끼고 있는 도시는 요녕성 끝자락에 위치한 대련이 유일했다.

"정말 좋긴 좋더군. 지평선만 바라보며 살다 수평선 앞에 섰으니 그 기분이 어땠겠나. 숙소도 일부러 바다가 한눈에 보이는 곳으로 잡았는데, 내 생전에 파도가 철썩대는 소리를 들어가며 잠을 청한 건 해운대가 처음이었네."

반면에 아쉬운 점도 없지 않았다. 13억 인구가 모여 사는 중국에서는 조선어를 쓰는 목소리만 들어도 반가운 게 사실이지만 정작 한국에서는 그때의 감정을 전혀 느낄 수 없었다.

부산에서 이틀을 보낸 배 씨는 다음 날 안동을 향해 떠났다. 그러나 칠십 년이라는 세월의 간극은 좀처럼 좁혀질 기미를 보이지 않았다. 집안의 어른들을 찾아뵈었지만 서로간의 거리만 확인했을 뿐이었다.

"현실이 그런 걸 누굴 탓하겠나. 다만 한 가지 분명한 사실은 부친의 고향과 내 고향은 이제 다르다는 것이었네. 부친의 고향은 경상북도 안동이 맞지만 나한테는 알라디가 더 정겹고 따뜻하지 뭔가."

중국의 집단화 체제(1949~1978년)를 거쳐 오는 동안 알라디에 유치원, 학교, 보건소까지 갖추고 살았었다는 이야기를 끝으로 배 씨와 마지막 술잔을 나눌 때였다. 눈을 지그시 감은 채 그는 이런 당부를 했다.

"염려가 돼서 하는 말인데, 혹시라도 한국에서 만나는 조선족들이 중국을 두둔하는 언행을 보이더라도 언짢아 말게. 그나마 중국이 아니었다면 200만 조선족이 무슨 수로 여기까지 올 수 있었겠나. 미우나 고우나 훗엄마(새엄마)도 어머니가 아닌가."

당장 먹고살자믄 촌 만한 데도 없지비

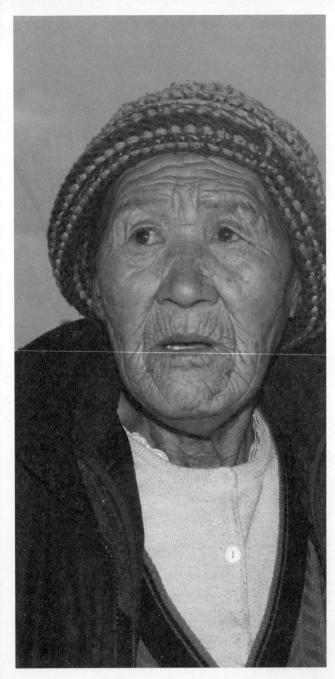

"딸이라고 해서
아들보다 덜 입히고
덜 가르치진 않았었꼬마.
이 나이 되도록
조선 글을 볼 줄 아나
한족 말을 할 줄 아니…….
기래 지금껏 내 손으로
버스표 한 장 떼보지 못하고
살았지 뭡네까."

목단강 조선족시장
억척빼기 함정숙 씨

버스가 정차한 곳은 흑룡강성 목단강시 해남조선족향 상점 앞이었다.

상점 주인에게 길을 물으니, 저기 아랫동네가 철남촌이라며 철길 건너편을 가리켰다. 철남촌은 철길을 경계로 철북촌과 위, 아랫마을로 나뉘어 있었다.

십여 분 남짓 눈길을 걸어 마을 안으로 들어설 때였다. 제법 많은 양의 옥수수가 눈을 뒤집어쓴 채 골목 곳곳에 널려 있었다. 순간, 마을을 잘못 찾아온 줄 알았다. 차량으로 운반할 정도의 양이면 옥수수를 주업으로 하는 한족 마을일 가능성이 높았던 것이다.

"옳게 봤습꼬마. 철남촌이 본래는 한족들 촌이었단 말입지. 조선인들이 입주하면서 철남과 철북으로 갈라졌는데, 나는 연변에서 살다 첫 결혼을 실패한 바람에 여게로 왔습꼬마."

동절기에는 딱히 대접할 만한 게 없다며 따뜻한 물을 한 잔 가져온 뒤였다. 1932년 평안북도 맹산에서 길림성 연길시 노투구로 이주했다는 함정숙 씨는 한숨부터 내쉬었다.

"우리 집은 고향을 잘못 떠나왔꼬마. 노투구라는 데가 너구리 굴속 같은 골짜구였단 말입지. 하루 한 끼도 힘든. 아바이 어마이도 제명에 못 갔꼬마. 아바이는 노투구로 온 지 4년 만에, 어마이도 오십 줄에 북망산으로 갔꼬마."

소학교 2학년을 다니다 말고 함 씨는 일본인 집 식모로 들어갔다. 누군가 세 끼 밥만 먹여주면 그곳이 바로 천국이었다. 그런데 한날, 여주인의 눈살이 영 곱지 못했다. 입술은 벚꽃처럼 웃고 있으나 두 눈빛은 선인장 가시가 박힌, 아니나 다를까 여주인은 일본인 특유의 표정으로 함씨를 쏘아붙였다. 학교를 마치고 오던 중 언니가 보고 싶어 잠깐 들른 함 씨의 동생이 화근이었다.

"나쁘지. 암, 나쁘고말고. 제아무리 높은 상관이라도 언니가 보고 싶어 찾아온 자매의 정까지 갈라놓으므 천벌 받지비."

일본인 집에서 쫓겨난 함 씨는 다음 날 아침, 노투구 탄광으로 향했다. 갱에서 채탄한 석탄을 탄차가 있는 선로까지 운반하면 궤짝당 50전을 벌 수 있는데, 그 일을 하기 위해 식전부터 달려온 참이었다.

"탄굴에서 선로까지가 여게(철남촌)서 해남(조선족향) 거린데, 열한 살짜리가 벌므 얼매를 벌겠슴둥. 다리에 힘이 안 차서리 넘어지고 나뒹굴고…… 길바닥에 쏟은 석탄을 주워 담느라 반천(반나절)이 그새 가지 뭐."

여자만 셋인 함 씨 집은 그렇듯 무슨 일이든 가리지 않고 열심히 하는데도 돌아서 보면 늘 배가 고팠다. 멀건 옥수수죽이라도 좋으니 실컷 한번 먹어보는 게 세 식구의 바람이었다.

"매혼 알아? 곤란한 집의 여자들을 돈으로 사서 혼인하는 것 말이야. (오른손으로 가슴을 치며) 내가 그랬어, 내가!"

함 씨의 나이 열일곱, 그는 숙명처럼 받아들였다. 그리고 당시 매혼은 흔한 일이기도 했다. 흑룡강성에서는 아편과 도박에 빠진 가장들이 자신의 딸을 비적들에게 팔아넘긴 일까지 있었다.

"기래도 나는 운이 되쎄 좋은 편이었꼬마. 한족한테 팔려간 동무들은 그 뒤로 소식조차 없지만 나는 조선인을 만났지 뭡네까."

그렇다고 해도 아직은 소나무 등걸을 맨손으로 만졌을 때처럼 왠지 껄끄러운, 그런 남편의 등에 업혀 시댁 생활을 익혀가던 중이었다. 내전에서 승기를 잡은 중국공산당 진영은 해방 전 상당 부분의 친일파들이 국민당과 내통한 사실을 알고는 친일파 색출에 혈안이 되어 있었다.

"우리 시댁은 시아주바이가 사달이었꼬마. 왜정 때 멋모르고 마구 설쳐댔으이 구신도 잡힌다는 공산당 그물을 무스그 빠져나갈 테야."

졸지에 투쟁가족으로 몰린 함 씨의 시댁은 연일 초상집 분위기였다. 공산당이 휘두르는 몽둥이질에 시아주버니가 사망했는가 하면, 함 씨의 남편마저 조선의용군으로 강제 징집당하는 일이 발생하고 말았다. 이웃들의 시선은 더 따가웠다. 일제에 협력한 '청산가족'이라는 딱지가 붙자 퉤퉤, 침 뱉는 걸 예사로 여겼다.

"미꾸리 한 마리가 온 우물을 흐려놓는다고, 당시 시댁이 꼭 그 짝이었꼬마. 그동안 허물없이 지낸 이웃들까지 나서서 손가락질을 해댔으이 무스그 염치로 얼굴을 쳐들게야. 기렇지만 내는 사정이 쪼매 달랐었꼬마. 시집오자마자 큰일을 당했다며 이웃들이 나만 보므 걱정부터 해주지 뭡네까."

해방 이후 조선의용군[1]을 바라보는 시각은 서로 달랐다. 만주에 남은 조선인들과 달리 이남, 이북의 시선은 싸늘한 편이었다. 이남에서는 공산당 계열이라는 이유로, 이북에서는 연안파[2]라는 이유로 조선의용군은 곧 잊혀져갔다.

조선의용군으로 끌려간 남편이 한국전쟁에 참전 중이라는 소식을 전해들은 게 불과 두 달 전이었다. 그사이 아들을 출산한 함 씨는 남편의

---

1) **조선의용군** : 조선의용군의 전신이었던 조선의용대는 1938년 김원봉을 중심으로 창설되었다. 조선의용대의 주력 부대는 1941년 황하를 건너 조선인이 많이 사는 화북지방으로 활동 무대를 옮겼다. 이곳에서 팔로군과 함께 호가장 전투(1941), 반소탕작전(1942) 등의 전투에서 활약했다. 1942년 8월 태항산에서 화북의 조선의용대는 조선의용군으로 개편하고 팔로군에 있던 무정(武亭)을 사령관으로 맞았다. 그해 8월 때마침 김두봉(金枓奉)이 연안을 거쳐 태항산으로 왔으므로 그를 맞아 조선독립동맹을 결성하고 조선의용군은 그의 당군이 되었다. 이후 조선의용군은 연안으로 이동하여 항일투쟁을 전개한다.
2) **연안파(延安派)** : 연안을 중심으로 항일투쟁을 하다가 해방 후 입북한 조선의용군 출신들로, 김두봉 · 최창익 · 무정 · 김창만 · 윤공흠 등이 있다.

전사 통보에 종일 이 말만 되풀이했다. 나도 어머니처럼, 나도 어머니처럼……

"어마이처럼 나도 젊은 나이에 나그네를 잃고 말았으니 기거이 뒤웅박 팔자가 아이고 뭐겠슴둥. 기렇지만 난 어마이처럼 혼자 살 생각이 눈곱만큼도 없었꼬마. 아를 하나 낳아서 기렇지, 여자 나이 열아홉이므 처녀 아임둥?"

또 거기에는 함 씨만의 말 못할 사정도 있었다. 설령 부부라도 중매혼과 매혼은 보는 눈이 달랐다. 주인과 종을 먼저 연상시켰다. 함 씨가 시댁을 떠나기로 마음을 정한 것도 실은 그 때문이었다. 일이 이렇게 된 이상 하루라도 빨리 매혼의 굴레에서 벗어나고 싶었다.

"머슴으로 팔려왔다므 도리가 없겠지만두 한 여자의 일생이 달린 문제란 말입지. 선생이나 나나, 하루를 살더라도 떳떳하게 살다 가야지 않겠슴둥."

함 씨의 재혼에 가교를 자처한 사람은 같은 마을에 사는 아낙이었다. 한날 그 아낙으로부터 남자 쪽에 자녀가 없다는 소식을 전해들은 함 씨는 더 이상 캐묻지 않았다.

"인차 기것도 마음에 들었지만, 선보는 날 나그네가 목단강에 먼 친척이 산다고 하지 않겠슴둥. 기래 양복쟁이 기술 있겠다, 냉큼 가자고 다그쳤지 뭐."

1955년 가을이었다. 한 번만 더 생각해보라며 붙드는 시댁 식구들을 뒤로하고 함 씨는 목단강행 기차에 올랐다. 납부금을 내지 못해 교실에서 쫓겨난 지난 시절을 생각하면 두 번 다시 연길을 떠올리고 싶지 않았다.

"나도 처음엔 인민공사를 제정신으로 아이 봤었꼬마.
조선족이 어떤 사람들인데 수전이 될 땅과 한전이 될 땅을 구분 못하겠수.
한족은 물과 멀리 떨어져 살아도 조선족은 물 가차운 곳에 모여 산단 말입지. 기렇지만 또 어쩌겠슴둥.
상부로부터 하달된 지시를 어겼다간 인차 경을 칠 판인데."

목단강에 도착한 함 씨는 바다 같은 말에 홀린 자신의 두 귀를 먼저 탓했다. 떠나오기 전 남편이 큰소리쳤던 해남조선족향은 도시가 아니었다. 향鄕 전체 인구는 1만이 넘지만, 마을들이 여기저기 분산되어 있어 면소재지 규모의 실제 인구는 1000여 명 정도였다. 더구나 그곳에 양복점이 이미 들어서 있어 입장이 더욱 난처해질 수밖에 없었다. 무슨 일인지 남편은 남 밑으로 들어가 일하는 것을 죽기보다 싫어했다.

"기러니 어쩌겠소. 당장 먹고살자므 촌만 한 데도 없단 말이지."

"그럼 철남촌과 철북촌이 한족 마을과 조선족 마을로 갈라진 것도 그때였습니까?"

"옳소! 우리가 이사 왔을 때 철남촌 호구가 팔십 좌우됐는데, 조선족이 수전을 잘 부린다는 걸 알고는 시 정부에서 그 재능을 인정해준 거였꼬마."

그러나 정작 주민들의 반응은 냉담했다. 갑자기 마을을 둘로 쪼갤 때부터 수상한 기미가 엿보였다 할까. 집체를 빌미로 마을이 조선족과 한족으로 나뉘면서 4000여 평의 불모지를 논으로 개간하라는 지시가 떨어진 것이다.

"나도 처음엔 인민공사를 제정신으로 아이 봤꼬마. 조선족이 어떤 사람들인데 수전이 될 땅과 한전이 될 땅을 구분 못하겠수. 한족은 물과 멀리 떨어져 살아도 조선족은 물 가차운 곳에 모여 산단 말입지. 기렇지만 또 어쩌겠슴둥. 상부로부터 하달된 지시를 어겼다간 인차 경을 칠 판인데."

며칠 꼬리를 빼던 철남촌 주민들이 마지못해 황무지 개간에 나설 때였다. 함 씨는 속에서 천불이 나는 것 같았다. 가진 돈 죄 털어 철남촌에 양복점을 차린 뒤로 남편은 농사일이라면 거들떠보지도 않았다.

"하늘같은 나그네라도 인간의 감정은 시시때때 변한단 말임다. 기래 어드런 날은 파리만 날리는 양복점을 지키고 있는 우리 집 나그네가 한 량처럼 보이지 않겠슴꽈. 내가 데려온 아들까지 자식만 벌써 다섯이었 단 말임다."

그렇다고 남편의 귀에 대고 직접 말할 수도 없었다. 도망치듯 목단강 으로 이사를 가자고 재촉한 사람은 함 씨 자신이었던 것이다.

이야기 도중 함 씨의 휴대전화로 전화가 걸려왔다. 전화를 받다 말고 함 씨는 이놈의 전화기가 노망을 했나보다며 볼멘소리였다. 옆에서 보 기에도 함 씨의 휴대전화는 둘 중 하나였다. 정말 노망을 했거나 아니면 수명이 다했거나. 그는 두 번 모두 끝내 통화를 하지 못했다.

수전 개간에 노고가 많았다며 인민공사에서 특별잔치를 베풀어준 날 이었다. 한 발짝 뒤로 물러앉은 함 씨는 잔치 분위기에 흠뻑 빠진 주민 들을 말없이 지켜보았다. 적어도 오늘만큼은 인간의 힘이 하늘을 앞질 러 가는 것 같았다.

"내 생전에 기렇게 흡족한 날은 첨이었꼬마. 조금 있다 직접 보므 알 겠지만두, 수전이 생긴 뒤로 마을이 꽃단장한 색시처럼 환해지지 않겠 소. 기래 조선 사람들은 상호 단결만 잘되므 왜놈이고 뙤놈이고 무서울 게 없단 말입지. 철남촌도 경상도, 전라도, 함경도 사람들이 뒤섞여 살지 만두 지금까지 한 번도 큰소리 나게 싸운 적이 없꼬마."

그때 누군가 부엌문을 열고 들어왔다. 함 씨가 우리 집 막내라고 소 개한 그는 왠지 말투가 좀 어눌해 보였다.

"길쎄, 한국으로 노무를 나갔다 저 모양이 됐지 뭡네까. 자동차 만드 는 공장에서 쌍발(일)하다 뇌신경을 다쳤는데, 불쌍치요 뭐. 한 해 늦게 병이 나타나 보상비도 못 받았단 말입네다."

"우리가 왜 여길 왔습둥. 조선이라는 나라가 백성들을 배곯게 해서리
봇짐 싸매들고 떠나온 거 아임둥? 기렇담 나도 할 말이 있꼬마.
집에서 기르는 짐승도 주인이 배곯지 않도록 잘 보살펴줘야 닭알도 주고 고기도 주는 법인데,
하물며 말귀를 알아듣는 인간은 오죽하겠소.
부모와 자식 간이라도 사람은 서로 원망하는 동물이란 말입네다."

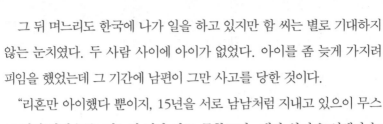

그 뒤 며느리도 한국에 나가 일을 하고 있지만 함 씨는 별로 기대하지 않는 눈치였다. 두 사람 사이에 아이가 없었다. 아이를 좀 늦게 가지려 피임을 했었는데 그 기간에 남편이 그만 사고를 당한 것이다.

"리혼만 아이했다 뿐이지, 15년을 서로 남남처럼 지내고 있으이 무스 그 정이 있겠슴둥. 며느리 밉단 말도 못합꼬마. 내가 살아온 인생만 놓고 보더라도 이해가 간단 말임다. 어느 여자가 전화 한 통 못 치는 남자를 제 나그네로 삼고 싶겠습네까."

그러고 보니 집히는 데가 있었다. 조금 전 함 씨에게 걸려온 전화였다. 혹시, 막내아들이 건 전화가 아니었을까? 문득 그 생각이 들었다.

철남촌에 4000여 평의 논이 생겼을 때만 해도 함 씨는 이제 고생은 끝났다고 생각했었다. 그러나 공동으로 개간한 논을 가구별로 분배를 하자 오히려 빈부격차가 더 크게 느껴졌다. 함 씨의 집이 바로 그런 경우였다. 노동력을 갖춘 성인을 대상으로 토지 분배가 이뤄지다보니 함 씨로서는 한숨밖에 나오지 않았다. 해서 그는 다음과 같은 원칙을 세웠다. 입학시험을 통과한 자녀에게는 고등학교까지, 그렇지 못한 자녀는 중학교만 보내기로.

"딸이라고 해서 아들보다 덜 입히고 덜 가르치진 않았꼬마. 이 나이 되도록 조선 글을 볼 줄 아나 한족 말을 할 줄 아나……. 기래 지금껏 내 손으로 버스표 한 장 떼보지 못하고 살았지 뭡네까."

중국에서만 80년째 살고 있는 함 씨는 지금도 외출을 꺼리는 편이다. 그가 아는 길이라고 해야 철남촌에서 버스로 반시간 남짓 걸리는 목단강 조선족시장 정도다. 자신이 직접 요금을 지불하고 탑승하는 버스는 그나마 괜찮지만, 터미널에서 표를 예매하는 건 엄두조차 내지 못한다.

{ 당장 먹고살자프 촌 만한 데도 없지비 }

억척빼기로 살아온 함 씨가 눈총을 받기 시작한 건 집에서 닭을 칠 때였다. 1가구 5마리 이하로 되어 있는 집체 규정을 위반했다며 생산대로부터 수차례 경고 조치를 받았지만 함 씨는 모르쇠로 일관해버렸다.

"사람이나 가축이나 알을 낳고 새끼를 치는 건 당연한 이치 아니겠소. 기런데도 닭의 마릿수가 불어났다며 난리를 쳐대니 왜 화가 나지 않겠소. 골백번을 물어도 난 기딴 거 싫소. 입으로만 공산주의를 떠들어대지, 기실 나중에 가서 보므 간부급 자식들이 제일 높은 자리를 차지하고 있단 말입네다."

"그렇지만 전에는 상부의 지시를 잘 따랐잖습니까?"

"선상님도 참, 답답하십네다. 집체가 정직하고 똑바를 때야 내 흥이 나서리 즉각즉각 따랐지만두, 그때는 사정이 달랐지 않습네까. 기럼 국가가 내 자식들을 보호해주지 않는데 어미가 돼설랑 구경만 하라는 겁네까?"

그러면서 함 씨는 여기에 대해 보다 근본적인 답을 제시하고 나섰다.

"멀리 갈 것 없이 조선족을 한번 보잔 말임다. 우리가 왜 여길 왔슴둥. 조선이라는 나라가 백성들을 배곯게 해서리 봇짐 싸매들고 떠나온 거 아임둥? 기렇담 나도 할 말이 있꼬마. 집에서 기르는 짐승도 주인이 배곯지 않도록 잘 보살펴줘야 닭알도 주고 고기도 주는 법인데, 하물며 말귀를 알아듣는 인간은 오죽하겠소. 부모와 자식 간이라도 사람은 서로 원망하는 동물이란 말입네다."

이렇듯 함 씨가 가축 중에서 닭을 선택한 배경에는 자녀들의 교육과 더불어 한족이 자리했다. 해남조선족향 주변에는 산하, 나고, 홍성, 중홍 등 농촌마을들이 두루 인접해 있는데, 한날 중홍촌을 찾아간 함 씨는 그곳에서 새로운 사실을 알게 되었다. 한족들은 닭을 기르지 않는 대신 계란을 무척 좋아했다.

"닭알을 많이 팔자므 닭을 많이 치는 게 우선 순서가 아니겠소? 내 기래 생산대 것들 무시하고 서른 마리 이상을 쳤꼬마. 서른 마리는 쳐야 사흘에 한 번꼴로 닭알 장사를 나갈 수 있단 말입지."

잠시 분위기를 바꿔 문화대혁명 시기의 일과를 물었을 때다. 뜻밖에도 함 씨는 삼십여 년 전 일들을 고스란히 기억하고 있었다.

"밭으로 공작하러 가는 거이 꼭 훈련소로 훈련 받으러 가는 것 같았꼬마. 촌민들 왼쪽 가슴에는 모 주석(모택동) 얼굴이 박힌 양철 빳지가 계급장처럼 붙어 있지, 목에는 한족어로 충忠 자를 새긴 목패가 걸려 있었단 말입지. 어디 그뿐인 줄 아십네까. 제각각 어깨에 농기구를 총처럼 메고, 패장(대장의 다른 칭호)의 구령에 맞춰 '결심을 내리고 죽음을 두려워하지 않으며 만난을 물리치고 승리를 쟁취하자'는 구호를 하늘이 떠나갈 듯 외쳤었꼬마."

북소리에 발맞춰 밭머리에 도착하면 주민들은 그곳에 붉은 기를 꽂아두었다. 그런 다음 네 사람씩 줄을 맞춰 모택동과 림표(부주석)의 만수무강을 빌었다.

"십 년간 그 짓을 하루도 거르지 않고 해댔으이 지겹지 뭐. 잠깐 쉴 때도 떼로 모여앉아 모 주석 찬양가를 불러야 했단 말입지. 기래 하루는 이딴 생각이 들지 뭐요. 살아생전 내 부모한테 그리 했다므 얼매나 좋았을까 하는……."

이처럼 문화대혁명 시기에는 상하 고하를 막론하고 개인 행동이 철저히 차단되었다. 혹 가정에 피치 못할 일이 생겨 출근이 늦어지고 퇴근을 일찍 할 경우에도 거기에 따른 요식 절차가 뒤따랐다. 모택동 초상 앞에

[당장 먹고살자므 촌 만한 데도 없지비] — 145

서 오른손을 번쩍 치켜든 채 가르침을 청하거나, 두 사람(모택동, 임표)의 만수무강을 목청껏 외쳐야만 했다.

일과 후에도 사정은 별반 다르지 않았다. 주요 신문 기사와 모택동 저작물을 암기해야 하는 정치학습 때면 함 씨는 고문을 받는 심정이었다.

"내사 글을 볼 줄 모르니 어쩌겠슴둥. 집체로 공작할 때는 이마에서 구슬땀이 나지만 회관에 모여 정치학습을 할 때는 등에서 진땀이 난단 말입지비."

말도 많고 탈도 많았던 공산당 정부의 집체가 문화혁명을 끝으로 개체로 돌아서고 있었다. 하지만 함 씨의 생활에 달라지는 건 아무것도 없었다. 그동안 해왔던 대로 함 씨는 남한테 돈 빌리지 않고, 남의 것 훔치지 않고, 자신의 노력으로 성심껏 살면 그것이 바로 좋은 세상이라고 믿었다. 또한 그 점은 남편을 떠나보낼 적에도 같은 심정이었다. 때가 되면 가는 게 인생, 슬퍼할 것도 말 것도 없었다. 살아 있는 사람은 오는 봄과 함께 씨를 뿌리고 벼를 심고, 여름이면 채소와 옥수수를 삶아 목단강 시장에 내다팔고, 겨울이면 건조된 옥수수 손질하는 걸 삶의 근원으로 여겼다.

"기계로 하믄 인차 바숴 돈으로 바꿀 수 있지만 기러자므 품삯을 줘야 한단 말입지. 촌에서 뭐, 겨울에 할 일이나 있슴둥. 옥시기라도 빠수며 시간 보내야지."

동(한국)에서 서(중국)로 압록강을 건너온 터라 그새 날이 어두워지고 있었다. 방에서 마당으로 나온 함 씨는 지금 살고 있는 집을 자신이 마련했다며 그때를 상기시켰다.

"자식들 공부시켜 밖으로 내보고 나니 집이 형편없더란 말임둥. 기래 꼬박 3년을 모아 이 집을 지었꼬마."

그때 좀 더 돈을 쓰지 못해 허술하게 지어졌다는 단칸집을 나설 때였다. 허리가 기역 자로 굽은 함 씨의 등 너머로 만주의 석양이 붉게 물들고 있었다. 눈부시도록 장엄한 노을빛에 잠깐 한눈을 파는 사이, 함 씨가 골목길이 끝나는 지점에 놓인 집을 한 채 가리켰다. 사람이 사는 것 같지는 않았다.

"저거이 우리 큰딸이 결혼해 살았던 집이꼬마. 한국 바람이 불자 인차 노무를 나갔는데, 기래 농사지어가매 외손 셋을 내 손으로 다 길렀지 뭐요."

자린고비 함 씨가 위성안테나를 설치해 한국 텔레비전 방송을 시청한 것도 바로 그 무렵이었다. 자식들이 하나둘 한국으로 돈 벌러 나가자 이제 중국은 안중에도 없었다.

"자식들 따라서 부모 마음도 철새처럼 옮겨간다는 말이 있지비. 내 그때부터 들에서 돌아오므 밤 열한 시까지 뗀스電視(텔레비전)를 보꼬마."

양손을 휘휘 저어가며 걸음을 재촉이던 함 씨가 어딘가를 또 가리켰다. 앙상한 뼈대가 그대로 드러난 2층짜리 건물이었다. 그런데 이번에는 조금 전 큰딸의 집을 소개할 때와 사뭇 다른 감정이었다. 걸음을 멈춘 채 함 씨는 죽기 전에 꼭 저 집을 제대로 갖춰놓고 말겠다며 강한 의지를 보였다.

"자식이 다섯이라도 첫 나그네한테서 얻은 아들이 기중 마음이 아프단 말입지. 기런 아들이 길쎄 저걸 짓다 말고 중단한 게 벌써 4년째니……."

함 씨가 다시 악착같이 돈을 모으기 시작한 것도 아들의 깊은 뜻을 헤아린 뒤였다. 함 씨의 장남은 장애를 앓고 있는 동생을 위해 2층짜리 집을 준비하고 있었다.

"저리 두고 가서는 아이 될 자식이 남아 있으니 내 어찌 편히 눈을 감을 수 있겠소. 기래 큰아들의 이야기를 듣고는 인차 또 마음이 바빠졌꼬마."

앞으로 2년 안에, 무슨 일이 있어도 공사를 꼭 마칠 거라는 미완의 건물을 막 지났을 때였다. 철남촌의 겨울 들녘이 저무는 잿빛 노을과 함께 드디어 그 모습을 드러냈다. 함 씨의 말대로 철남촌 들녘은 개척 전과 개척 후의 경계가 선명했다. 밭농사를 지어 연명했던 그 너머로, 막혔던 숨통이 뻥 뚫린 것처럼 4000여 평의 논이 펼쳐졌다.

"내 생전에 기렇게 흡족한 날은 첨이었꼬마.
수전이 생긴 뒤로 마을이 꽃단장한 색시처럼 환해지지 않겠소.
기래 조선 사람들은 상호 단결만 잘되므
왜놈이고 뙤놈이고 무서울 게 없단 말입지."

이방의 꼬리표

일곱 번째 이야기

단동에서 바라본 신의주

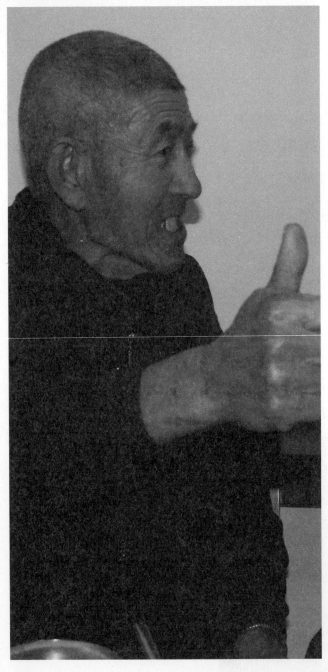

"조선족한테 가장
큰 힘이 되는 게
뭔 줄 아시오?
한국이든 북조선이든 조선족은
국가를 가지고 있다는 것이오.
다른 소수민족에 비하면
매우 든든한
배경이라고 할 수 있지."

공장 노동자로 살아온
박봉규 씨

어둠이 깃들면 불야성으로 변한다는 단동의 한국성시장 주변은 아직 한 산해 보였다. 박봉규 씨가 도착한 건 오후 다섯 시경이었다. 3남매 중 맏이로 태어난 그의 가족사는 식민지와 분단이 두 가닥 선로처럼 깔려 있었다.

"우리 가족이 경상북도 예천을 떠나온 게 1938년도였소. 하지만 가친은 오래 버티지 못했소. 위병으로 고생하다 1945년 봄에 돌아가셨단 말이지. 여동생은 국경수비대 총에 맞아 죽었고, 남동생은 현재 북조선에서 살고 있소."

박 씨의 남동생이 북한을 선택한 건 대기근(1959~1961년) 때문이었다. 수천만 명의 아사자가 발생할 정도로 중국 사회가 공황 상태에 빠져들자 조선족들은 각자도생의 심정으로 압록강을 다시 건너야만 했다.

"인육을 먹는다는 소문까지 나돌 정도였으면 볼짱 다 본 것 아니오. 그래 중국보다는 북조선의 경제 사정이 더 낫다는 말을 듣고 무더기로 강을 건넌 것이오."

박 씨가 동생을 찾아 나선 건 1982년도였다. 칠순 잔치를 앞두고 모친의 성화가 이만저만 아니었다.

"잔치는 필요 없으니 산목숨부터 찾아보라고 하지 않겠소. 그래 별수 없이 길을 나섰던 것이오."

목하 변한 건 산천만이 아니었다. 22년 만에 동생과 재회한 박 씨는 차마 입이 떨어지지 않았다.

"밥도 제대로 못 먹지, 자유도 없지……. 뭐라도 하나 변변한 게 있어야 말이지."

주거지를 일주일 이상 무단이탈할 경우 신상에 좋지 못한 일이 생길 수도 있다는 동생의 말에 국경 가까운 신의주에서 하룻밤을 보낸 뒤였다. 다음 날 날이 밝자 박 씨는 중국으로 돌아갈 일이 걱정이었다. 어머니에게 무슨 말을 어떻게 고해야 좋을지, 정리가 되지 않았다.

"혼자서 삼 남매를 다 거둔 분한테 무슨 염치로 동생의 소식을 곧이곧대로 전할 수 있겠소. 아실 때 아시더라도 그때는 둘러댈 수밖에 없었소. 잘 먹고 잘 살고 있다고 말이오."

그만 속이 탔던 걸까. 식당으로 들어온 지 십 분도 채 안 되어 맥주를 세 잔이나 비운 박 씨는 말머리를 경상북도 예천으로 돌려버렸다. 아무래도 서두를 잘못 꺼낸 것 같다며.

1938년 일제의 강제 이주 정책에 따라 만주로 떠날 짐을 꾸릴 때였다. 어디서 주워들었는지 박 씨 모친은 연일 바가지 타령이었다.

"모친의 성미가 좀 불같긴 하오. 가친은 발등에 불이 떨어져야 인차 행동 개시를 하는 반면 모친은 그 반대였단 말이지. 어떻게든 남들보다 한발 앞서가야 직성이 풀리는 그런 분이었소. 바가지만 해도 그렇소. 만주에 바가지가 귀하다는 소문을 듣고 와 봇짐에 여섯 개나 매달아놨으니 어찌 웃음이 안 나오겠소."

그러나 박 씨 모친의 별난 성미는 만주 도착과 함께 곧 선견지명으로 바뀌었다. 물을 긷고 마실 때, 곡식을 퍼 담을 때 바가지만큼 유용한 살림 도구가 또 있을까! 벌써부터 몇몇 집은 고향에서 가져온 바가지가 깨졌다며 울상이건만 박 씨의 집은 아직도 몇 개가 더 남아 있었던 것이다.

"우리 가족이 이주했을 당시만 해도 다포(요녕성 단동시 봉성현 다포진)는 사방이 허허벌판이었소. 머릿속에다 주판을 집어넣고 사는 왜놈들한테 감쪽같이 속은 거지. 다포에 군사비행장을 건설하느라 조선인을 급히 불러들인 뒤 얼렁뚱땅 300호 마을부터 조성했지 뭐요."

일제가 한반도 면적의 세 배가 넘는 만주에 조선인을 강제 이주시킨 건 만주사변 이후였다. 당시 3천만이었던 만주 지역의 인구를 감안하더라도 만주는 개간할 땅이 무궁무진했다. 무려 70퍼센트가 황무지로 버려져 있었다. 그러니까 일제는 태평양전쟁을 앞두고 논농사에 능한 조선의 농민들을 만주로 끌어들여 부족한 군량과 군사시설을 동시에 해결할 만반의 계획을 추진 중이었다.

"어쨌거나 약속을 어긴 건 왜놈들이었소. 조선을 떠나올 때 약조가 농사만 짓는다고 해놓고서 농한기 철에도 주민들을 군사비행장 건설에 강제로 내몰았단 말이지."

"추가 임금은 받으셨습니까?"

"그런 게 어딨소. 적반하장으로 행패까지 부리는 마당에. 군사비행장 건설에 협조하지 않으면 조선으로 다시 돌려보내겠다며 엄포를 놓았단 말이오."

강제노역이나 다름없는 다포비행장 건설이 마무리 단계로 접어들 즈음이었다. 일제의 패전 소식에도 불구하고 주민들은 잔뜩 숨을 죽인 채였다. 일본군이 떠난 자리를 무장한 소련군이 메우고 있었다.

"8·15 해방 직후 다포가 그리 된 건 군사비행장 때문이었소. 그걸 빌미로 다포 일원이 소련군 군사보호구역으로 꽁꽁 묶이고 말았으니 어디다 대고 하소연을 하겠소. 소련군이 들어온 뒤로는 숨조차 제대로 쉴 수 없었단 말이오."

급기야 마을이 해체가 된 건 1949년 5월이었다. 이곳에서 단 한 발짝도 물러설 수 없다며 이를 악문 채 버텨보았지만 소용없는 일이었다. 무장한 소련군 앞에 조선의 농민들은 그저 무기력할 따름이었다.

박 씨의 가족이 두 번째로 이주한 곳은 다포에서 멀지 않은 고려문이었다. 그런데 마을의 분위기가 맨발로 거친 산야를 걷는 듯했다.

"지명만 고려문高麗門이지 실제는 한족들 수가 월등히 많았었소. 이삿짐을 풀기도 전에 마을이 한바탕 소란스러웠던 것도 다 그 때문이었고. 다포에서 이주한 우리 쪽과 한족 간에 서로 물러서지 않으려는 설전이 벌어졌는데, 그게 아마 이삼 년 갔지?"

양쪽이 팽팽히 맞선 기싸움에서 먼저 발을 접어 넣은 건 조선인들이었다. 미군의 폭격으로 압록강 철교가 파괴되었다는 소식을 들었을 때만해도 조선인들은 반신반의했었다. 되레 한족들이 수작을 부린다며 성을 냈었다. 하지만 그건 틀림없는 사실이었다. 단동에서 뒤늦게 피난을 떠나온 한족들의 이야기는 더 참혹했다. 한국전쟁의 여진으로 단동은 신의주 쪽에서 건너온 전쟁고아 수만 6만 명이 넘는다며 다들 불안한 기색을 감추지 못했다.

"입장이 좀 난처하긴 했었소. 마을에 무슨 일이 생길 때마다 한족들이 조선전쟁을 걸고넘어지지 않겠소. 이웃을 잘못 둔 죄로 피해는 자신들이 본다면서 말이요. 하긴 조선전쟁이 터진 그 해는 고려문도 안심할 수 없었소. 고려문에서 단동까지의 거리가 백리 안팎인 데다, 상공에 온통 미군기뿐이었단 말이지."

박 씨의 호기심이 발동한 건 같은 또래의 한족 친구들을 지켜보면서였다. 주로 인사를 나눌 때 사용하는 '니 하오' '짜이 지엔'을 처음 들었을 때 박 씨는 싱겁게 웃고 말았다. 친구들 간에 굳이 저런 용어를 사용한다는 게 더 촌스럽고 어색해 보였다 할까. "야, 명태야!" 이 한마디면 모든 게 전천후로 통했던 것이다. 또 하나 신기한 점은 씨앗이었다. 조선인 친구들은 과육만 먹고 버리는 반면, 한족 친구들은 살구든 수박이든 호박이든 씨까지 까먹었다. 이처럼 서로 다른 점이 한두 가지 아닌 한족 친구들의 입에서 단동 이야기가 나왔을 때 박 씨는 얼른 상상이 되지 않았다. 어떻게, 전사자들의 군복과 전투화를 벗겨 신고 다닌단 말인가!

"조금 놀라긴 했었소. 마침 그때 중국군과 조선의용군이 조선전쟁에 참군코자 단동으로 이동 중이라는 소식도 들려왔고. 당시만 해도 조선의용군은 조선족한테 마지막 남은 자존심이나 다름없었소. 해방 이후 남의 나라에서 내세울 게 있었어야 말이지."

중국 전체 병력 중 3분의 2에 해당하는 230만 명(조선의용군은 1만여 명)의 중국군이 압록강 이남으로 진군해간 탓이었을까. 고려문에서 단동까지는 한산할 정도로 조용했다. 박 씨는 여남은 동무들과 함께 '중국의 광활한 대지 우에 조선의 젊은이 행진하네'로 시작되는 〈조선의용군 행진곡〉을 목 놓아 불렀다.

행진곡으로 달아올랐던 분위기가 순식간에 얼어붙은 건 단동을 얼마 남겨놓지 않은 지점에 이르러서였다. 도로변에 널브러진 사체를 발견한 박 씨는 속이 뒤틀려 걸음을 뗄 수 없었다.

"한족 친구들이 말한 대로 거지들이 시체 더미를 파헤쳐 먹을 것과 입을 것을 찾고 있지 않겠소. 마을에 상세만 나도 가슴이 두근거리는 나이에 피칠갑을 한 시체들이 거리에 쓰레기처럼 버려져 썩어가는 걸 내 눈으로 보고 말았으니……. 정말이지 그날은 제정신으로 살아 돌아온 게 꿈만 같았소."

열여섯 살의 눈으로 목격한 한 컷의 세상. 현실은 무서웠고 전쟁은 잔인했다. 조선의용군에 대한 여망도 시나브로 곧 잊혀갔다.

박 씨의 남동생이 중학교 기숙사로 들어간다며 짐을 싸고 있었다. 마지못해 옆에서 거들고는 있지만 박 씨의 체면이 말이 아니었다. 당장 맏이의 자리를 내놓고 싶을 정도로 고개를 들 수 없었다. 한껏 상기된 동생의 표정을 보고 있으려니 자신은 날이 저무는 뒷골목을 어슬렁거리는 모양새였다.

"그날 모친께서도 나와 비슷한 생각을 하지 않았겠소. 한 집안의 장남이라는 자가 하라는 공부는 않고 하고한 날 공만 치며 놀아댔으니 그 속이 속이었겠느냐 말이지."

다포에 비하면 고려문의 생활은 절반에도 못 미쳤다. 소출을 하고 나면 한숨이 서 말이었다. 어머니의 입에서 이사 이야기가 나온 건 가을 추수를 마친 뒤였다. 동생을 가르치려면 도회지로 나가는 수밖에 없다며 단동을 기론하자 박 씨는 가슴이 철렁 내려앉았다. 박 씨의 뇌리에는 아직도 단동의 지난 참상들이 강하게 남아 있었다.

그러나 단동은 7년 전의 모습이 아니었다. 찌든 옷가지를 세탁해 널었을 때처럼 하늘마저 눈부셨다. 한 가지 걱정이 있다면 그건, 사람들이었다. 1958년 단동은 좀처럼 조선족을 찾아볼 수 없었다. 산동에서 올라온 한족들이 단동을 일제히 접수한 것처럼 보였다.

"그해 여름 산동 지역이 어렵긴 했소. 자연재해로 꽤 많은 사람들이 죽거나 고향을 떠났지 뭐요."

어머니를 따라 도착한 곳은 단동역 건너편에 있는 근안여관이었다. 단동에서 그중 시설이 나은 편에 속하는 근안여관은 북한에서 건너온 고위급 공무원들로 붐볐다. 그들은 시 정부를 상대로 무역과 관련한 일을 진행하고 있었다. 박 씨의 어머니는 그곳에서 식당 일을 했다.

"그 당시 단동에서 제일 높은 건물이 3층짜리 우편국이었는데, 그게 다 고래 싸움에 새우 등이 터져 그리된 것이오. 전쟁은 조선반도에서 났지만 얻어터진 건 단동이었단 말이지."

폐허로 변한 단동을 다시금 일으켜 세운 주역은 산동 지역에서 올라온 한족들이었다. 남방에서 북방으로 이주한 그들은 요즘 그동안 치른 고진감래를 만끽하고 있었다. 그에 반해 박 씨는 하루하루가 고역이었다. 어머니만 아니라면 고려문으로 다시 돌아가고 싶었다.

"조선족 신분으로 살아가는 일이 오죽 갑갑하고 힘들었으면 하루에도 수십 번씩 압록강에 뛰어들 생각을 하였겠소. 변경 지역에서 살아간다는 것이 그렇더라니. 압록강만 건너면 언어와 출신 성분, 이 모든 것이 한 방에 다 해결될 것 같은데도 막상 돌아서보면 한족들 천지라."

박 씨의 나이 만 18세. 청춘의 피가 펄펄 끓는 그로서는 벨이 꼴려 견딜 수 없었다. 단동에서 나름 긴다 난다 하는 한족들의 면면을 살펴보면 그중 팔 할은 아편장사치로, 그런 자들 밑에서 일을 하려니 울화통이 터졌다. 더욱 화가 치미는 건 한족들의 텃세였다. 박 씨가 조선족 출신이라는 것을 안 뒤로는 누구 하나 따뜻이 대해주는 사람이 없었다.

어머니를 설득해 건설현장을 뛰쳐나온 박 씨는 건축간부학교에 입학했다.

"상중하에서 하로 2년을 살아보니 정신이 번쩍 들지 않겠소. 그래 나로서는 학교에 입학하자마자 머리띠를 질끈 동여맬 수밖에 없었소. 상중하에서 최하 중은 돼야 행세를 할 수 있겠더란 말이오."

대저 박 씨의 판단은 틀리지 않았다. 1년 과정의 건축간부학교를 수료하자 그의 위상이 하루아침에 달라졌다. 신축할 건물에 들어갈 자재와 건축비용 등을 사전에 파악해 지시를 내리면 한족들이 발 빠르게 움직였다.

"자리가 사람을 만들어준다는 어른들의 잔소리가 빈말은 아니었던 모양이오. 내 밑으로 스무 명에 가까운 한족들이 생기고부터 절로 힘이 나지 뭅니까."

기회를 잡은 박 씨는 마라톤 선수처럼 앞만 보고 내달렸다. 어렵게 오른 지금의 이 자리를 누구에게도 내주고 싶지 않았다. 물론 중간 자리의 위험성에 대해서라면 웬만큼 알고 있었다. 잠시 한눈을 팔았다간 위아래 모두로부터 협공을 당할 수 있는 위치였던 것이다.

중국 정부가 야심차게 추진한 대약진운동이 위기에 처하자, 정치권만큼이나 건설현장 분위기도 장터처럼 술렁였다. 입사 3년째로 접어드는 박 씨는 다음 상황에 촉각을 곤두세웠다. 간부라는 직함을 가진 뒤로는 이처럼 모든 게 조심스러울 수밖에 없었다. 현장에서 말단 노무자로 일할 때는 사고가 발생해도 윗선의 지시만 따르면 그만이지만 간부의 자리는 달랐다. 고의든 실수든 거기에 따른 책임론이 뒤따랐다.

드디어 올 것이 온 걸까. 단동으로 이사한 후 당할 만큼 당해본 박 씨는 마음을 단단히 먹었다.

"간부들 중 100분지 40을 다른 공장이나 교원으로 이직시킬 거라는 말이 나돌 때 나름 준비는 하고 있었소. 이번에도 칼자루를 쥔 쪽은 한족들이었단 말이지."

단위[1] 심사 끝에 섬유공장으로 이직한 박 씨는 한바탕 껄껄 웃고 말

---

1) **단위(單位)** : 농촌을 제외한 도시 지역과 모든 기업·학교·군 각종 단체에서 인민 개개인이 소속된 중국 특유의 사회 조직이다.

왔다. 이런 경우 조선족이 살아남을 확률은 아주 미미했기 때문이다.

"내가 경험한 농촌과 도시의 공장은 서로 다른 측면이 있었소. 농촌에서 지낼 적엔 한족과 말다툼을 벌여도 인차 서로 화해가 되지만 공장은 좀 달랐소. 일할 때, 밥 먹을 때, 그리고 간부들과 회의를 할 때도 역시 혼자라는 생각을 떨쳐버릴 수가 없었소. 외톨이인 셈이었지."

단위의 결정에 따라 섬유공장으로 이직하면서 하나 얻은 것도 있었다. 사택이 주어지자 박 씨는 여관에서 지내는 어머니와 여동생을 불러들였다. 그리고 며칠 근무해보니 공장이라고 해서 꼭 나쁜 면만 있는 건 아니었다. 산만하게 느껴졌던 건설 현장에서 공장 안으로 들어온 탓인지 어수선했던 마음이 곧 평정을 되찾기 시작했다.

화장실을 다녀온 박 씨가 맥주로 목을 축인 뒤였다. 그는 서두에서 끊긴 동생의 이야기를 마저 들려주었다.

"지금이야 뭐 수시로 왕래할 수 있지만, 20년 전만 해도 북조선 방문이 대단히 어려웠소. 친인척 방문 횟수도 1년에 한 차례로 정해져 있어 준비를 단단히 해야 했고. 중국과 가까운 우호국이라도 북조선으로 통하는 차편(버스)이 한 달에 한 번밖에 없었단 말이지."

까다로운 절차는 그뿐만이 아니었다. 북한을 방문할 때 피복은 100kg 이하, 입쌀은 20kg을 초과할 수 없었다.

"사정이 그런데도 이쪽(중국) 저울과 저쪽(북한) 저울이 서로 달랐던 모양이라. 떠나기 전 이쪽 저울로 몇 번을 달았는데도 저쪽 저울에 올리기만 하면 근이 초과됐다며 세금을 막 먹이지 않겠소."

그렇다고 그걸 면전에서 따질 형편도 못 되었다. 괜한 일로 세관 직원과 옥신각신 실랑이를 벌였다간 1년에 한 번뿐인 방문길마저 막힐 수 있었다.

　돌다리를 건너는 심정으로 입국 수속을 무사히 마친 박 씨는 인근 시장으로 향했다. 동생이 편지에서 일러준 대로 신의주시장은 조금 전 세관을 통과한 물건들을 사려는 사람들로 북새통을 이뤘다. 박 씨도 그곳에 재봉틀 하나만 남긴 채 중국에서 가져온 물건들을 몽땅 팔아넘겼다. 중국에 비해 이윤도 제법 많거니와 동생은 현금을 더 원했다.

　"원산까지 가는 동안 담배를 두 갑 이상 피웠을 것이오. 신의주역을 출발해 순천(평안남도)에서 기차를 갈아탔는데, 글쎄 이놈의 기차가 술을 처먹었는지 아무 데서나 멈춰 서지 않겠소. 그래 하루면 갈 것을 반나절이 더 걸렸지 뭐요."

　마중을 나온 동생과 함께 집으로 들어설 때였다. 웬 낯선 남자가 박 씨의 도착을 기다리고 있었다.

　"보안요원이라는 말에 신경이 곤두서긴 했지만 어쩌겠소. 각자 다른 체제에서 살다보면 상대방이 요구하는 대로 따라주는 것도 방문객의 도리가 아니겠소?"

　하지만 그 도가 좀 지나치다 싶었다. 사십 대 후반의 보안요원은 박 씨의 일거수일투족을 찰거머리처럼 달라붙어 감시했다. 참는 것도 한두 번, 보안요원과 삐걱대기 시작한 건 다음 날 오전이었다.

　"영하 30도를 오르내리는 한겨울에 방구들이 얼음장이었으니 잠인들 제대로 잤겠소. 그래 형 노릇 좀 하고 싶어 동생 내외랑 동생 집에서 가까운 은덕원 온천을 가려는데 이놈의 보안요원이 막무가내로 가로막는 거라. 절대 마을을 벗어나면 안 된다면서 말이오."

　"그럼 온천을 못 가신 겁니까?"

　"그보다도, 내 성질을 가라앉히는 일이 더 힘들었소. 초중(중학교) 때

농구선수로 활약할 만큼 내 운동신경이 다혈질이었단 말이지."

남과 북을 수시로 오갈 수 있는 조선족만의 특성이랄까. 박 씨의 방문기 역시 한 개의 채널로 각기 다른 경기를 보는 것 같았다. 전반전을 마친 그가 이번에는 채널을 한국으로 돌렸다.

1992년 중국과 수교를 맺은 한국 정부가 조선족에게 조건 없이 문호를 개방한 건 2004년 노무현 정부 때였다. 그 전까지만 하더라도 한국 정부는 조선족 중 본관이 북한이거나 한국에 친인척이 없는 경우는 입국을 일체 불허했었다. 기회를 놓칠세라 섬유공장에서 정년퇴임한 박 씨도 서둘러 한국행 비행기에 올랐다. 좀 더 일찍 고향 땅을 밟아보고 싶었지만 북한에 생존해 있는 동생이 마음에 걸렸다. 그만큼 한반도의 분단은 해외 동포들에게도 자기 검열을 필요로 했다.

"남과 북을 네댓 차례 오가며 내가 느낀 건 자유와 시간이었소. 북조선은 자유를 너무 꽁꽁 묶어버려 숨이 막히는 반면 한국은 굉장히 인상적이었소. 과도할 정도로 자유가 넘쳐나더군. 시간도 마찬가지였소. 북조선은 촌에 버스가 다니지 않아 고생을 했는데 한국은 초를 다툴 정도로 출발 시간이 정확하더군."

그러나 한편, 60년 만에 고향을 찾은 박 씨는 사흘을 견디지 못하고 떠나야 했다.

"중국 속담에 이런 말이 있소. 귀한 손님이 찾아온 첫날은 닭고기를 내놓지만 다음 날은 닭알을, 그리고 사흘째 되는 날은 콩을 내놓는다는. 예천(경상북도)에 갔을 때 내 처지도 중국 속담과 크게 다르지 않았소."

일가친척들과 함께 예천에서 사흘을 보낸 박 씨는 경기도 파주로 향했다. 3개월 비자를 받아 한국을 방문한 터여서 뭔가 색다른 경험을 한

번 해보고 싶었다.

"인삼밭을 지키는 경비원으로 잠깐 노무를 했었는데, 생각보다 인심들이 박하긴 박하더군. 두 달 넘게 노무를 했는데도 삼 뿌리 하나 건네는 사람이 없는 거라."

새삼 박 씨는 잘살면 잘사는 대로 못살면 못사는 대로 저마다 장단점이 있다는 걸 뒤늦게 실감할 수 있었다.

"그게 무언고 하면, 돈과 인정이라. 모든 면에서 돈을 먼저 생각하는 한국은 인정미가 낙제였네."

박 씨의 호통은 계속되었다. 그는 마치 일갈하듯 조선족과 연길을 싸잡아 꼬집었다.

"조선족들도 시급히 고쳐야 할 게 하나 있소. 같은 민족이 잘 되면 헐뜯기부터 하는데, 그래 할 짓이 없어 제 동포를 물어뜯는단 말이오! 그리고 조선족자치주를 대표하는 연길 사람들, 이제 그만 정신을 차려야 할 때가 왔다고 보오. 노는 것 일등에 리혼까지 일등. 한국 취업 방문 이후 동북 3성에서 연길 소식이 제일 어둡지 뭐요."

때늦은 하소연이라면 하소연일 수도 있었다. 하지만 박 씨가 조선족의 성찰을 바라는 데는 그만한 이유가 있었다. 소위 광기로 표현

압록강 철교

되는, 자신의 부모까지 고발해 사망케 한 일들이 비일비재했던, 박 씨의 집으로 그 무적의 홍위병들이 들이닥친 건 1967년 5월 어느 날이었다. 순간 박 씨는 '조선족'이라는 이방의 꼬리표를 되씹었다.

"불시에 들이닥쳐 사구[2]로 코를 걸었지만 난 믿지 않았소. 30만에 달했던 단동의 조선인 인구가 조선전쟁을 전후해 1만도 채 안 되었으니 홍위병들 눈에는 내가 고기밥쯤으로 보이지 않았겠소."

그들은 제정신이 아니었다. 신발을 신은 채 방으로 뛰어 들어간 홍위병들은 이불과 옷가지 등 살림 도구를 밖으로 마구 내던졌다. 그 광경을 마당에 꿇어앉은 채 눈물로 지켜본 박 씨는 부르르 치를 떨렸다.

"우리 집 가보나 다름없는 족보를 그때 빼앗기고 말았는데, 나한테는 그것이 제일 원통하고 분한 일이었소. 깨지고 부서진 살림도구야 나중에 또 새로 사면 되지만 족보는 그런 물건이 아니잖소. 실로 그날은 조선을 통째로 빼앗긴 것 같았소."

홍위군의 습격으로 박 씨는 다른 길을 모색해야 했다. 조선족이 얼마 되지 않은 단동은 그처럼 위험 요소들이 지천으로 깔려 있었다.

고심 끝에 박 씨는 공장 생산대에 중국공산당 입당 서류를 제출했다. 한족이 득세하는 단동에서 살아남으려면 그 방법밖에 없었다. 그렇지만 박 씨의 입당 서류는 곧 반려되고 말았다. 조선족은 수정주의일 가능성이 높다는 게 그들의 심사 결과였다.

"그날은 하루 종일 모친을 원망했었소. 조선족은 조선족과 모여 살

---

2) **사구(四舊)** : 문화대혁명의 첨병 역할을 담당했던 홍위병(紅衛兵)은 '소용장(小勇將)'이라는 호칭으로 영웅시되었다. 이들은 '착취계급의 사구(四舊)', 곧 낡은 사상 · 낡은 문화 · 낡은 풍속 · 낡은 습관을 타파하고 '무산계급의 사신(四新)'을 확립한다는 문화대혁명의 이름으로 당권파에 대한 탈권투쟁을 선동했다.

아야 안전하단 말이오."

단동과 조선족 사이에는 이보다 더한 아픔도 있었다. 1959년에 시작된 중국의 자연재해가 3년째 계속되자 북한으로 재이주하려는 조선족의 행렬이 끊이지 않았다. 그들 속에는 박 씨의 남동생과 누이도 끼어 있었다.

"결혼한 지 얼마 안 된 내 누이도 그때 국경수비대 총에 맞아 압록강에서 죽었는데, 차마 눈뜨고 볼 수가 없었소. 자고 나면 보이는 거라곤 조선족 시체뿐이라."

여기서 배곯아 죽으나 국경을 넘다 죽으나 매한가지라면 조선족들은 후자를 택했다. 하지만 그 결과는 너무도 비참했다. 한국전쟁 이후 압록강이 다시 피로 물들었다.

250만의 인구를 가진 단동이 한국과 교역을 시작한 건 1995년부터였다. 인천광역시와 맺은 우호결연으로 뱃길이 열리자, 한국 기업의 투자자들이 단동으로 속속 몰려들었다. 그 광경을 지켜보던 박 씨는 놀라움을 금치 못했다. 어제까지만 해도 단동은 교역의 80퍼센트를 북한이 차지하고 있었던 것이다.

"등소평이 아니었다면 오늘의 중국이 이만큼 높아질 수 있었겠소? 문화혁명 시절 모택동은 등소평을 반모주자파[3]로 몰아 힘을 못 쓰도록 만들었지만, 영민한 등소평은 그에 굴하지 않고 새로운 중국을 건설하

---

3) **반모주자파(反毛走資派)** : 중국공산당에서 자본주의 노선을 주장하는 반 모택동 세력을 일컫는 말이다. 문화대혁명은 류소기(劉少奇), 등소평(鄧小平) 등 이른바 반모주자파 제거를 위한 모택동(毛澤東)의 권력투쟁이기도 했다.

지 않았소."

거의 매일 텔레비전 뉴스와 신문을 꼼꼼히 챙겨본다는 박 씨는 이런 말도 들려주었다.

"조선족한테 가장 큰 힘이 되는 게 뭔 줄 아시오? 한국이든 북조선이든 조선족은 국가를 가지고 있다는 것이오. 다른 소수민족에 비하면 매우 든든한 배경이라고 할 수 있지."

해서 중국 정부가 조선족을 함부로 대하지 못하는 것도 그 점을 무시할 수 없다고 했던가. 한 번쯤 곱씹어 볼 만한 말이었다.

언행이 분명한 박 씨와 식당에서 나왔을 때였다. 소문대로 압록강에서 멀지 않은 단동의 코리아타운은 불야성이었다. 이에 질세라 팔순의 박 씨도 자신이 타고 온 자전거를 가리키며 아직 건재함을 과시했다.

"저걸 타고 매일 18킬로(미터)를 달리는데, 오늘도 채마밭에 다녀오는 길이었소. 겨울철에도 우리 집은 시장에서 남새를 사지 않고 내 손으로 직접 재배한 비닐하우스 것을 캐 먹는단 말이지."

단동에서만 반세기를 살았다는 박 씨가 자전거에 올라탔다. 페달을 밟아 어둠 속으로 사라지는 그의 뒷모습에서 여동생의 잔영이 겹쳐졌다.

"내가 왜 단동을 못 떠나는 줄 아시오? 총에 맞아 죽은 누이 때문이오. 누이의 시신을 압록강에서 내 손으로 건져 올렸지 뭐요."

눈 녹으니 꽃이 피네

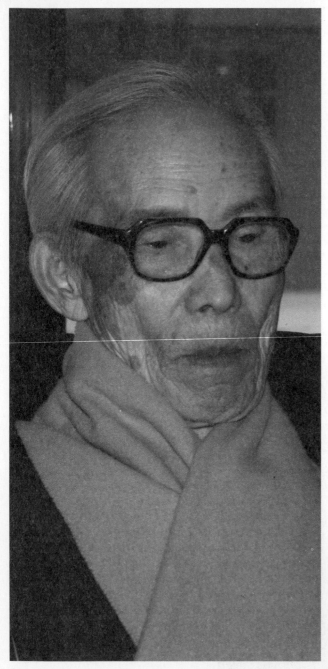

"사는 게 뭔지.
중국 땅에서
우리의 음악을 지켜내려니
가정이 눈물바다고,
가족들이 겪는 고통을
우선에 두려니까
조선족 음악가로서
도리가 아닌 것 같고……."

———
온갖 고초에도
조선의 음악을 지켜온
동희철 씨

"함경남도 명천을 떠나 이곳으로 온 게 1928년도였네. 아버지 등에 업혀 쪽배 타고 두만강을 건넜는데, 도착해보니 인평공사(길림성 연길시 조양천 소재)라는 곳이더군. 인평공사에는 우리보다 먼저 고향을 떠난 맏아배(큰아버지)가 살고 있었네."

"인평공사라면 일제가 운영한 대단위 농장을 말하시는 겁니까?"

"그렇네. 만주 침공과 태평양전쟁을 앞두고 일본은 준비를 단단히 하고 있었지. 전쟁에서 이기든 패하든 군인을 먹여 살릴 식량은 있어야 하지 않겠나?"

계획대로 일제는 1931년 9월 만주를 침공했다. 인평공사도 우왕좌왕, 예전의 분위기는 아니었다. 일제의 만주 침공을 당연한 수순처럼 받아들이는 조선인이 있는가 하면 울분을 참지 못하는 사람들도 있었다. 지난해 동불사대기소학교에 입학한 동희철 씨는 무엇보다 아버지를 이해할 수 없었다. 인평공사에도 항일연합군과 선이 닿은 지하공작자들이 몇 있었는데, 아버지가 그중 하나일 거라곤 상상조차 못했다. 속된 말로 제 식솔들 하나 제대로 건사하지 못하는 주제에 무슨 항일이란 말인가. 그러나 잠결에 눈을 떠 보면 아버지의 잠자리가 수시로 비어 있었다.

"원망이야 컸지만 그렇다고 난들 또 어쩌겠나. 건널목 하나만 더 지나서 보면 부모라도 각자 생각이 다른 것을. 소학교 시절 내내 어머니는 몸이 약한 나를 향해 겨울엔 다소곳이 집에 박혀 있다 봄이 오거든 나가라며 타이르는 반면 아버지는 그 반대였단 말일세. 자고로 혁명은 일기와 계절에 관계없이 올곧은 정신으로 무장해야 한다며 오히려 어린 나를 다그치곤 했었지."

동불사대기소학교를 거쳐 간도사도학교(사범학교)에 진학한 어느 날이었다. 음악실 구석에 놓인 풍금 앞에서 걸음을 멈춘 동 씨는 조양천을 떠올렸다. 항일독립군에 이어 조선의용군을 접한 건 태항산에서 소금을 운반하는 몇 장의 사진을 통해서였다. 중국 하남·하북·산서성의 경계에 걸쳐 있는 태항산의 웅장함도 보기에 좋았지만, 정작 마음을 빼앗긴 건 조선의용군이었다.

"항일독립군이 역사책으로 다가왔다면 조선의용군은 조금 달랐었네. 한 권의 소설책을 밤새워 읽은, 그런 기분이었다고나 할까."

그만큼 친근하게 느껴진 조선의용군이 조양천을 찾아온 날이었다. 조선의용군 제5지대 선전대가 연주를 시작할 즈음 동 씨는 마치 무언가에 홀린 기분이었다. 조선의용군의 연주에 산이 들썩대고 들판의 곡식들이 너울너울 춤을 추었다.

"선망의 대상이었던 것만은 사실이네. 나도 나중에 조선의용군처럼 멋지게 노래 부르고 멋지게 연주를 하고 싶었으니까."

이 소리는 바람? 이 소리는 봄이 왔다며 기지개를 펴는 풀잎들의 반란? 음악실 풍금 앞에 앉은 동 씨는 똑같은 모양의 건반을 누를 때마다 서로 다른 음으로 여운을 남기는 멜로디에 뛰는 가슴을 주체하지 못했다. 귀로만 듣던 음을 자신의 손으로 직접 연주하자 무아의 세계로 빠져들었다. 그리고 그때, 누군가 자신의 등에 살포시 손을 얹는 느낌이 전해졌다.

"나를 음악의 세계로 이끌어준 문하연[1] 선생이었네. 웃음이 참으로 독특한 분이셨지. 내 이름을 물으면서도 허허허, 발풍금을 처음 쳐보느냐고 물으면서도 허허허……. 아무튼 나로서는 문하연 선생과의 만남을 통해 내 인생의 진로를 결정짓는, 흔히들 하는 말로 그날 만남은 운명적이었네."

그리고 며칠 더 지나서였다. 문하연 선생은 동 씨 손에 열쇠를 하나 쥐어 주었다. 사범학교에 비치된 악기 중에서 가장 돋보이는, 그랜드 피아노 열쇠였다. 일순 동 씨는 이게 꿈인지 생신지 제 살을 꼬집어보지 않고는 도저히 믿을 수가 없었다. 세상에 하나뿐인 천국의 열쇠를 손에 막 넣은 기분이었다.

"누구라도 어렵고 힘든 시기에 탓할 일이 무엇 있겠는가마는, 딱 한 번 부친한테 서운했던 적은 있었네. 그토록 항일과 혁명을 부르짖었던 분이 글쎄, 용정의 광명이나 대성중학교 진학을 가로막지 않겠나. 너는 사범학교를 가야 공부를 계속할 수 있다면서 말일세."

사범학교 입학과 동시에 음악에 푹 빠진 동 씨는 아버지의 선택을 감사히 여겼다. 자신의 가정 형편으로는 도저히 광명이나 대성중학교 진학은 무리였음을 뒤늦게 깨달은 것이다.

"그 점을 좀 더 분명하게 깨우쳐준 분이 전라남도 광주에서 출생해 만주로 이주한 정률성[2] 선생이었네. 항일정신이 투철했던 선생은 행진곡, 대합창, 아동가요 등 주옥같은 곡을 많이 남겼는데, 바로 그 분이 나에

1) **문하연** : 문하연은 1932년에 도쿄의 일본음악학교를 졸업하고 연변 용정에 와서 대성중학교 · 연길간도사도학교 · 용정여자국민고등학교의 음악교원으로, 근화여자중학교 및 영신중학교 교장으로 근무하다가 1946년 7월에 조선으로 나갔다. 그는 용정에 있으면서 대성중학교의 취주악대와 하모니카 합주단을 이끌었다. 허홍순은 명신여자고등학교 음악교원으로, 황병덕은 광명여자고등학교에서, 박창해는 은진중학교의 음악교원으로 있었다. 이들은 모두 연변 조선민족 음악교육의 기초를 닦았다.

2) **정률성** : 정률성은 일제강점기에 전라도 광주(光州)에서 태어나 1933년 항일투쟁을 위해 중국으로 건너간 후 1937년부터 공산당의 근거지인 연안(延安)에서 활약했다. 〈연안송〉, 〈팔로군 행진곡〉, 〈조선의용군 행진곡〉 등 400여 곡을 작곡한 정률성은 중국 3대 작곡가로 꼽힌다. 특히 항일전쟁과 국공내전 때 병사들이 즐겨 부르던 〈팔로군 행진곡〉은, 1951년에 〈중국인민해방군 행진곡〉으로 개명되어 중국인민해방군의 공식 군가로 채택되었다. 그는 2009년 '신중국 건국에 공헌한 영웅 100인' 가운데 6위에 선정되기도 했다. 그가 묻힌 팔보산(八寶山) 혁명열사릉 비문에는 이렇게 새겨져 있다.
"인민은 영생불멸한다. 마찬가지로 정률성의 노래도 영생불멸할 것이다."

게 이걸 가르쳐준 것이네. 살아가는 동안 절대 누군가를 탓해서는 안 된다는."

학교에 첫 악대가 등장한 2학년 1학기 무렵이었다. 음악실로 불러낸 문하연 선생이 피아노 대신 바리톤을 권하자 동 씨는 서운한 마음이 먼저 들었다.

"솔직히 그때는 선생님을 이해할 수가 없었네. 그동안 나를 지켜봤다면 선생님의 입에서 절대로 그런 소리가 나올 수 없었단 말이지. 그런데다 바리톤은 취주악대에서 저음을 내는 관악기가 아닌가."

감정이 상한 동 씨는 이번에도 눈을 감은 채 정률성을 떠올렸다. 그런 다음 주문을 외듯 '탓하지 말자. 탓하지 말자'를 몇 차례 되뇌고 나자 거짓말처럼 마음이 곧 편안해졌다.

그리고 당시 주변의 상황을 보면 이것저것 따질 형편도 아니었다. 2년제 과정의 사범학교 졸업을 앞두고 한쪽에서는 광복의 만세 소리가, 다른 한쪽에서는 7·7사변 직후 중단된 중국의 국공내전이 다시 불거지고 있었다. 설상가상으로 중국의 청년들은 곧 전선으로 떠나라는 학교장의 지시가 떨어지자 동 씨는 묘한 기분에 사로잡혔다.

"'전선으로 떠나라', 그 짧은 한마디가 참으로 생소하게 들려오지 뭔가. 난생처음 내 자신이 중국에 속해 있다는 사실을 피부로 절감했다 할까. 그 한 번의 명령으로 옹근 3년을 중국공산당을 위해 위문공연을 다녔으니까."

마음이 심란할 때면 동 씨는 총알이 빗발치는 전선에서 자신의 음악세계를 꽃피운 정률성처럼 창작에 더욱 매진했다. 이럴 때일수록 때와 장소를 가리지 않고 자신의 무기인 음악을 한걸음 더 확장시켜보고 싶었다.

동 씨의 간고한 노력은 결코 헛되지 않았다. 중국 내전이 한창인 1948년, 그의 처녀작인 〈여성 행진곡〉은 연변 일대를 순식간에 달궈놓았다.

"인간에게 영감은 정말로 급박할수록 식지 않는 그 무엇이 있더군. 용광로처럼 말일세. 국민당을 몰아낸 지역에서 공산당 깃발이 오르면 그곳으로 달려가 공연을 올렸는데, 〈여성 행진곡〉은 넓게는 중국, 좁게는 동북(만주)에 거주하는 여성들의 사기를 북돋아주기 위해 일부러 명랑하게 지은 곡이었네."

대오를 맞추어 새 무대에 오르라
우리는 명랑한 새 시대의 녀성
인습의 잔재를 쳐부수고
정치 경제 문화 온갖 사업에
인민을 위하여 몸과 맘 바치자

내전에서 승리한 공산당은 중국 건설의 첫 작업으로 토지개혁이 한창이었다. 중화 대륙의 청년들은 '농민들 속으로 들어가라'는 공산당의 지침에 따라 농촌을 순회 중인 동 씨는, 조선 민요를 비롯해 중국·독일·소련의 행진곡에 이르기까지 그동안 배운 것들을 모두 쏟아부었다. 뿐만 아니라 그는 가극에도 뛰어들어 새 지평을 넓혀갔다.

"처음 해보는 가극 연출이 재미있기도 하거니와 여러모로 많은 공부가 되더군. 그때 인민들로부터 환영을 받은 가극이 〈황하 대합창〉, 〈인민들은 무장하여 일어났다〉 등이 있었네."

1952년 9월, 반세기 가까이 만주 땅을 유랑 중인 재만 조선인들이 드디어 중국 정부의 승인을 받아 연변조선족자치주(조선족)로 새롭게 태어나고 있었다. 동 씨는 예술 분야에서 주덕해와 최채를 눈여겨보았다.

"초대 주장을 지낸 주덕해와 조선족자치주가 결성되도록 노력을 아끼지 않은 최채 선생은, 조선족 음악이 나아가야 할 방향을 제시한 보기 드문 분들이었네. 이후 내가 우리의 전통과 우리의 민족 음악을 채집하게 된 계기도 그분들의 노고가 있었기에 가능한 일이었고. 문하연 선생이 나를 음악의 길로 안내했다면 주덕해 주장과 최채 선생은 내 음악의 방향을 제시해준 분들이었지."

1955년 봄, 연변제일고등학교 음악 교사로 재직 중인 동 씨는 또 한 번 자신의 존재를 어필할 곡을 세상에 내놓았다. 현재까지도 조선족 사회에서 애창곡으로 사랑받고 있는 〈고향산 기슭에서〉가 바로 그것이다.

"〈고향산 기슭에서〉는 잠깐 설명이 필요한 곡이네. 해마다 봄이 찾아오면 학생들과 모아산을 등반하곤 했는데, 모아산 정상에 오르면 누구라도 가슴이 뭉클해질 수밖에 없지. 두만강을 건너온 선조들이 피땀 흘려 일군 용정의 두 벌(세전, 평강)이 힘찬 기세로 드넓게 펼쳐져 있단 말이지. 그렇듯 나는 모아산을 오를 때면 학생들에게 그 두 벌을 일군 선조들의 강인한 개척정신에 대해 이야기를 들려주곤 했었네. 그렇게라도 전해야 흐트러진 학생들의 신념과 사상이 제 민족을 향해 뻗어나갈 거라는 생각에서였지."

그날도 동 씨는 학생들과 등반을 마친 뒤 교실로 돌아와 칠판에 '모아산 기슭에서'라는 시제를 큼직하게 써놓았다. 아울러 그는 좋은 작문이 나오면 곡을 붙여주겠다며 학생들의 사기를 북돋웠다.

"향촌에 대한 사랑을 듬뿍 담아보라고 이르긴 했지만 크게 기대를 한 건 아니었네. 조선족자치주가 들어서고 얼마 지나지 않아 중국 정부도 제1차 5개년 계획(1953~1957년)을 발표하였는데, 사실 그날 작문 수업은 그것과 연계된 하나였단 말이지. 아! 그런데 그날, 전혀 예상치 못한 일이 생겼지 뭔가. 학생회 문예부장이었던 김경석 군의 산문시가 전광석화처럼 내 눈에 번쩍 들어오지 않겠나. 약속대로 나는 제자의 시에 곡을 붙여 세상에 내놓게 된 것이네."

고향산 기슭에 올라서니
사철 푸른 소나무 반겨주고
장원 들 노랫소리 들려오누나

고향산 기슭에 올라서니
뜨락또르 달리는 넓은 벌로
유유히 해란강은 흘러가누나

아 사랑스런 산천아
아 정든 내 고향이여 조국의 변강이여

제자의 시에 곡을 붙인 〈고향산 기슭에서〉가 중국어로 번역되어 중앙인민방송국 전파를 탈 때였다. 〈고향산 기슭에서〉는 〈여성 행진곡〉을 발표했을 때와 또 다른 분위기였다.

"다들 출세했다고 그러는데, 정작 나는 귀를 씻어내고 싶었네. 적어도 예술가라면 돈과 명예에 앞서 감동을 먹고 사는 동물이 아닌가. 〈고향산 기슭에서〉를 발판으로 하나 달라진 게 있다면 방송국 출입이었네.

일개 교원의 신분으로 연변인민방송국 음악 편집(프로듀서)을 맡게 되었으니 그야말로 가슴 벅찬 일이 아니고 무엇인가. 당시 내가 중점에 두었던 것은 조선족들에게 세계 각국의 다양한 음악을 들려주는 것이었네."

자연 청취자들의 반응도 날로 뜨거웠다. 연변인민방송국 창립 이래 음악 방송이 달라졌다며 여기저기서 찬사가 끊이지 않았다. 여세를 몰아 동 씨는 중국 정치의 심장부인 북경으로 향했다. 그리고 그 결과는 대만족이었다. 길림성을 대표해 펼친 동 씨의 가극을 지켜본 중국 정부는 동 씨에게 1급 작곡가의 영예를 부여했다.

"그걸 전성기라고 하던가. 〈고향산 기슭에서〉가 중앙 방송을 탄 지 3년 만에 생각지도 못한 일이 벌어졌으니 최고의 시간을 보낸 셈이지. 하지만 그것도 오래가진 못했네. 일장춘몽처럼 곧 시들더란 말이지."

대륙의 피바람으로 일컬어지는 문화대혁명. 중국 정부가 수여한 1급 작곡가도 그 바람만큼은 어쩌지 못했다. 대약진운동 시기에 작곡된 〈고향산 기슭에서〉가 인민들에게 독초로 작용할 수 있다는 게 당 위원회의 설명이었다.

"어설프지 뭐. 정치나 사상으로 붙들려갔다면 또 모를까, 제자의 시에 곡을 붙인 것이 문제가 된 것 아닌가. 그것도 모자라서 중앙인민방송국 전파까지 탔던 곡을 서정적이라고 몰아대니 씁쓸할 수밖에. 정치의 잣대로는 절대 예술의 깊은 뜻을 이해할 수 없단 말이지."

"혹시 그 점을 소명할 기회는 주어지지 않았습니까?"

"물론 있었지. 그렇지만 연일 피바람이 몰아치는 정국에서 그깟 소명 따위가 무슨 필요 있겠나. 자칫 잘못했다간 더 큰 화를 불러올 판인데……."

1969년 겨울, 살을 에는 만주의 혹한이 동 씨의 폐부를 쿡 찔렀다. 그 동안의 영예를 뒤로한 채 동 씨는 어린 자녀와 아내를 앞세워 길림시 도 나현 자피가오라는 산골마을로 유폐의 길을 떠났다.

"그런 말이 있지. 가난을 호되게 겪어본 사람은 그렇지 않은 사람보 다 적응 속도가 빠를 수밖에 없다는. 노동사상개조라는 죄목으로 쫓겨 간 그곳에서 나는 오직 음악만을 생각했었네."

우선 동 씨는 더 이상 구차해지고 싶지 않아 바깥 세계와 연결된 문부 터 닫아걸었다. 지금과 같은 상황에서는 이꼴 저꼴 안 보고 사는 게 최 상의 방법처럼 여겨졌다. 그런데 한날, 지칠 대로 지친 동 씨의 영혼을 일 으켜 세우는 소리가 들려왔다.

"오지가 주는 선물이었다고나 할까. 그동안 한 번도 들어보지 못한 새소리가 제법 많더군. 어떤 새는 빽빽 단음을 내고, 또 어떤 새는 호로 롱 뽕뽕 아름다운 복음을 내고. 그런가 하면 어떤 새는 슬프도록 청아 하게 내 심장 속을 파고들고……. 새라는 날짐승이 그렇잖은가. 자신의 모습을 잘 드러내지 않은 채 지저귐만으로 모든 것을 말하는. 고로 나 한테 새들의 노래는 큰 공부가 되었네."

"자피가오에서의 생활은 어떠셨습니까?"

"산 정상에 다 오를 즈음 국가라는 거대한 괴물한테 추락을 당했으니 무슨 기력이 남아 있었겠나. 무엇보다도 아이들한테 미안해 고개를 들 수가 없었네. 결과만 놓고 본다면 내 아버지와 크게 다를 게 없더란 말 이지. 가난한 집의 자식이 공부를 하겠다고 고집을 피우는 바람에 그 같 은 사단이 벌어진 것 아닌가."

그런 자신이 미워질 때면 동 씨는 정신세계를 통해 위안을 얻곤 했다. 인간의 육체가 어떤 한계 지점에 다다랐을 때, 그걸 이겨낼 수 있는 힘은 종교나 예술밖에 없었다. 며칠 전 공산당 지부를 찾아가 문예선전대 제 안서를 제출한 것도 바로 더 큰 위안을 맛보고 싶어서였다.

"당 지부로부터 허락이 떨어져 청년들과 마을의 창고를 말끔히 청소 한 뒤였네. 다음 날 그곳에 청년문화실을 꾸렸더니 그제야 좀 숨을 쉴 것 같더군."

매번 느끼는 거지만 음악은 참으로 신묘한 구석이 있었다. 땅거미가 내려앉기 바쁘게 적막 속으로 빠져들던 산골에 손풍금 연주가 울려 퍼 지자 마을은 활기로 넘쳐났다. 동 씨도 예외는 아니었다. 주민들과 한 바탕 노래를 부르고 나면 그동안 쌓인 미움과 원망들이 씻은 듯이 사라 졌다.

"권력과 자본 앞에 예술은 얼마나 하찮은 존재인가. 그런 예술이 늪 에 빠져 허우적대는 나와 내 이웃들에게 손을 내밀어 건져줬으니, 그보 다 고마운 벗이 세상 어디에 또 있겠나. 그때 만약 음악이 아닌 다른 분 야의 것으로 박해를 받았다면 아마 난 다시 일어나지 못했을 것이네."

3년의 유배 생활을 마치고 자피가오를 떠나는 날이었다. 얼마 전에 작곡한 〈눈 녹으니 꽃이 피네〉를 읊조리던 동 씨는 담배를 피워 문 채 이런 생각을 해보았다. 강자들이 세상을 지배하는 것처럼 보여도 실상 은 그렇지 않다는. 진정한 힘은 한 자락 봄바람 속에 숨어 있었다.

봄바람 불어오네 산과 들에 불어오네
잎도 피고 꽃도 피는 따사로운 봄이 왔네
봄이 왔네 봄이 왔네
봄이 오니 눈이 녹고 눈 녹으니 꽃이 피네
눈 녹으니 꽃이 피네

연변방송국으로 다시 복귀한 동 씨는 한숨밖에 나오지 않았다. 떠나온 자피가오보다 방송국이 더 낯설게 느껴졌다.

"자피가오로 쫓겨 갈 때도 흘리지 않았던 눈물을 3년 만에 돌아온 방송국에서 쏟아낼 줄 누가 알았겠는가. 조금 심하게 말하면 연변방송국은 중국의 타 민족들에게 이미 점령당한 상태였네. 조선족자치주를 대변하는 연변방송국에서 타 민족의 노래를 절반 이상(70퍼센트) 틀어대고 있었으니 말이 될 소린가! 정작 우리의 민요와 조선족 가요는 내보낼 수조차 없었단 말일세."

성省에서 나온 중앙문화부 소속 조사팀이 연길을 시찰 중일 때였다. 문화 관련 인사들을 초청한 자리에서 동 씨는 그동안 자신이 보고 느낀 점들을 사심 없이 털어놓았다. 조사팀 쪽에서 먼저 방송과 관련한 애로사항을 물어온 터여서 차마 모른 척할 수 없었다. 하지만 조사팀의 반응은 돌처럼 차가웠다. 오히려 그들은 버럭 화부터 냈다.

"말하라고 해서 말했더니 돌아온 대답이 좀 그렇더군. 지난 3년간 당에서 기회를 주었는데도 반성하는 기미가 전혀 보이지 않는다며 되레 큰소리를 치지 뭔가."

당분간 집에서 근신하라는 당의 조치가 떨어지자 동 씨는 웃음밖에 나오지 않았다. 아내의 말마따나 유배지에서 풀려난 지 석 달도 안 되어 그놈의 고집이 또 사고를 친 것이다.

"사는 게 뭔지. 중국 땅에서 우리의 음악을 지켜내려니 가정이 눈물바다고, 가족들이 겪는 고통을 우선에 두려니까 조선족 음악가로서 도리가 아닌 것 같고……. 틈만 나면 아내는 세상 돌아가는 형세 좀 읽으라며 잔소리를 해대는데 어찌 나라고 속이 편했겠나. (고깔)모자로 치면 두 번째가 아닌가."

　자숙하는 마음으로 집에서 꼼짝 않고 지낼 때였다. 동 씨를 밖으로 불러낸 건 경흥촌 생산대대 간부들이었다. 문예경연대회를 앞두고 마음이 바빠진 그들은 초빙에 꼭 응해달라며 동 씨를 붙잡고 매달렸다.

　"식구들의 눈도 있고 해서 정중히 거절은 했지만 그렇다고 그게 내 진짜 마음은 아니었네. 바람에 놀아나는 나뭇가지처럼 좀이 쑤셔 못 견디겠더란 말이지. 그래 핑계 삼아 우리 집을 세 번째 방문한 날 못 이기는 척 그들을 따라나섰지 뭔가."

　연길에서 차로 한 시간 거리에 위치한 경흥촌은 문예경연대회 준비가 한창이었다. 팔짱을 낀 채 서서 연습 과정을 지켜보던 동 씨는 앞으로 나가 손풍금을 어깨에 멨다. 그러자 주민들도 기다렸다는 듯이 동 씨의 연주에 맞춰 '에라 놓아라 아니 못 놓겠네 능지를 하여도 못 놓겠네 에헤이 에~' 〈양산도〉를 따라 부르기 시작했다.

　"인간의 본능만큼이나 직업의식도 무섭긴 무서운 것 같아. 손에 일확천금을 쥐었을 때보다 손풍금을 쥐었을 때가 더 기쁜 걸 어쩌겠나."

　집단체제 활성화 방안의 일환으로 화룡시에서 조선족 문예경연대회가 열리는 날이었다. 경흥촌 주민들과 함께 〈양산도〉 공연을 무사히 마친 동 씨는 자신이 작곡한 〈산간마을의 들〉을 연주하기 시작했다. 순간 경연장은 한 차례 불이 꺼졌다 다시 켜졌을 때처럼 환호로 넘쳐났다.

　그러나 기쁨도 잠시. 공연을 마치고 귀가한 동 씨는 당 위원회 사무실로 끌려가고 말았다. 인민들의 독초인 〈양산도〉를 경연장 무대에 올렸다는 것이 조사의 요지였다.

　"해도 해도 너무한다 싶더군. 민요가 무엇인가. 바닷가 조약돌들처럼 온갖 세파 속에서 다듬어진 노래가 아닌가. 그것도 모르는 주제에 우리

의 민요를 독초라고 박박 우겨대니 어찌 웃음이 나오지 않겠나. 그런 걸
두고 무식의 소치라 한단 말이지."

1962년 여름 방학을 맞아 연변주문련(연변조선족자치주 문예연합) 소속 창
작실험단과 함께 순회공연 중일 때였다. 따거운 마을의 농민들과 술잔
을 나누는 자리에서 흥이 오른 한 할머니가 벌떡 일어나더니, 우리 오늘
춤이나 한판 걸지게 춰보자며 박달나무로 어깨에 멘 북을 치기 시작했
다. 순간 동 씨는 온몸을 감싸오는 전율에 입을 떼지 못했다. 찌든 세파
에 만신창이가 된 한을 가락으로 이겨낸, 우리 민요의 진짜배기를 오늘
에서야 본 것이다.

"다 속여도 피만은 속일 수 없다는 옛말도 있듯이 따거우에서 만난 노인이 바로 그런 분이었네. 그분의 피가 내 몸속에서 흐르고 있지 뭔가."

음악은 무엇일까? 감동만으로 음악을 말할 수 있을까? 그날 밤 동 씨는 잠을 이루지 못했다. 흥에서 한으로, 한에서 흥으로 고갯마루를 넘어가는 할머니의 구성진 가락에 심장이 멎는 것 같았다.

"공산당 정부로부터 적잖은 고초를 당하셨는데, 우파 분자 딱지는 언제쯤 떼신 겁니까?"

"문화혁명이 끝난 1976년도에 음악가로서의 명예는 되찾았지만, 따지고 보면 나도 죄인 중에 죄인이 아닌가. 자식(3남 3녀)을 낳기만 했지 그아이들을 기르고 가르친 건 아내였단 말이지."

청년 시절 영화 속 배경음악에 매료되어 〈시베리아의 대지〉를 네 차례나 보았다는 동희철 씨와 헤어져 찾아간 곳은 노래방이었다. 연길을 떠나기에 앞서 그가 작곡한 노래를 꼭 한번 들어보고 싶었다. 그 순서로 먼저 동 씨가 작곡한 500여 곡 중에서 다섯 곡(〈고향산 기슭에서〉, 〈벼꽃타령〉, 〈손풍금 타는 총각〉, 〈눈 녹으니 꽃이 피네〉, 〈선생님의 들창가 지날 때마다〉)을 선정해 시작 버튼을 눌렀다. 역시 노래란 가사만으로는 그 한계가 있었다. 노래방 기기를 타고 선정한 곡들이 '아름답게 서정으로' '천천히 정답게' '신심이 가득하게' 흐르자, 그제야 그 그림들이 실루엣처럼 포개졌다.

고향산 기슭에 올라서니
사철 푸른 소나무 반겨주고
장원 들 노랫소리 들려오누나

아 사랑스런 산천아
아 정든 내 고향이여 조국의 변강이여

[눈 녹으니 꽃이 피네]

아홉 번째 이야기

훗어마이와 두 그림자

치치하얼 명성촌

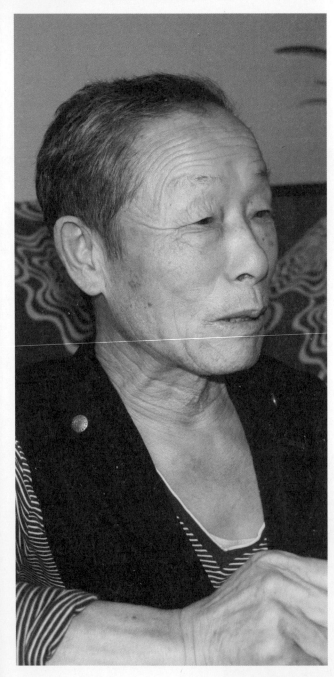

"한족과 조선족의
관계가 나빠지면
결국 손해를 보는 건
조선족이란 말이죠.
전체 조선족 중 90퍼센트가
농업에 종사하는 마당에
중국에서 무슨
힘을 쓸 수 있겠습니까."

조선족 신분으로 중국
경찰관이 된 정만석 씨

흑룡강성 남서쪽에 위치한 치치하얼은 도시가 꽤 커 보였다. 택시 기사에게 물으니 도심 인구만 570만이라고 했다. 그런가 하면 치치하얼은 조선족, 만족, 다우얼족, 후얼족 등 중국 55개 소수민족 중에서 30여 개 소수민족이 모여 살 정도로 민족 구성 분포가 매우 복잡한 도시라며 웃었다.

치치하얼시 용사구 명성촌은 기차역에서 20분 거리에 있었다. 명성촌 촌장이 소개한 정만석 씨는 해방둥이로, 부모님의 고향은 경상북도 청도라고 했다.

"내 부친의 경우는 마지못해 건너온 분입니다. 일제의 강제 징병을 피해보려 청도에서 급히 결혼까지 했던 모양인데, 여기까지 온 걸로 보면 별 소득이 없었던가봅니다. 당시 가족 사항은 할머니와 갓 결혼한 부모님, 할아버지는 일찍 돌아가셨다고 들었습니다."

이주 초기부터 너무 과욕을 부린 것일까. 하루라도 빨리 논을 갖고 싶은 마음에 무작정 뛰어들었으나 갈 길이 멀었다. 불모지를 개간해 파종까지는 성공을 거뒀지만, 보풀 택사라는 잡초 때문에 벼가 도통 자라질 못했다.

"한전은 개간 즉시 일정량의 수확을 낼 수 있지만 수전은 그렇지 못합니다. 말 그대로 논에 물을 담아서 짓는 농사란 말이죠. 그러니 적어도 한두 해는 지나봐야 성패를 알 수 있다는 겁니다."

무심한 하늘은 두 번째 도전에도 끝내 손을 들어주지 않았다. 와중에 아내까지 잃고만 정 씨 부친은 다시는 못 돌아갈 것처럼 고향의 전답들을 모두 정리하고 떠나온 걸 뒤늦게 후회했다.

"내 나이 세 살 되던 해에 어머니께서 돌아가셨는데, 아버지의 고생이 이만저만 아니었습니다. 치치하얼에서 수전을 가장 많이 짓는 명성촌으로 들어가 사는 게 우리 가족의 꿈이었지만, 명성촌 생산대대에서 요구하는 입주 조건이 너무 세지 뭡니까. 당시 200위안이면 초가집 두세 채를 사고도 남을 큰돈이었단 말이죠."

하는 일마다 실패뿐이었던 정 씨 부친에게 절호의 기회가 찾아온 건 이가툰으로 이사한 직후였다. 100호가 조금 넘는 이가툰에 조선인 가정은 28호로, 집주인이 정 씨 부친을 반긴 건 다름 아닌 중국어 때문이었다. 한족들과 소통의 물꼬를 틀 조선인이 이사를 왔다는 소식에 생산대대 대장이 한걸음에 달려왔다.

"뒤늦게 이사한 우리 가족들로서는 천군마마나 다름없었죠. 생산대대 대장이 부친을 마을의 조선인 대장으로 임명하면서, 초가집 한 채와 세 식구 먹고살 한전을 흔쾌히 내주더란 말이죠."

초등학생 수준의 중국어로 기사회생의 발판을 마련한 정 씨 부친은 수전 개간에 다시 매달렸다. 거리로 나앉을 뻔했던 가족을 배려해준 점은 더할 나위 없이 고마운 일이나 그렇다고 이가툰에 오래 머물고 싶은 생각은 없었다. 첫 이주 때부터 배 씨 부친의 목표는 따로 있었다.

"자랑이 아니라 당시 부친은, 이가툰에서 총대장까지 할 수 있는 충분한 여건을 갖추고 있었습니다. 세 번의 도전 끝에 수전을 성공시키자 한족들이 서로 부친을 떠받들지 않겠습니까?"

하지만 정 씨 부친은 주민들의 간곡한 만류에도 끝내 자신의 뜻을 굽히지 않았다.

"이가툰을 떠나기 며칠 전 아버지께서 이런 말씀을 하시더군요. 학교도 없는 마을에서 제아무리 쌀밥을 배불리 먹은들 배가 부르겠느냐고요."

3년 전, 수중에 가진 돈이 없어 쫓겨난 명성촌에 입주한 날이었다.

1930년대 말 일제의 강제 이주 정책으로 터를 잡은 명성촌의 분위기가 왠지 좀 낯설게 느껴졌다.

"막상 이사를 하고 보니 기분이 좀 이상하긴 했습니다. 남도치와 북도치는 들어봤어도 남선과 북선은 처음 듣는 소리였단 말이죠."

흑룡강성에서 그 규모가 하얼빈 다음으로 큰 치치하얼은 송화강 지류인 눈강嫩江을 경계로 강남과 강북으로 나뉜다.[1] 그러니까 방금 정 씨가 말한 남선과 북선은 남조선과 북조선의 줄임말로, 눈강 남쪽에는 한국이 본관인 명성촌 주민들이 강 건너 선명촌에는 북한에서 이주한 사람들이 모여 산다. 정 씨가 이 둘의 관계를 보다 관심 있게 지켜본 건 그 이듬해였다. 중국의 농업 집단화가 본격화되면서 치치하얼에도 대규모 호구 정리가 시행되었는데, 이가툰에서 살았던 조선인 가정 28호가 명성촌과 선명촌으로 옮겨온 것도 바로 그 무렵이었다. 그러나 정 씨의 눈에 비친 둘의 모양새가 썩 좋아 보이지만은 않았다. 종전 직후 벌어지는 포로 교환의 한 장면을 다시 보는 것 같았다 할까. 이가툰에서 이사 온 28호 중 고향이 북쪽인 사람은 선명촌 주민이, 고향이 남쪽인 사람은 명성촌 주민이 되었다.

"처음엔 그랬었는데 곧 이해가 되었습니다. '남'과 '북'의 용어만 놓고 본다면 충분히 오해할 수도 있겠지만, 거기에는 각자 다른 생활 방식이 존재했던 겁니다. 같은 동포라도 한반도 남쪽에서 이주한 명성촌 주민들은 집을 지을 때 방과 부엌, 외양간의 구조를 분명하게 나누는 반면, 북쪽에서 이주한 선명촌 주민들은 대체로 어지러운 편이었으니까

---

1) 명성촌과 선명촌은 치치하얼 시 눈강의 하류에 강을 사이에 두고 서로를 '남조선(명성촌)'과 '북조선(선명촌)' 이라고 부르는 마을이다. 두 마을에는 경상도 출신 조선족과 그 후손들이 터를 잡고 살아가고 있다. 명성촌 주민의 대부분은 1930년대 후반 만척에 의해 북만주로 이주한 농민의 후손들이다.

치치하얼역

"그런데 참 이상하죠. 어지간히 부지런을 떨었는데도 불구하고
인민들의 삶은 제자리걸음을 면치 못했으니.
우리 집만 보더라도 아내와 내가 최선을 다해 살았지만,
뭐 하나 나아진 게 있었어야 말이죠."

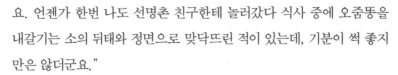

요. 언젠가 한번 나도 선명촌 친구한테 놀러갔다 식사 중에 오줌똥을 내갈기는 소의 뒤태와 정면으로 맞닥뜨린 적이 있는데, 기분이 썩 좋지만은 않더군요."

물론 생활 구조가 다르다고 해서 명성촌과 선명촌 주민들의 사이가 나쁜 건 아니었다. 체육대회나 마을에 잔치가 있는 날이면 화기애애한 분위기 속에서 하루해가 저물어가곤 했었다.

명성소학교 입학식 날이었다. 정 씨는 '송준호'라는 이름을 되뇌고 또 되뇌었다. 입학식장에서 교장이 지금의 이 학교를 세운 분이 바로 명성촌 초대 촌장을 지낸 송준호라며, 그분의 존함부터 머릿속에 단단히 박아두라 하였던 것이다.

그리고 보니 명성촌은 전에 살았던 마을들과 조금 다른 면이 있었다. 집체는 물론이고 대약진운동의 파동을 전혀 느낄 수 없었다.

"철강 생산에 동참하라며 정부에서 밥 먹던 숟가락까지 빼앗아 갈 정도였으니 얼마나 어려운 시절이었습니까. 그런데도 명성촌 주민들은 눈 하나 까딱 않더군요. 오히려 명성촌은 쌀이 남아돌 지경이었죠. 해마다 전체 수확량의 삼분의 일이 생산대대 곡간에 쌓여 있었으니 그게 보통 양입니까. 볏가마로 치면 족히 백 석은 되었을 겁니다."

이처럼 명성촌 주민들은 나랏일에는 아예 뒷짐을 진 채였다. 막말로 대약진운동과 명성촌은 별개의 사항이었다.

"그럼 그 많은 쌀을 어떻게 처리한 겁니까?"

"주민들 간의 단결이 워낙 잘되어 있다 보니 뒷문치기는 일도 아니었습니다. 앞으로 뒤로, 그야말로 호시절을 누린 거죠."

그렇지만 한곳, 마음에 걸리는 구석이 있었다. 눈강 건너편에 사는 선명촌 주민들이었다.

"일본의 민단[2])과 조총련[3])처럼 이곳도 6·25전쟁이 그 주범이라고 할 수 있습니다. 6·25가 터지면서 둘의 관계가 서먹해지기 시작했으니까요. 종전 이후 선명촌은 사회주의니 공산주의니 하면서 이념에 관심이 많았지만 명성촌은 그 반대였단 말이죠. 민주주의조차도 외면하는 사람들이 많았습니다."

듣고 보니 기분 좋은 소리는 아니었다. 바늘에 찔린 것처럼 가슴 한쪽이 뜨끔했다.

"학교 생활은 어떠셨습니까?"

"이가툰에서 너무 늦게 이사를 온 게 문제였던 것 같습니다. 다 늦은 열 살에 입학을 했으니 무슨 흥이 나겠습니까. 6학년 때 이미 키(160cm)가 자랄 대로 자라버려 창피하기까지 하더란 말입니다."

그런가 하면 정 씨에게 아버지의 재혼은 학교와 더 멀어지는 결과를 가져왔다. 그날도 친구들과 인근 제지공장에서 펄프 찌꺼기를 주워 오는 길이었다. 집에 도착한 정 씨는 어찌할 바를 몰랐다. 겨울용 땔감으로 그만인 펄프 찌꺼기를 한 아름 안고 돌아왔지만 새어머니의 표정이 심상치 않았다.

"빨래하는 일이 어디 그렇게 쉬운 줄 아느냐며 역정부터 내시지 않겠

---

2) **민단** : 재일본 동포 가운데 대한민국을 지지하는 단체로서, 정식 명칭은 '재일본대한민국거류민단(在日本大韓民國居留民團)'이다. 1945년 10월 29일 반공청년조직인 조선건국촉진청년동맹과 신조선건설동맹을 중심으로 재일본조선인거류민단으로 출범했다가, 1948년 대한민국 정부가 수립되자 재일본대한민국거류민단으로 개칭되었다.

3) **조총련** : 재일본 동포 가운데 조선민주주의인민공화국을 지지하는 단체로서, 정식 명칭은 '재일본조선인총연합회(在日本朝鮮人總聯合會)'이다. 조총련은 일본의 제2차 세계대전 패전 직후에 결성된 재일본조선인연맹과 1951년 결성된 재일본조선민주전선을 기반으로 1955년 5월 결성되었다.

습니까? 당시 우리 집의 상황이 좀 그랬습니다. 계모가 들어온 뒤로 식구들 간에 보이지 않는 벽이 생긴 거죠. 그리고 그걸 이미 피부로 느끼고 있는 나로서는 세 살 때부터 나를 돌봐준 할머니와 계모를 비교하지 않을 수가 없었고요. 나도 감정을 가진 동물인데 왜 따뜻한 손과 차가운 손을 구분 못하겠습니까."

특별한 이유도 없이 새어머니가 차일피일 급식비 내는 걸 미루고 있었다. 정 씨도 더 이상 조르고 싶지 않았다. 그리고 며칠 아버지의 동태를 살핀 결과 이쯤에서 학교를 그만둔다 해도 크게 문제가 될 것 같지는 않아보였다. 그만큼 아버지는 새어머니가 들어온 후 집안일에 신경을 꺼놓은 상태였다.

"학교를 그만둔 때가 마침 대약진운동 시기여서 내 딴에는 차라리 잘되었다는 생각이 들기도 했습니다. 학업과 잡일이 앞뒤 순서도 없이 뒤섞이는 바람에 중국의 학교들이 매우 부산했었단 말이죠. 어떤 날은 군대 같고, 또 어떤 날은 생산대대를 보는 것처럼."

좀 더 일찍 학교를 뛰쳐나오지 못한 게 후회가 될 정도로 정 씨는 휘휘, 휘파람이 절로 나왔다. 사탕공장 처리장으로 흘러나오는 찌꺼기 사탕을 팔아 제법 큰돈을 쥐었을 땐 세상을 다 가진 듯했다. 그는 그 돈으로 자전거를 구입했다.

산업화에 눈을 뜬 치치하얼은 자고 나면 공장이 들어설 정도로 분주히 돌아갔다. 멀리서 여행을 떠나온 사람처럼 정 씨는 자전거 페달을 밟아 도심 구석구석을 누비고 다녔다. 코끝을 자극하는 도시의 바람이 싫지만은 않았다. 봄에 핀 꽃향기를 맡는 것 같았다. 이제 학교도 그만뒀겠다, 며칠 전부터 그는 제지공장과 사탕공장 사이에서 행복한 고민을 하는 중이었다.

할머니와 먼 친척뻘 되는 분의 소개로 사탕공장에 입사한 정 씨는 학교와 공장의 장단점을 금방 느낄 수 있었다. 그동안 학교 공부가 너무 많은 교과 과목으로 인해 몸살을 앓았다면 공장은 한 가지 일만 묵묵히 하면 되는, 정 씨가 공장 생활에 빠르게 녹아든 것도 그런 이유였다. 생각보다 단순노동이 나쁘지 않을뿐더러 급여도 마음에 들었다.

"1961년도에 55위안은 결코 적은 돈이 아니었습니다. 내가 받아오는 월급으로 우리 집의 수평(生活)이 점차 나아지고 있었으니까요."

월급날이면 정 씨는 제일 먼저 새어머니 표정부터 살폈다. 장마가 걷힐 때처럼 새어머니의 표정도 하루가 다르게 밝아지고 있었다. 보고도 아니 본 척 정 씨는 마당에 세워둔 자전거 쪽으로 걸어가 안장을 툭툭 쳤다. 뭔가 기분이 좋을 때 취하는 자기만의 제스처였다.

"하나를 내줬을 때 다른 하나를 돌려받는 게 세상의 이치 아닐까요? 그리고 당시 내 생각은, 가족 모두가 농사에만 매달려선 곤란하다는 것이었습니다. 더구나 우리 집은 중간에 이사를 왔다는 이유로 초창기 정착민들처럼 가진 땅이 별로 많지 않았단 말이죠."

오뉴월 하루 볕이 무섭긴 무서워 보였다. 고향을 떠나올 적 소문과 다르게 만주도 빈부의 격차가 뚜렷이 구별되었다. 한일병합 직후나 일제의 강제 이주 정책으로 떠나온 주민들은 그나마 형평이 나은 편에 속하지만 개별적으로 떠나온 사람들은 살길이 막막했다. 한족 지주의 소작이라도 부쳐야 당장 끼니를 연명할 수 있었다.

자전거 타는 재미로 첫 출근길에 올랐던 공장 생활도 벌써 3년째로 접어들고 있었다. 퇴근길에 마주친 공장장을 통해 군대 이야기를 전해 들은 정 씨는 군침이 돌았다. 그렇지 않아도 기회가 주어지면 치치하얼을 벗어나 살고 싶었다.

공장에 사직서를 제출한 정 씨는 달포 후 병영지로 떠났다. 중국과 소련의 국경 지역인 몽북현이라는 곳이었다.

"그다지 좋아하지 않는 중국공산당이지만 박수를 쳐주고 싶은 게 하나 있습니다. 사회와 다르게 부대에서는 개개인의 출신 성분이나 민족성을 일절 따지지 않았다는 점입니다."

그러나 제대를 앞두고 터진 대규모 비상령은 정 씨의 간담을 서늘케 했다.

"생각보다 일이 좀 복잡하게 꼬였던 건 사실입니다. 때아닌 3월에 내린 폭우로 우수리강이 범람하면서 중국과 소련의 관계가 더욱 나빠졌지 뭡니까. 젠바오섬(소련 명 다만스키) 소유권 문제로 소련군 60만, 중국군 80만이 변경에 배치가 됐단 말이죠."

1969년 3월 우수리강에서 촉발된 국경 분쟁은 그렇듯 소련군을 포함해 900여 명의 사상자를 낼 정도로 전쟁을 방불케 했다. 문제는 양국 간의 국경 분쟁이 이번 한 번으로 끝날 것 같지 않다는 점이었다. 그동안 중·소 양국은 선린 관계를 이유로 국경 문제를 유야무야하고 말았는데, 그 점이 곳곳에서 불씨를 낳고 있었다.

"소련을 추종해왔던 중국이 원자탄 실험(1964년)을 계기로 등을 돌린 상태였으니 그 긴장감이 어떠했겠습니까. 목이 타는 건 예사고, 나오려던 오줌이 도로 들어가더란 말입니다. 마침 그때가 또 독자노선을 외쳐온 모택동이 문화혁명에 사활을 건 시기가 아니었습니까."

무사히 군복무를 마치고 명성촌으로 돌아온 날이었다. 집단농장으로 들어가 지내자는 친구들의 제의에 정 씨는 선뜻 답을 주지 못했다. 제

대만 하면 세상의 모든 자유를 맘껏 누릴 것 같았으나 현실은 그렇지 못했다.

"솔직히 그때는 어디론가 멀리 도망치고 싶다는 생각밖에 들지 않았습니다. 할머니와 계모가 한 해 간격으로 세상을 뜨면서 졸지에 내가 가장이 돼버렸지 뭡니까. 배다른 동생 넷에 중풍으로 쓰러진 부친까지, 정말 끔찍하더군요."

정 씨는 이번에도 빠른 길, 매달 돈이 들어오는 길을 택했다. 자신이 부양할 다섯 식구를 생각하면 하루 24시간도 빠듯해 보였다.

"한국에서는 이걸 군 가산점이라고 하던데 그 혜택을 내가 받았지 뭡니까. 다른 경찰들이 초봉으로 38위안을 받을 때 나는 그보다 조금 높은 54위안을 받았습니다."

직장이 정해지자 정 씨는 혼처를 물색하고 나섰다. 혼자서는 도저히 병석에 누운 아버지와 어린 동생들을 감당할 자신이 없었다. 그의 혼처는 조선족 여성의 간호사였다.

"팔불출 소리를 듣더라도 내 처를 칭찬하지 않을 수가 없네요. 병환으로 누운 시아버지에 어린 시동생 넷을 처가 다 거뒀으니 어찌 훈장 몇 개로 그 노고를 치하할 수 있겠습니까."

이른바 형사질도 골치 아프긴 피차 마찬가지였다. 그중에서도 조선족 간에 벌어지는 고소고발 사건은 두 배로 힘들었다. 생면부지라면 가해자와 피해자의 진술을 종합해 신속하게 처리하면 되지만, 뻔히 알고 지내는 동족의 경우에는 신중을 기할 수밖에 없었다.

"사건 정황상 저쪽을 처벌함이 백번 옳아도 차마 그럴 수 없단 말이죠. 만약 그렇게 처리했다 나중에 평생 등지게 되면 그 또한 못할 짓이 아닙니까. 거기에다 조선족과 관련한 사건이 발생하면 무조건 나한테

다 떠넘기는데, 한족 형사들이 조선어를 모르니 어떡하겠습니까."

군복에서 경찰복으로 바꿔 입었을 때다. 이십 대 중반으로 접어든 정씨의 눈에 세상은 온통 요지경 속이었다. 잔뜩 썩은 양파 껍질을 벗겨낼 때처럼 안으로 들어가면 들어갈수록 악취가 코를 찔렀다.

"어딜 가나 웃대가리들이 큰 문제더라고요. 형사로 일할 때도 제일 많이 다뤘던 사건이 바로 웃대가리와 연결된 고소고발 건이었단 말이죠. 이왕 해먹을 거면 명성촌처럼 주민들과 같이 도모를 했으면 좋을 텐데 촌장이라는 작자가 제 잇속만 챙기려다 주민들한테 그만 덜미를 잡히는 겁니다."

"그런 경우는 어떻게 처리하셨습니까?"

"그때는 주로 이런 방법을 썼습니다. 촌장한테 멀리 여행을 다녀오라고 이른 뒤 주민들한테는 촌장이 감옥에서 콩밥을 먹고 있다는."

물론, 예외도 있었다. 아무리 가벼운 절도라도 한족과 연계되어 있으면 최대한 중립을 지켜야 했다.

"그런 사건이 몇 차례 있긴 있었습니다. 그러면 나는 가까운 한족 형사에게 도움을 청해 그쪽은 한족을 설득하고, 나는 나대로 조선족을 설득해 해결 방안을 마련하곤 했었죠. 한족과 조선족의 관계가 나빠지면 결국 손해를 보는 건 조선족이란 말이죠. 전체 조선족 중 90퍼센트가 농업에 종사하는 마당에 중국에서 무슨 힘을 쓸 수 있겠습니까."

그리고 설령 공직에 몸담고 있더라도 반드시 지켜야 할 것이 있었다. 모든 공무원은 '인민을 위해 복무하라(爲人民服務)'는 지침서였다. 하여 정씨도 주 1회로 되어 있는 명성촌 주민들과의 공동화 작업을 결코 소홀히 할 수 없었다.

"그런데 참 이상하죠. 어지간히 부지런을 떨었는데도 불구하고 인민들의 삶은 제자리걸음을 면치 못했으니. 우리 집만 보더라도 아내와 내가 최선을 다해 살았지만, 뭐 하나 나아진 게 있었어야 말이죠."

2001년 직장에서 퇴임한 정 씨는 아내와 함께 한국으로 떠났다. 슬하에 남매가 대학을 다니고 있어 가만 손놓고 있을 수 없었다.

한국에 먼저 들어와 있는 처남의 소개로 인천의 한 중국집에서 설거지를 하며 지낼 때였다. 한가한 오후 시간을 이용해 자신이 직접 짜장면을 요리한 정 씨는 뜻밖의 선물을 받아 안은 기분이었다. 시식을 마친 사장의 지시로 다음 날부터 요리사 보조로 일하게 된 것이다.

"군복무 때 틈틈이 음식 만드는 걸 배워뒀었는데, 그 덕에 중간요리사로 발탁이 됐지 뭡니까. 물론 급여도 30퍼센트나 올랐고요."

한국에서 보낸 2년 6개월의 소감을 물었을 때다. 경찰직이라는 직업 때문인지 정 씨의 답변은 의외로 간결했다.

"돈 벌자고 한국에 나갔으면 그 목표부터 달성하는 게 순서 아닐까요? 우리 부부는 오직 그 실천에만 매달렸습니다."

이 이야기를 끝으로 정 씨의 집에서 나와 발길을 눈강으로 돌렸다. 명성촌 들녘이 좌우로 펼쳐진, 눈강으로 가는 길은 유리 조각을 깔아놓은 듯했다. 주변이 온통 은백색으로 반짝거려 눈을 뜰 수가 없었다.

한 시간 가까이 눈길을 걸어 치치하얼의 젖줄인 눈강을 다녀오는 길이었다. 정만석 씨를 추천한 촌장에게 작별 인사라도 전할 겸 공작실(마을의 일을 보는 곳)을 다시 찾았더니 웬 남자가 자리를 지키고 있었다. 몇 마디 이야기 끝에 나이를 물으니 쉰일곱, 1956년생이라고 했다.

"1956년에 이곳에서 태어났으면 가족들이 꽤 늦게 이주를 한 셈이네

명성촌 공작실

요?"

"기렇습네다. 함경도 무산에서 살다 조선전쟁이 터지는 바람에 여게로 건너왔꼬마."

비단 그것은 박종수 씨 가족만의 이야기는 아니었다. 광복을 맞아 귀국했다 만주로 재이주한 가족들도 많았다. 한국전쟁이 그들을 부추긴 셈이었다.

길림성 교하시 북대촌에서 출생한 박종수 씨의 삶이 궁금했다. 북대촌으로 이주한 지 얼마 안 되어 한족 마을로 쫓겨 갔다지 않은가.

박종수 씨

"집체가 막 발동 걸릴 때 이주를 해설랑 처지가 되쎄 곤란하긴 했었꼬
마. 중국의 집체가 군대를 닮았지 않습네까. 기래 생산대에서 어데로 가
라는 명령이 떨어지므 지체 없이 짐을 싸야 했단 말임다."

중국의 상황을 고려하지 못한 채 무작정 떠나온 게 잘못이었다. 그로
인해 박 씨의 가족은 한동안 벙어리로 살아야 했다. 100호가 조금 넘는
북대촌에 조선인 가정은 박 씨네 뿐이었다.

"기래 학교를 다니는 것조차 힘들었꼬마. 학교를 다니므 사람이 더
똑똑해져야 할 텐데도 어째 나는 갈수록 바보가 되더란 말임다. 한족어

로 수업을 해대니 나 같은 게 무스그 따라갈 수 있겠슴꽈."

초등학교에 입학한 지 꼭 두 달 만이었다. 제풀에 못 이겨 학교를 뛰쳐나온 박 씨는 아버지의 일을 돕다 말고 안도현으로 떠났다. 얼마 전 우시장에서 조선인을 만났는데, 교하보다는 안도현에 조선인이 더 많이 산다는 소리를 듣고 내린 결정이었다.

"안도현 액목이라는 곳이었는데 신심이 편해 좋았꼬마. 생산대 1소대에 조선족 네 가호가 살아 실컷 지껄일 수 있었단 말입지."

스스로 끼니를 해결해야 하는 과제가 남아 있긴 하지만 박 씨는 대수롭지 않게 여겼다. 마을의 형들이 어떻게나 살갑게 대해주는지 자신이 목표한 절반의 것을 이미 얻은 기분이었다.

"나보다 두세 살 많은 형들의 이름을 부를 때가 기실, 제일 기쁘고 격동적이었꼬마. 북대촌에서 불러본 이름이라고 해야 아바이와 훗어마이, 여동생이 전부였단 말입지."

"중국어를 배워볼 생각은 없었습니까?"

"'니 하오'를 뺄고 나므 인차 다음 말이 꽉 막혀버리지 뭡네까. 배워보자 해도 어렵더란 말임다. 한족 친구들도 그런 나를 무시하는 것 같고."

'중국의 10년 전쟁'이라고 일컫는 문화대혁명이 막바지로 치달을 즈음, 마을의 한 형이 박 씨의 등을 떠밀었다. 농촌보다는 탄광으로 들어가야 더 많은 돈을 벌 수 있다며. 사실 액목에서 보낸 4년은 한갓 길손에 불과했다. 액목으로 자신의 호구가 등록되어 있지 않은 탓이었다.

"나를 교하 탄광으로 보낸 그 형의 말이 백번 옳았꼬마. 첫 달 공작비로 100위안을 받았으니 기딴 돈을 내 언제 또 만져보겠슴둥. 그 돈을 어드렇게 써야 하는지 몰라 남들이 쓰는 걸 몰래 훔쳐봤단 말임다."

그렇지만 광산은 농촌과 달리 도처에 위험이 도사리고 있었다. 갱 안으로 들어서면 턱턱 숨이 막혀오고, 뿌연 탄 먼지로 인해 방위조차 가늠하기 어려웠다.

"이쪽에서 곡괭이로 석탄을 캐므, 저쪽에서 쿵쿵 남포(다이너마이트)가 터져 굴이 흔들거리고……. 죽어서 나가는 노무자를 내 여럿 봤꼬마."

두 개의 하늘을 머리에 이고 일하는 막장은 그런 곳이었다. 더구나 지금은 개혁 개방의 여파로 중국도 더 많은 생산과 더 많은 돈벌이를 최고의 가치로 삼는, 그래서인지 탄광 기업주는 채탄 도중 광부가 다치거나 사망을 해도 대수롭지 않게 여겼다. 그의 죽음은 다만 일진이 좋지 않거나 재수가 없을 뿐이었다.

"기중 나는 굴 안에서 통나무(동발)를 세울 때가 제일 힘들었꼬마. 탄을 어느 정도 다 캐고 나므 통나무를 뽑아 다시 새 굴을 세우는데(굴진 작업), 그때 사고가 제일 많이 난단 말입지. 내 있을 때도 통나무를 뽑아내다 굴이 와그르 무너져 내리는 바람에 다섯 명이 한꺼번에 즉사했지 뭡네까."

하지만 박 씨의 호주머니는 밑 빠진 독처럼 매번 비어 있었다.

"아바이와 관계를 끊어보려고 내 고민 무척 했수다. 아, 기런데 기거이……. 아바이와 훗어마이의 나이가 일곱 살 차 나는데, 길쎄 기거이 내 목구멍에 척 걸리지 뭡네까. 나라도 돈을 보내주지 아이하므 우리 아바이 보나마나 버림받게 생겼는데 어쩌겠슴꽈."

교하 탄광에서 훈춘 금광으로 자리를 옮긴 뒤였다. 중매로 만난 여자와 살림을 차렸지만 박 씨는 채 두 해를 못 살고 헤어졌다. 살림만 차리면 가정이 저절로 이뤄질 거라고 생각한 게 오산이었다.

"기거이 참! 내래 혼자서 살 때보다 더 힘들고 외롭지 뭡네까. 아(아이)

치치하얼 눈강

"일본의 민단과 조총련처럼 이곳도
6·25전쟁이 그 주범이라고 할 수 있습니다.
6·25가 터지면서 둘의 관계가 서먹해지기 시작했으니까요."

라도 하나 생겼더라면 좋았을 텐데 기거이 또 내 뜻대로 돼야지 말임둥."

추석 연휴를 맞아 액목 형들과 간만에 회포를 푸는 자리였다. 오래 전 탄광으로 가라며 등을 떠민 종팔이 형의 입에서 명성촌 이야기가 나왔을 때만 해도 박 씨는 묵묵히 술잔만 비웠다. 20년 넘게 광산만 전전한 그에게 농사일은 까마득한 옛날처럼 느껴졌다.

"종팔이 형도 간다는 말에 인차 마음이 꿈틀거리긴 했었꼬마. 그동안 너무 외롭게 떠돌아다녀 동무들이 무척 그리웠단 말임다."

그리고 얼마 후, 미리 사전답사를 진행했다는 종팔이 형의 말은 결코 허울이 아니었다. 명성촌 주민들 대부분이 농지를 그대로 둔 채 한국으로 떠나버려 박 씨는 마음속의 고향을 찾아온 듯했다.

"처음엔 내래 꿈을 꾸는 것 같았었꼬마. 시커먼 탄광 굴속으로 들어가지 않으이까네 기거이 젤로 마음에 들더란 말임둥. 아, 기런데 길쎄……. 철석같이 믿고 따라온 종팔이 형이 그만 약조를 깨버리지 뭡네까. 한 해 농사를 짓고 나서는 종팔이 형도 별수 없이 한국으로 떠난 겁네다. 기렇지만 내는 명성촌이 더 좋았꼬마. 여게서도 열심히만 하므 먹고사는 건 일없겠더란 말임다."

한국으로 함께 나가자는 종팔이 형의 제의를 뿌리친 박 씨는 논부터 알아보았다. 지난해에 빌린 논은 세가 너무 비싼 게 탈이었다. 다섯 가마니의 벼를 수확했을 때, 아무리 못해도 두세 가마니는 남아야 계산이 맞아떨어지는 법인데, 아쉽게도 지난해에는 그러질 못했다. 그에 비하면 이번에 빌린 논은 나름 승산이 있어 보였다. 토질이 거친 게 흠이긴 하나 그 부분은 자신의 땀방울로 대신 메워볼 참이었다.

"싼 거이 비지떡이라는 말도 있듯이 액목을 생각하고 얻은 게 잘못이

었꼬마. 명성촌은 세가 싼 수전일수록 소금물(염분)이 진탕 많아서
리…… 여름에 보므 수전 등허리가 서리가 내린 것처럼 허옇단 말임둥."

실패였다! 그것도 건질 거라곤 쭉정이밖에 없는. 속된 말로 그동안 벌
어놓은 돈 한 방에 다 날린 꼴이었다. 심기일전하려는 박 씨의 날개를 꺾
어버린 건 그것 말고도 또 있었다.

"길쎄 어느 날부턴가 수전 세가 하늘 높은 줄 모르고 발작을 해대더
니, 이제 집세까지 높여달라지 뭡네까. 1년 150(위안)에 살았던 집세를
500으로 올려달라면 선생은 기분이 좋겠슴꽈? 한국에 나가 돈을 벌더
니 높이고 올리는 것만 배워온 모양입네다."

야금야금 잠식해 들어오는 한족들과의 경쟁도 무시할 수 없었다. 돈
(세)을 더 주겠다는 사람이 나타나면 명성촌 주민들은 이유를 불문하고
그쪽과 먼저 계약을 해버리는 것이었다. 지난해 박 씨가 농사를 포기한
것도 실은 한족들과의 경쟁에서 밀린 게 그 원인이었다.

"작년 한 해는 내 인생이 너무도 비참했었꼬마. 내 호구로 된 수전이
없다보이 올챙이처럼 품을 팔아 간신히 연명했단 말입지. 요즘 촌의 인
심이 기렇꼬마. 사람 대신 돈을 먼저 본단 말임둥."

이래서 그런 말이 나왔는지도 모르겠다. 개혁 개방 이후 중국 사회는
날로 성장하는 반면 조선족 사회는 몰락으로 치닫고 있다는. 한국 취업
이 문제라면 문제였다. 한국 취업 이후 조선족 농촌은 한족들에게 자신
의 농토를 팔아넘기는 일을 대수롭지 않게 여겼다.

할 말을 잊은 채 박 씨는 내년 농사가 더 큰 걱정이라며 연신 담배만
피워댔다. 늦어도 이맘때(12월 중순)면 내년 농사지을 땅을 벌써 잡았어야
하건만 그걸 아직 매듭짓지 못한 눈치였다.

"내년까지만 더 버텨보고 기래도 아이다 싶으므 액목으로 돌아갈 생

각이고마. 내래 부모가 있습네까, 기렇다고 처자식이 있습네까. 인차 찾아갈 곳이라곤 액목밖에 없단 말임다."

적어도 그때까지는 희망의 끈을 놓지 않겠다는 자기 다짐의 발로였을까, 아니면 내년 농사도 쉽지만은 않을 거라는 자신의 심경을 에둘러 표현하려 했던 것일까? 애써 쓴웃음을 삼키는 박 씨의 표정이 예사로워 보이지 않았다. 같은 동포 즉, 조선족 이야기만 나오면 과묵한 성격의 그의 목소리가 곧잘 이성을 잃곤 했던 것이다.

치치하얼 들녘

열 번째 이야기

흑하 전선식당

흑하 아무르강

"한국에서 돌아왔을 때
 흑하도 케이-팝 열풍이
 최고조에 달했었는데
 그때 떠오른 것이 바로
 태극 문양이었습니다.
 태극 문양과 깔끔한 한국 음식,
 이 두 가지로
 승부를 걸어보고 싶었던 겁니다."

한국에서 번 돈으로 흑하에
식당을 차린 정태순 씨

치치하얼에서 하루를 더 머물 때였다. 막하漢河와 더불어 중국 최북단에 위치한 흑하黑河의 조선족을 수소문해봤지만 별 소득이 없었다. 만주 어디라도 조선족은 산다는, 풍문에 가까운 말뿐이었다. 치치하얼에서 흑하까지는 버스로 여섯 시간이 걸렸다.

다음 날 아침 숙소에서 나와 무작정 택시를 잡아탔다. 몇 차례 필담 끝에 한족 기사가 차를 세운 곳은 어느 식당 앞이었다. 그러나 한껏 부풀었던 기대는 식당 안으로 들어서는 순간 곧 사라지고 말았다. 길 건너편에 있는 연변식당도 마찬가지였다. 간판만 朝鮮조선, 延邊연변일 뿐 식당 주인은 한족이었다. 더구나 흑하는 도심의 간판들이 한문과 러시아어로 병기되어 있어 제2국에서 제3국을 보는 듯했다.

택시 기사를 돌려보낸 뒤 재래시장 쪽으로 걸음을 옮겼다. 이제 남은 희망은 시장밖에 없었다. 만주에서 재래시장은 조선족들이 한족을 상대로 짠지를 팔아 재미를 봤던 곳으로, 확률은 반반이었다.

도로변 난장 시장을 추위와 싸워가며 어슬렁거릴 때였다. 쉰 초반의 한족 여자가 엉거주춤 자리에서 일어나더니 손짓으로 3시 방향의 거리를 일러주었다. 그의 말대로 사거리에서 우회를 한 다음, 흑룡강(아무르강) 방향으로 접어들었다. 그리고 그곳에서 삼십여 미터를 더 걸어가자 서광로西光路 방면에 '전선한국요리' 간판이 모습을 드러냈다.

"아이구! 이 추운 겨울에 흑하를⋯⋯? 여긴 중국의 시베리아란 말입니다."

전선식당 주인 정태순 씨가 염려 섞인 목소리로 커피를 내왔다. 세상에서 가장 흔한 것이 가장 귀한 것이라고 했던가. 정 씨가 들려주는 그의 할머니의 이야기가 그러했다.

"언젠가 할머니께서 이런 말을 하셨지요. 그때는 배가 너무 고파 다들 어디론가 떠나는 게 일이었다고요."

정 씨의 가족이 만주로 이주해 첫 둥지를 튼 곳은 흑룡강성 가목사시 탕원현 홍기촌이라는 마을이었다. 그곳에서 두 해를 살다 해방 직후 조선민족자치향으로 이사를 했고, 1963년생인 정 씨는 그곳에서 금성조선소학교를 다녔다. 학생 수는 한 학년 한 학급으로, 주민들은 주로 벼농사를 지었다.

"겨울철에 먹었던 언 감의 기억이 아직도 새록새록 하네요. 사탕이나 과자는 언제든 사 먹을 수 있지만 언 감은 만주에서만 맛볼 수 있는 별미 중에 별미였단 말이죠. 한 입 베어 물면 이가 시릴 만큼 차가우면서도 그 뒷맛이 묘한 향기를 전했지요. 거기에다 우리 집은 아버지와 어머니의 고향이 서로 달라(황해도 매천, 경상북도 의성) 색다른 음식을 종종 맛볼 수 있었습니다. 특히 할머니가 빚은 만두는 일품이었고요. 잘게 썬 김장김치와 으깬 두부가 만두소의 전부인데도 그 맛만큼은 따라올 사람이 없었습니다."

"학교 다닐 때 공부는 어땠나요?"

"그게 좀……. 다른 친구들처럼 전과목 고루 반 점수(50점)라도 받았더라면 좋았을 텐데 그러질 못해서요. 산수 과목이 항상 문제였던 것 같아요. 시험 때마다 30점 이하로 떨어지니까 나중에는 성격마저 소심해지는 거 있죠. 친구들은 남학생 얼굴만 봐도 두근두근 가슴이 방망이질을 해댄다는데 바보같이 나는 교실에 있는 듯 없는 듯 재미없는 시절을 보냈지 뭡니까."

정 씨에게도 물론 추억의 한때는 있었다. 그러니까 중2 때, 단짝들과 하얼빈으로 몰래 튄 날이었다. 그만 정 씨는 입이 떡 벌어지고 말았다. 그

동안 중국에 살면서 러시아의 정취를 만끽해보기는 그날이 처음이었다.

"하얼빈의 중앙대가^{中央大街}를 가보셨나요? 송화강 쪽으로 시원하게 뚫린 대로^{大路}도 인상적이지만, 그 주변들이 어찌나 우아하고 고풍스럽던지요. 마치 러시아에 와 있는 기분이었습니다."

무엇보다도 하얼빈에서는 공산당 냄새가 느껴지지 않았다. 눈만 떴다 하면 붉은 깃발과 함께 되살아나는 중국의 집체도 남의 나라 이야기처럼 들렸다.

"신세계, 그때 본 하얼빈이 그랬던 것 같아요. 입는 것에서부터 먹고 노는 것까지, 집체에서 생겨난 긴장감을 어디에서도 찾아볼 수 없었으니까요."

가족들 중에서 특별히 정 씨의 고등학교 진학을 반대하는 사람은 없었다. 정 씨 스스로 포기한 일이었다. 학업에 대한 흥미를 잃은 것도 원인 중 하나였지만, 그보다 먼저 그는 기숙사 생활이 싫었다.

"막상 집을 떠난다고 생각하니 겁이 나지 뭡니까. 때마침 친구들도 중학교를 졸업한 뒤 집에 그냥 눌러앉을 기세여서 잘됐다 싶었죠."

그렇더라도 세상에 영원한 것은 없었다. 가사를 돌보며 지낸 친구들이 하나둘씩 미래의 짝을 찾아 떠나자 정 씨는 갑자기 외톨이가 된 기분이었다. 왜 나한테는 혼처마저 들어오지 않는지, 어떤 날은 그런 자신을 꾸짖듯 한탄한 적도 있었다.

"스물세 살이 다 돼서야 남자를 만났는데, 하필 그게 현역 군인이지 뭡니까. 입장이 좀 난처하긴 했습니다. 자랑은커녕 만나는 사람이 있다고 털어놓을 수조차 없었단 말이죠."

휴가 때 알게 된 군인이 부대로 복귀한 뒤였다. 첫 군사우편을 받은 정 씨는 고민이 더욱 깊어지고 말았다.

"글을 쓰는 분이니까 더 잘 알겠네요. 사람의 말은 귀로 전해지고 손으로 쓰는 글은 마음에 담기잖습니까. 그런데도 첫 편지에서 그 점이 영 느껴지지 않더란 말이죠."

잠깐 썰물에 비쳐졌던 서운함이 다시 밀물로 채워진 건 시댁을 통해서였다. 저쪽에서 먼저 정 씨와의 교제 사실을 알렸던지 시댁 쪽에서 연락이 왔다. 순간 정 씨는 저 정도의 남자라면 자신을 맡겨도 괜찮겠다는 생각이 들었다.

"두 사람의 교제를 부모님한테까지 알릴 정도면 결혼을 전제로 사귄다는 뜻 아닌가요? 시댁 쪽에서도 저를 며느리로 인정해주는 것 같아 한결 마음이 놓였습니다."

하지만 결혼까지는 좀 더 지켜봐야 할 것 같았다. 서신을 주고받는 과정에서 극구 만류를 하였음에도 불구하고, 남자 친구는 전역과 동시에 자신의 작은아버지를 따라 흑하로 가버렸다.

"그런 감정은 아마 태어나 처음이었을 겁니다. 성냥만 당기면 활활 타오를 시기에 그만 상대가 떠나버렸으니……. 그런데다 나는 우리 집에 그 사람에 대한 이야기를 입도 떼지 못한 상태였단 말입니다."

구슬이 서 말이라도 꿰어야 보배라 했던가. 흑하에서 온 편지를 가슴에 품은 채 정 씨는 한숨만 내쉬었다.

"작은아버지께서 식당을 차렸다며 나더러 흑하로 들어오라는데 그게 말이 될 소립니까. 그러자면 우리 가족들과 단판을 지어야 했단 말이죠."

독촉장에 가까운 편지를 꺼내 읽고 또 읽었지만 시원한 답은 없었다. 마음만 더 초조해져갈 뿐이었다. 이번에도 기회를 놓친다면 결혼을 영영 못할 수도 있다는, 불길한 생각마저 들었다.

"그때 나이가 스물넷이었으니 불안할 수밖에요. 하루하루 피가 마르는 심정이었습니다."

여러 날을 고민 끝에 입을 막 뗐을 때였다. 무엇보다도 정 씨는 아버지의 침묵이 마음에 걸렸다.

"두 오빠처럼 면전에서 화를 내실 줄 알았는데 아버지는 그게 아니었습니다. 사흘이 다 지나도록 아무런 말씀이 없으시니까 내가 더 힘들지 뭡니까."

보름 가까이 그렇게, 속만 태우고 있을 때였다. 흑하에 있어야 할 사람이 집으로 들어서자 정 씨는 그동안 참았던 눈물이 봇물처럼 터지고 말았다. 하지만 이웃들의 반응은 그 반대였다. 끌끌 혀를 차는가 싶더니 입에 담지 못할 소리를 퍼부었다.

"듣도 보도 못한 남자를 덥석 따라나섰으니 무슨 말인들 들려오지 않았겠습니까. 하지만 이웃들의 반응쯤은 얼마든지 참을 수 있었습니다. 문제는 막내딸을 누구보다 아껴주신 아버지였으니까요. 흑하로 떠나기에 앞서 손이라도 한번 잡아드리고 싶었지만 아버지는 미동도 않은 채 술만 마시고 계시더군요."

가목사에서 흑하까지는 꽤나 먼 여정이었다. 같은 성省에 속해 있는데도 마치 국경을 넘는 것 같았다. 무려 23시간을 달려온 끝에야 종착역인 흑하에 닿을 수 있었다.

"1980년대 중반 흑하는 어떤 곳이었습니까?"

"글쎄요. 비만 내렸다 하면 도시 전체가 시커먼 죽탕으로 변해 외출을 할 수가 없었습니다. 춥다는 것 말고는 특별히 내세울 것도 없었고요. 치치하얼에서 들어오면서 봤겠지만 농토가 많길 합니까, 그렇다고 교통이 편리합니까."

인구 5만에 불과했던 흑하가 변모를 거듭한 건 진鎭에서 현縣, 현에서 시市로 승격하면서였다. 전체 인구가 20만으로 불어나자 흑하는 국경도시로 다시 태어나고 있었다.

정 씨 부부에게 보신탕집 개업은 크나큰 모험이 아닐 수 없었다. 더욱이 흑하에 양고기 바람까지 불고 있어 그 첫걸음을 떼는 일이 쉽지만은 않았다.

"사정이 그런데도 작은아버지께서 막무가내로 등을 떠밀지 않겠습니까. 지금이 바로 적기라면서 말이죠."

장사꾼의 근본은 다름 아닌, 장작불로 진국을 우려낼 때처럼 해야 최후에 웃는 자가 된다고 했던가. 장사에 일가견이 있는 작은아버지의 조언은 톱니바퀴처럼 딱 맞아떨어졌다. 200명도 채 안 되는 조선족을 상대로 문을 연 보신탕집은 해를 넘기면서 한족 손님들로 더 붐볐다.

"그때는 정말 부러울 게 없었습니다. 흑하에 첫 보신탕집을 차렸다는 자부심에, 거기서 번 돈으로 결혼식도 성대히 치렀단 말이죠."

보신탕집을 개업한 지 햇수로 세 해 만이었다. 승승장구 끝에 상가 건물을 매입해 이사한 정 씨는 왠지 느낌이 좋지 않았다. 3개월이 다 지나도록 매상이 절반 수준에도 못 미쳤다.

"한족들의 취향을 너무 모르고 산 우리 부부의 잘못이 컸습니다. 맛을 쫓아가는 조선족과 달리 한족들은 집이나 직장에서 가까운 거리를 선호하지 뭡니까."

3층짜리 상가 건물을 매입할 때 은행으로부터 적잖은 액수의 대출을 받은 터라 정 씨는 하루도 마음 편한 날이 없었다. 이대로 무작정 버티는 것도 하루 이틀, 아차 잘못하면 빚더미에 나앉을 수도 있었다. 하는 수 없이 7개월 만에 보신탕집을 정리한 정 씨는 러시아와 한국을 놓고 막바지 갈등에 휩싸였다.

"흑하가 블라고베시첸스크(러시아 아무르주)와 국경을 이루고 있다는 건 아시죠?"

"그보다 먼저, 조금 지난 것을 몇 가지 기억하고 있습니다. 러시아의 강요에 의해 청나라가 자신들의 방대한 땅을 내주면서 애훈조약(1858년)

중·러 국경(흑룡강–아무르강)

"한국행은 엄청난 액수의 돈을 지불해야 했습니다.
브로커에게 건넨 돈만 5만 위안이었단 말이죠. 그뿐만이 아니었습니다.
우리 부부의 경우는 한국에 도착해 2주가 지나면
불법체류 신분으로 살아야 했는데,
그러니 얼마나 위험천만한 모험이었습니까."

을 체결한 곳이 흑하였고, 1921년 러시아 내전 당시에는 적색군에 의해 조선의 항일독립군 600여 명이 참변(흑하참변)¹⁾을 당한 곳도 바로 흑하였으니까요."

"흑하에서 그런 일이 있었다니……? 금시초문입니다."

"그건 그렇고, 보신탕집 문을 닫은 뒤로 어떻게 됐습니까?"

"우리 부부가 보신탕집을 막 개업하던 해였습니다. 개혁 개방 바람과 함께 흑하도 러시아를 오가는 따이공代工(보따리장수)들로 넘쳐났는데, 식당을 접을 당시 한국의 문이 열리지 않았다면 우리 부부도 러시아로 나갔을 겁니다. 거리상으로 보더라도 러시아 쪽이 훨씬 가까웠으니까요."

당시의 상황도 결코 무시할 수 없었다. 1992년 한중수교를 기점으로 한국 취업 바람이 거세게 일자, 러시아를 오가는 보따리장사는 한물간 노래처럼 시들해지고 말았다.

"대신 한국행은 엄청난 액수의 돈을 지불해야 했습니다. 브로커에게 건넨 돈만 5만 위안이었단 말이죠. 그뿐만이 아니었습니다. 우리 부부의 경우는 한국에 도착해 2주가 지나면 불법체류 신분으로 살아야 했는데, 그러니 얼마나 위험천만한 모험이었습니까."

하늘이 도왔던지 정 씨 부부의 한국행은 일이 순조롭게 풀렸다. 서울 도착 이틀 만에 남편은 경기도 안성에 있는 자동차 부품 공장으로, 정

---

1) **흑하사변(黑河事變)** : 자유시참변이라고도 불리는 이 사건은 1921년 6월 27일에 러시아 연해주 자유시(스보보드니)에서 일어났다. 레닌의 적군(Red Army)이 대한독립군단 소속의 조선 독립군들을 포위, 대부분이 사살당하고 나머지는 모두 강제노역소로 끌려갔다. 조선의 분산된 독립군들이 모두 이곳에 집결해 있었기 때문에, 사실상 조선의 독립군 세력이 대부분 괴멸된 사건이다. 독립운동 역사상 최대의 비극이자 불상사라고 일컬어지고 있다.

씨는 서울 가락동시장 채소 도매점에서 일했다.

"사모님을 참 잘 만났던 것 같아요. 불법체류자 신분이라는 것을 알고는 숙사도 조선족끼리만 지낼 수 있도록 별도로 마련해주었죠, 응당 우리가 해야 할 청소까지 손수 해줬으니 그런 분을 어디서 또 만날 수 있겠습니까."

"한국에서는 가락동시장에서만 일하신 겁니까?"

"불법체류 신분에 어디를 갈 수 있겠습니까. 쉬는 날은 여기저기 식당을 찾아다니기도 했었죠. 한국 음식에 관심이 많다보니 그렇게라도 맛을 느껴보고 싶었습니다. 궁금증이 생길 때면 주방 아줌마한테 직접 물어보기도 했고요."

한국 생활 십 년째로 접어드는 날이었다. 남편과 함께 한국 주재 중국영사관을 찾아간 정 씨는 여권을 재발급 받았다. 그리고 이 방면에 도통한 불법체류자들의 말처럼, 인천 공항에서는 별 제재가 없었지만 하얼빈 공항에서는 2000위안의 벌금을 물어야 했다.

"그래도 그게 얼마나 고마운 일입니까. 십 년짜리 불법체류자를 단돈 2000위안에 해결해주었으니. 인천 공항에서 비행기를 탈 때만 해도 중국으로 못 돌아가면 어쩌나, 가슴이 조마조마하더란 말이죠."

10년 만에 흑하로 다시 돌아온 정 씨는 산동성 청도에서 직장 생활을 하고 있는 딸부터 불러들였다. 이 시각 이후부터 딸에게 그 어떤 일도 시키고 싶지 않았다.

"중학교에 갓 입학한 딸을 남의 손에 맡기고 떠난 죄인이 무슨 할 말이 있었겠습니까. 나쁜 길로 빠지지 않고 잘 자라준 것만으로도 고마울 따름이었습니다. 가장 예민한 사춘기를 혼자서 다 헤쳐왔잖습니까. 흑하로 돌아온 날 이것 하나만 부탁했습니다. 더 늦기 전에 한국어를 꼭 배워두라고요. 흑하에 조선족 학교가 없어 한족 학교만 줄곧 다녔는데, 그게 늘 마음에 걸리지 뭡니까."

정 씨가 지금의 자리에 식당을 차린 건 2008년 가을이었다. 조선족 사회에서는 보기 드문, 식당 간판에 새긴 태극 문양에 대해 묻자 그는 한류 바람을 그 이유로 들었다.

"중국에 한류 바람이 불 때 가장 먼저 눈에 띈 게 뭐였는지 아세요? 위성방송 안테나였습니다. 우리가 한국에서 돌아왔을 때 흑하도 케이-팝 열풍이 최고조에 달했었는데 그때 떠오른 것이 바로 태극 문양이었습니다. 태극 문양과 깔끔한 한국 음식, 이 두 가지로 승부를 걸어보고 싶었던 겁니다."

식당을 개업하고 4개월째로 접어들 무렵이었다. 전선식당은 가만히 앉아 있어도 손님이 들어찰 정도로 북적댔다. 식당을 찾는 연령층도 이삼십 대로, 정 씨에게는 상당히 고무적인 일이 아닐 수 없었다. 바로 그들을 겨냥한 맞춤형 식당이었던 것이다.

"이 말도 해야 할 것 같네요. 절망을 희망으로 바꿔준 한국은 너무너무 고마운 나라였다고요. 한국에서 번 돈으로 2층짜리 식당과 아파트를 장만했단 말이죠. 해서 내년쯤에는 내 인생의 모델이 되어주신 가락동시장 사모님을 흑하로 꼭 초청할 생각입니다. 흑하가 여름에는 여행객들로 붐빈단 말이죠."

정 씨의 외동딸과 자리를 같이한 건 오후 4시경이었다. 그를 보는 순간 한국어 실력이 궁금했다.

"이젠 조금 잘해요. 한국 방송(텔레비전)도 볼 수 있는걸요. 그런데요 선생님, 우리 엄마 너무 멋지지 않으세요? 한국에 다녀온 뒤로 복무원(직원)을 일곱이나 둔 사장님이 되었잖아요. 그렇지만 마음에 들지 않는 것도 있어요. 한국에서 얼마나 잘 먹었는지 55킬로그램으로 떠났던 엄마가 글쎄, 70킬로그램짜리 뚱땡이 아줌마로 돌아왔지 뭐예요."

이런 쯧쯧! 그동안 배운 한국어가 제법이다 싶었으나 화살은 이미 과녁을 떠난 뒤였다. 기분 좋게 출발한 딸의 이야기가 그만 말미에서 자신의 몸무게로 돌진하자 정 씨도 화가 난 표정으로 아미를 찡그렸다.

"저게 그냥……? 손님 앞에서 못 하는 소리가 없어!"

"왜, 이런 말 하면 안 되는 거야? 어제 엄마랑 목욕탕 가서 엄마 몸 다 는 거 내가 지켜봤잖아!"

일이 이쯤 되자 수습 차원에서 정 씨가 먼저 입을 다물어버렸다. 옆에서 보기에도 이럴 경우엔 한국어를 자유자재로 구사하는 쪽이 한발 물러서 주는 게 도리다 싶었다.

"흑하에 조선족 친구는 있나요. 그동안 한족 학교만 다녔다면서요?"

"따로 만나는 친구는 없어요. 흑하에는 조선족도 별로 많지 않고요. 20호도 안 되는걸요, 뭐. 그렇지만 한족 친구들은 많아요."

약사로 일하는 남편과 약속이 있다며 정 씨의 딸이 자리를 비운 뒤였다. 동절기에도 식당을 찾는 한국 손님이 있다는 말에 귀가 솔깃해졌다.

"한 달가량 머물다 가는 자동차 회사 직원들입니다. 한국에서 신형차를 생산하면 이곳으로 끌고 와 성능 검사를 하는데, 추울 때는 흑하기온이 영하 40도까지 떨어진단 말이죠."

여기까지 이야기를 나눈 뒤 밖으로 나오자 아무르강 쪽이 석양빛으로 붉게 달아올라 있었다. 거리에 드문드문 러시아인들도 눈에 띄었다.

정 씨의 모친은 식당에서 멀지 않은 아파트에서 지내고 있었다. 경상

[흑하 전선식당]

북도 의성군 다일면 달지동에서 살다 이주한 정 씨 모친은 종이에 글을 쓰듯 또박또박 자신의 지난 기억을 되짚어갔다.

"여섯 살 때(1939년) 부모님을 따라 빈현(흑룡강성)으로 건너왔어. 집을 마련 못해 한족 집에 얹혀살았는데, 학교는 다녀보지 못했어. 일주일에 한 번씩 열리는 야학반에서 조선말을 배우는 정도였지. 농사짓는 부모님을 방조할 때였으니 내 나이 열대여섯쯤 됐을 거라. 생산대에서 탕원으로 가라고 해 이사를 했더니 빈현보다는 낫더군. 빈현에서는 한족들과 살아 속에서 불이 났단 말이지. 말 안 되지, 먹는 것 다르지. 그러니 오죽 답답해."

빈현에서 만난 황해도 남천 출신의 남자와 혼인을 했지만 사는 형편이 말이 아니었다. 성냥 한 알이 귀한 시절이라 저녁을 먹고 나면 집집마다 호롱불 끄기에 바빴다.

"친정이나 시댁이나 곤란함으로 치자면 저울 근이 서로 같지 뭐. 시아버지는 상세나 안 계시고, 시어머니와 시동생들이 다섯이나 되는 초막집에 맏며느리로 시집을 갔으니 허리 펼 짬이 어딨나. 그리고 처음에는 누가 볼까봐 일을 더 열심히 할 수밖에 없었다니. 안 그랬다가 나중에 좋지 못한 소리가 나면 바깥양반 얼굴에 똥칠하는 거잖아. 여자 일생이 그래. 안쪽이 먼저 바깥을 높여주지 못하면 누구한테라도 좋은 소리 못 듣는 법이야."

그동안 시동생들과 고생이 많았다며 시어머니가 분가를 권유할 때였다. 결혼 20년 만에 가장 행복한 시절을 보냈다며 정 씨 모친이 그때를 상기시켜주었다.

"둘이서 집을 지으니 얼마나 재밌어. 영감님 나이 쉰여덟에 상세가 났으니 귀한 집이기도 했었지. 둘이서 지은 첫 집이자 마지막 집이었단 말이지. 그때 집 지으면서 영감님이 이 말씀을 하더군. 그래도 당신 만나집 한 채는 짓는다고. 세상에 그보다 좋은 말이 또 어딨남. 맏이로 태어나지만 않았어도 좀 더 편하게 살다 갔을 양반인데 그러지 못한 게 늘 마음이 아파."

비가 세차게 내리는 날이었다. 마을회관에서 남자들과 점심을 먹던 중 심장마비로 사망한 남편이 등에 업혀 집으로 들어서자 정 씨 모친은 억장이 무너져 내렸다.

"청천 하늘에 날벼락도 유분수지, 그렇게 갑자기 상세가 난 사람은 산 사람 가슴에 더 오래 남는 법이야. 본래 아팠던 사람이면 무슨 준비라도 하고 살았겠지만 우리 영감님의 경우는 달랐단 말이지."

"한 가지 여쭤볼 게 있습니다. 따님이 흑하로 가겠다고 했을 때 그때

"둘이서 집을 지으니 얼마나 재밌어.
영감님 나이 쉰여덟에 상세가 났으니
귀한 집이기도 했었지.
둘이서 지은 첫 집이자 마지막 집이었단 말이지.
그때 집 지으면서 영감님이 이 말씀을 하더군.
그래도 당신 만나 집 한 채는 짓는다고.
세상에 그보다 좋은 말이 또 어딨남. "

심정이 어떠셨나 해서요."

"이웃들 보기 민망해 얼굴을 들 수가 없지 뭐. 그렇지만 그것도 시간
이 약이라. 옷이나 이불로는 어려워도 시간으로 못 덮을 세상의 허물은
없단 말이지. 그리고 이제사 하는 말이지만, 그때 딸을 혹하로 보내라
고 한 건 영감님이셨어. 나보다 딸을 더 귀히 여긴 분이었으니 그 속이
어떠셨겠나."

정녕 이별이 있긴 있는 걸까? 단지 누군가 곁에 없다고 해서 그걸 이
별이라고 속단하며 사는 건 아닐까? 여기에 대해 팔순을 훌쩍 넘긴 정
씨의 모친이 그 해답을 제시해주었다.

"자식들이 권해 혹하로 들어와 살고 있지만, 걱정이 많지 뭐. 둘이서
지은 탕원 집 자주 비운다고 영감님께서 화내시면 어떡하남. 벌써 삼십
년째 영감님을 찬 땅에 혼자 두었단 말이지."

열한 번째 이야기

감정이 시키는 대로 살았소

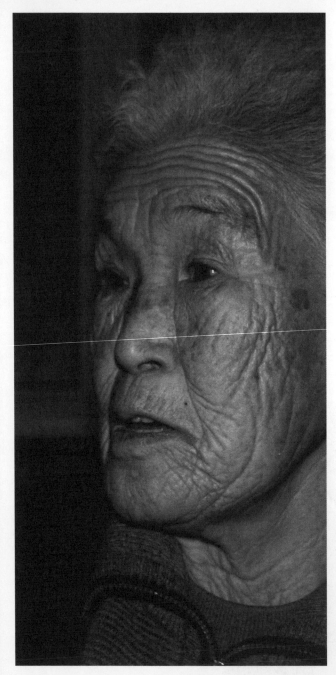

"물고기를 잡을 땐 말이지,
놓칠 때 놓치더라도
단숨에 꽉 움켜쥐어야 하오.
적의 멱살을
움켜쥐는 이치와 똑같소."

석현의 여장부
전호숙 씨

길림성 도문시의 한 찻집. 딸과 함께 찻집으로 들어선 전호숙 씨는 북한에 두고 온 큰언니 이야기로 말문을 열었다.

"지금도 눈에 선하지 뭐. 저고리 한복을 입은 언니와 기차 타는 곳에서 손수건을 흔들며 헤어졌단 말이지."

1940년 4월의 일이었다. 만주로 떠나는 전 씨 일가의 발길이 가벼울 수만은 없었다.

"우리 가족이 떠나오기 한 해 전에 큰언니가 시집을 갔지 뭡네까. 그러니 어쩌겠소. 함께 오자고 해도 이미 남의 집 식구가 되어 있는 것을."

함경남도 북청을 떠난 전 씨의 가족이 도착한 곳은 중국 길림성 왕청현 배초구진 목단촌이었다. 200호 남짓한 목단촌은 중국인과 조선인이 반반씩 뒤섞인 일명 '잡거촌'이었다.

"농사지을 땅을 구하지 못해 어마이를 따라 산으로 들로 약초를 캐러 다녔는데, 내사 싫지는 않았소. 약초를 모아 뒀다 도문시장에 내다 파는 날이면 어마이가 옷도 사주고 돈도 주었단 말입지. 지금이야 연길이 앞서가지만 그때는 도문이 더 위였소. 변경(두만강)을 끼고 있어설랑 인간들의 왕래가 대단히 번잡했단 말이오. 물건들도 풍부했고."

뒤늦게 이주한 전 씨가 자신의 이름 석 자를 보다 또렷이 각인시킨 건 고기잡이를 통해서였다. 목단촌 앞을 흐르는 가야하에는 가물치, 붕어, 메기 등 민물고기가 넘쳐났는데, 무슨 영문인지 물고기들은 전 씨의 손에 잡혔다 하면 그만 맥을 추지 못했다.

"물고기를 잡을 땐 말이지, 놓칠 때 놓치더라도 단숨에 꽉 움켜쥐어야 하오. 적의 멱살을 움켜쥐는 이치와 똑같소."

마을의 청년들도 그 점을 높이 샀던 걸까. 전 씨의 물고기 잡는 광경을 유심히 지켜본 그들은 이구동성으로 혀를 내둘렀다.

'어케 나(나이)도 어린 저놈의 간나는 남자들도 놓치는 고기를 척척 잡아낸다이. 두고 보메 알겠지만두 저놈의 간나, 쪼매마 더 크므 어른들과 실컷 한 패가 되고도 남을 거고마.'

그러나 집에서의 반응은 서로 엇갈렸다. 부친의 입에서 낯선 꾸중이 튀어나올 때면 전 씨 모친은 어린 딸의 손에 들린 물고기 그릇을 반가운 손님처럼 받아주었다.

"아바이도 좋은 분이셨지만, 세상 살아가는 눈은 어마이가 한 발 더 빨랐꼬마. 물고기를 잡아 오면 어마이는 그걸 인차 시장에 내다팔아 돈을 만들었단 말입지."

전 씨가 두 번째 위용을 발휘한 건 담배 농사를 지을 때였다. 밭에 나가 담뱃잎을 따는 일은 아버지를 따라갈 수 없지만, 건조작업의 첫 단계로 그 잎을 새끼줄에 끼우는 일만큼은 결코 뒤지지 않았다.

"내 자랑이 아니라, 앉아서 하는 일이면 청년들 두 곱은 거뜬히 해낼 자신이 있었꼬마. 그날도 어마이를 심판으로 앉혀놓고 아바이와 한판 겨뤘는데, 내 속도가 아바이보다 빨랐다는 결과가 나왔지 뭐요."

아무려면 딸을 옆에 두고 여든의 어머니가 실없는 소리를 할까. 어머니의 말이 맞는지 큰딸도 묵언의 화답으로 고개를 끄덕였다.

"뭐니 뭐니 해도 담배 농사의 성패는 건조에 달려 있다 할 수 있소. 건조를 잘해야 우수 등급을 받을 수 있단 말이오."

담뱃잎 건조는 그늘과 온도가 필수였다. 해서 전 씨는 아궁이에 불을 지필 때면 한순간도 마음을 놓을 수 없었다. 수시로 방 안 온도부터 살폈다.

"생잎을 건조할 땐 먼저 아궁이 속 불길이 발목을 넘어서지 못하도록 해야 하오. 그리고 이건 갓난아를 어를 때와 솥에 밥을 안칠 때의 이치와 같소. 밥물이 손등을 넘칠 듯 말 듯 불을 때야지 그렇지 않았다간 낭패를 볼 수 있단 말이오."

여기에는 전 씨만의 노하우가 숨어 있었다.

"그거 아시오. 조선인 숫자와 한족 숫자가 비등비등하면 그 마을은 한족이 먼저 자리를 잡았거나 수전 농사가 어렵다는. 목단촌이 바로 그런 마을이었소. 내 일곱 살 적부터 한족 집 아(아이)를 업어주며 밥술을 얻어먹었는데 다 그때 배운 것들이오. 아를 잘 얼러서 잠을 빨리 재워야 '가'도 쓰고 '나'도 쓰고, 내 공부를 하자면 달리 방법이 없었소. 아 어르는 것부터 인차 깨쳐야 다음 일들이 수월해진단 말이지."

이렇듯 매사에 적극적이고 긍정적인 사고를 가진 전 씨라도 때로 듣기 싫은 말이 있었다. 담배 농사를 잘 지어 마을에서 일등을 차지했을 때 듣는 칭찬은 어깨가 한 뼘 위로 올라가지만, '너는 학교에 가지 말고 농사나 지으라'는 말을 들으면 머슴 같아 싫었다. 일을 열심히 하는 것과 머슴은 분명 그 차원이 달랐던 것이다.

"품 파는 일은 상호 말로 이뤄지지만 머슴은 계약서를 쓴단 말입지. 그래 남의 집에서 머슴질 하는 사람을 보면 마음이 썩 좋지만은 않았소. 남의 나라에 와 사는 것도 서러운 판에 한족들 머슴으로 살아간다면 그 설움이 보통 설움이오."

작은언니도 가고 동생도 가고 친구들도 다 가는 학교. 그 점에 대해 전 씨는 부모님께 한 번도 따져 묻지 못했다. 집에 무슨 피치 못할 사정이 있을 거라고 지레짐작할 뿐이었다.

"단풍이 들 때처럼 천천히 철이 들었어야 했는데 난 그러질 못했소. 피었다 지는 꽃처럼 철이 너무 빨리 들다보니 속에 불만이 생겨도 말을 못하지, 그러다보니 내 생각들이 자꾸만 어긋나지 뭡네까. 그래 그때는 아바이보다 어마이가 더 밉고 원망스러웠소. 세상 돌아가는 이치를 잘 아는 분이이서 나랑 좀 통할 줄 알았더니 열 살을 다 먹도록 학교 가라는 소리를 않는 거라."

1945년 8월, 기다리던 해방이 찾아왔건만 목단촌은 평상시와 크게 다르지 않았다. 이유는 간단했다.

"먹고사는 일만 놓고 본다면 만주가 형편이 몇 배 더 낫지 뭐. 우선 만주는 땅이 너르지 않소. 그리고 목단촌이 함경도와 서로 이웃처럼 얼굴을 맞대고 있어 언제든 마음만 먹으면 갈 수 있었단 말입지."

양국이 마치 이어달리기 경주를 하듯 대륙에서의 내전이 잠잠해지자 이번에는 한반도가 들썩였다. 목단촌 주민들은 해방 무렵에 귀국하지 않은 걸 천만다행으로 여겼다. 한국전쟁과 별개로 중국 정부는 토지개혁과 학교 설립 등 재건에 박차를 가하고 있었다.

문맹퇴치운동[1]의 일환으로 목단촌에 야간학습소가 들어선 날이었다. 학교라곤 문턱조차 밟아보지 못한 전 씨는 일과를 마치기 바쁘게 그곳으로 달려갔다.

"공산당 정부 덕에 맺혔던 한을 풀게 됐으니 나한테는 하늘 같은 은인이지 뭐. 하루 두 시간씩 꼬박 1년을 다닌 끝에 조선문을 깨치고, 더하고 빼고 곱하고 나누는 셈법까지 배웠단 말이지."

---

1) **문맹퇴치운동** : 1920년대 후반 한글 보급을 위해 언론기관과 학생들이 중심이 되어 전개한 운동이다. 제정 러시아 말기 지식인들은 농촌계몽운동인 브나로드운동을 펼치면서 문맹퇴치운동을 함께 전개했다. 1920년대 후반 식민지 조선에서도 농촌계몽운동이 일어났는데 1931년 〈동아일보〉에 의해 시작돼 언론기관과 학생들의 큰 호응을 받는다. 또 〈조선일보〉는 1929년부터 6년간 방학 중 귀향하는 학생들을 동원해 문맹퇴치운동, 혹은 한글보급운동을 벌였다. 한편 조선어학회에서도 전국을 순회하며 조선어강습회를 열었다. 이러한 움직임이 민족교육운동으로 확대되어가자 일제는 1935년 문맹퇴치운동을 금지시켰다.

"국어와 산수 말고, 다른 과목은 없었습니까?"

"일주일에 한 번씩 사상과 역사에 대해서도 들려주었소. 그렇지만 난 우리 글 쓰고 셈하는 데만 집중했소. 까막눈에서 벗어나자면 인차 글부터 깨치는 게 순서가 아니겠소?"

이처럼 전 씨에게 야간학습소는 사막의 오아시스나 다름없었다. 글을 읽고 쓰게 되자 모든 일에 자신감이 생겼다. 본디 말이 여느 집에서나 갖춘 호미라면 글은 무사만이 지닐 수 있는 한 자루 검으로, 방금 전 씨가 자신은 중매가 아닌 연애결혼을 했다며 강조한 부분도 바로 그런 자신감의 발로로 비쳐졌다.

"영감님과 나이 차는 9년이지만 자유약혼 한 게 맞소. 내 성질이 북청(고향을 일컬음)을 닮아 되쎄 급한 편인데, 영감님을 처음 봤을 때 내 숨기지 않고 다 털어놨단 말이오."

"뭐라고 털어놓으셨는데요?"

"따로 뭐, 할 말 있겠소. 내 감정이 시키는 대로 영감님이 마음에 든다고 했수다. 머리로 지어낸 말은 피차 나중에 좋지 못한 불행의 씨앗이 될 수 있단 말이지."

결혼한 둘째언니가 도문시 석현에 살고 있어 잠깐 다니러 간 길이었다. 그곳에서 한 남자와 눈이 마주친 전 씨는 불과 몇 분 만에 자신의 미래를 결정지어버렸다.

"나이 차가 좀 있어 그렇지 빠지는 데는 없었소. 체격 크지, 말하는 것 고분고분하지. 거기다 또 같은 함경도 태생이지. 흠이 하나 있다면 성질이 서로 영판 달랐다는 것이오. 우리 집 영감은 내 쪽에서 먼저 열 마디를 하고 나면 그때서야 한마디를 뱉는 그런 사람이었소."

하늘이 짝지어 내려준 천생연분답게 두 사람의 관계는 연애에서 혼사까지 막힘이 없었다. 추석을 즈음해 남자 쪽에서 먼저 술과 고기를 떠 목단촌으로 인사를 오자, 이에 화답하듯 전 씨의 집에서도 다음 날 석현을 방문했다.

그런데 그날 사진관에서 한바탕 일이 벌어지고 말았다.

"글쎄 이놈의 나그네가 첫 기념사진을 찍으면서 팔짱 낀 내 손을 자꾸 빼내지 않겠소. 사진사가 지켜보고 있어 꾹 참긴 했소만 난 그 사진 마음에 들지 않소. 한 장 사진이라도 그 속에 서로의 감정이 실리지 못하면 옆에 두고 싶지 않단 말이지."

음력 시월, 초엿샛날의 아침이 밝아오고 있었다. 잠에서 깬 전 씨는 코끝이 찡했다. 이불 두 채에 옷 열두 벌, 장롱까지……. 언니 둘을 시집 보낼 때도 혼숫감으로 장롱은 없었던 것이다.

여기에 대해 따로 뭔가 할 얘기가 있는 모양이었다. 그동안 잠자코 있던 전 씨의 큰딸이 마침내 입을 열었다.

"방금 말씀하신 혼숫감 중에서 옷은 어머니가 직접 지으신 겁니다. 이모님이 그러시는데 어머니는 결혼 전부터 한복과 바지를 손수 지어 시장에 내다팔 정도로 재봉틀 솜씨가 빼어났다고 하시더군요."

"그건 우리 딸의 말이 맞소. 아동들 바지를 만들어 팔면 장당 50전을 받았는데, 그때 돈을 제일 많이 번 건 운동회 때였소. 학생들 운동팬티를 만들어 팔면 두어 달은 그냥 놀고먹을 수 있었소."

팔방미인과 여장부, 이 둘 사이에서 잠시 고민하던 중이었다. 후자 쪽으로 마음이 기운 건 전 씨의 다음 말을 듣고서였다.

"시댁 세간 중에서 하루빨리 바꿔야 할 게 하나 있었소. 솥뚜껑이 깨져 거기로 밥김이 다 빠져나가는데……. 남정네들이야 그깟 것 별로 대

수줍지 않게 여길지 몰라도 살림을 사는 아녀자들의 마음은 그게 아니란 말이지. 내 눈엔 시댁으로 들어온 복이 그곳으로 다시 달아나는 것 같지 뭐요."

다음 날 날이 밝자 전 씨는 자신이 해온 혼숫감 중에서 장롱을 내다 팔았다. 그리고 그 돈으로 솥뚜껑, 물동이, 밥통 등속을 구입해 집으로 돌아오자 시어머니가 제일 먼저 반겼다.

"사는 게 좀 구차해 그렇지 행실 하나만큼은 참으로 고운 분이었소.

어느 날인가 지나가는 말로 이리 말하지 않겠소. 식구들 의복을 빨 때와 제 나그네 의복을 빨 때의 마음이 다른 게 아녀자의 마음이라고."

제지공장에서 일하는 남편이 퇴근해 돌아온 저녁이었다. 영창에 있는 공장으로 전직 발령이 떨어졌다는 아들의 말에 어머니는 쥐고 있던 숟가락을 밥상에 내려놓았다. 하지만 전 씨는 남편의 전직을 담담한 자세로 받아들였다.

"어지러운 시대(대약진운동, 문화대혁명 시기를 일컬음)에는 그저 상부의 지시를 따르는 게 신상에 좋소. 괜히 배부른 소처럼 굴었다간 나중에 더 큰 화를 불러올 수 있단 말이지."

이를 두고 전화위복이라 하던가. 영창으로 이사한 이듬해 첫 딸을 순산한 전 씨는 하늘을 날 것 같았다. 결혼한 지 네 해가 다 되도록 두 사람 사이에 아직 아이가 없었던 것이다.

"우리 시어마이를 다시 본 게 (옆에 있는 큰딸을 손으로 가리키며) 저 앨 낳고 서였소. 대(代)가 급한 집에 손녀를 안겨드렸으니 어찌 내 마음이라고 편키만 하였겠소. 그런데도 우리 시어마이, 기만 내색 한 번 없이 손녀를 당신의 아들보다 더 애지중지 여기지 않겠소."

그런 시어머니가 한날 며느리를 향해 시퍼렇게 날을 세웠다. 앙앙대며 고집을 피우는 두 살배기 딸에게 손찌검을 한 게 잘못이었다. 옆에서 그걸 지켜본 시어머니가 정색을 하며 손녀를 가로채 밖으로 나가버렸다.

"내 새끼 못된 버릇 바르게 잡아주려다 시어마이한테 호되게 당한 건 맞지만 그렇다고 마음까지 상했던 건 아니오. 같은 매라도 맞아서 기분 좋은 매가 있지 않소."

그러고 보면 영락없는 그 어머니의 그 아들이었다. 한술 더 떠 전 씨의 남편은 딸이 태어나자, 저 나그네가 정말 그동안 나와 함께 한 이불을 덮고 잔 사람이 맞나 싶을 정도로 변해도 너무 변해 있었다. 그리고 여기에 대해서는 당사자인 그 딸이 대신 이야기를 들려주었다.

"서른 중반에 첫 자녀를 봐서 그런지 아버지께서 저를 무척이나 아껴 주셨죠. 소학교 입학 선물로 필통을 사주셨는데, 필통 모서리마다 꽃이 새겨져 있고 한가운데는 남자아이가 여자아이에게 머리핀을 꽂아주는 색다른 풍경의 연필통이었습니다. 아 참, 칫솔도 생각나네요. 당시만 하더라도 아동들이 칫솔로 이를 닦는 건 상상조차 할 수 없었는데 그런 칫솔질을 일곱 살 때부터 했지 뭡니까."

바로 그 무렵, 전 씨를 겨냥한 남편의 호통은 정말 매서웠다. 전 씨의 입에서 습관처럼 머저리, 아새끼, 간나새끼 등 함경도 특유의 억센 말투가 튀어나올라치면 남편은 아이 앞에서 그 무슨 말버릇이냐며 호되게 나무랐다.

"그래 그때는 이런 생각도 가졌더랬소. 저놈의 간나를 괜히 낳았다는. 큰딸이 태어난 뒤로 찬밥 신세가 됐지 뭡네까."

모택동이 자처한 파국의 끝장이라는 말이 나돌 정도로 중국의 대약진운동은 전 씨의 남편이 일하는 공장에도 파장을 불러왔다. 제지공장이 문을 닫자 전 씨 남편은 생산대대 회계를, 전 씨는 생산대대에서 운영하는 초대소(외부인 숙소) 일을 맡았다. 초대소를 찾는 주고객은 농촌을 시찰 중인 시市 공사 간부와 영창 일원에서 복무 중인 군인들로, 그 수만도 하루 평균 40명은 족히 되었다.

"초대소 공작(일)이 힘들긴 했수다. 농사만 짓고 살 때는 주야를 둘로 쪼개 낮에는 일하고 밤엔 쉴 수 있지만, 초대소 공작은 어림없단 말이지. 손님들 들이닥치면 먹여야지 재워야지. 또 손님들 가고 나면 이불 빨아서 널어야지 청소해야지……. 내 살면서리 몸 아프다고 자리에 누워 본 건 그때가 처음이었꼬마."

하고 싶지 않아도 해야만 하는, 그래서 자신의 존재는 온데간데없이 집체만 살아 숨쉬는, 잠깐 그 시절을 몸져누워 지내면서 전 씨는 남편의 새로운 면을 발견할 수 있었다. 시어머니를 대신해 아내의 병수발을 자처한 남편은 단 한 번도 눈살을 찌푸린 적이 없었다.

건강을 회복한 전 씨가 초대소 일과 하숙을 겸했었다는 이야기를 전할 때였다. 그 점을 잠시 짚고 넘어가야 할 듯싶었다. 집단경제체제 시기에 개인적 부업은 규정상 불가능했던 것이다.

"집체 때라고 해서 다 같진 않았소. 그 마을의 능력에 따라 추진 방향이 조금씩 달랐으니까. 영창 같은 경우는 한족들이 생산하는 양털을 생산대대에서 사들여 직접 가공을 했는데, 그때 상부로부터 치하를 듣기도 했었소. 해마다 많은 돈을 남겨 상부에 올려 보냈단 말이지. 거기에다 영창은 또 집체를 관리하고 추진하는 시 공사 간부들이 수시로 드나드는 초대소를 갖추고 있었잖소. 그 덕을 못 봤다고는 할 수 없소."

초등학교 교사들을 상대로 하숙을 치기 시작한 전 씨는 짬짬이 옷도 만들었다. 일전에 생산대대에서 가공한 양털을 이용해 옷을 몇 벌 만들어 판 적이 있었는데 의외로 한족들의 반응이 좋았다.

"다른 건 그렇다 쳐도 자식들 학업을 훗날로 미룰 순 없는 일 아니오. 공부도 그렇고 결혼도 그렇고, 다 때가 있단 말입지."

"그건 어머니의 말이 옳습니다. 삼 남매 모두를 고중까지 픽업(졸업)시켰으니 얼마나 대단하십니까. 집체가 기승을 부린 당시의 농촌 상황으로는 한 명 픽업도 어려웠단 말이죠."

지난해 교직에서 퇴임했다는 딸의 말에 전 씨가 고개를 반쯤 숙인 채 자신의 두 손을 물끄러미 쳐다보았다. 그러자 옆에 있던 딸이 전 씨의 손을 살포시 감싸 쥐었다.

어머니의 손을 감싸 쥔 채 딸이 다시 말문을 열었다.

"주변에 이런 일이 별로 흔치 않을 것 같아서 드리는 말인데요, 저한테는 할아버지가 되시는 분을 항일열사 반열에 올려놓은 것도 바로 제 어머니셨습니다."

군 입대를 시점으로 행방이 묘연해진 시아버지. 바로 그 시아버지를 찾아 나설 때였다. 남편의 반응에 전 씨는 그만 기분이 잡치고 말았다.

"나를 가장 먼저 방조하고 나서야 할 양반이 글쎄 혀를 차지 않겠소. 괜한 짓 말라면서 말이오."

하지만 전 씨는 못 들은 척 집을 나섰다. 그리고 첫 행보치고는 그 성과가 과히 나쁘지 않았다. 도문 시청을 방문한 자리에서 시아버지가 중국 팔로군에 입대했었다는 부속서류를 확인한 것이다.

"그날 시 정부를 나오면서 속으로 무슨 생각을 한 줄 아시오. 며느리가 글 깨친 걸 아시고는 시아바이께서 시험지를 한 장 내준 것 같았소."

시청 직원의 조언에 따라 전 씨는 며칠 뒤 라자구행 버스에 올랐다. 집안 살림을 도맡아 하다보니 이 일에만 전적으로 매달릴 수 없었다. 밖에서 이틀을 보내면 사흘은 가정을 돌봐야 했다.

라자구에 도착해 겨우 하루를 보냈을 뿐인데 전 씨의 머릿속은 천 갈래 만 갈래로 번져나갔다. 시아버지의 행방불명을 밝혀줄 증언자를 찾아 나섰지만 그게 생각처럼 쉽지가 않았다. 금방이라도 열릴 것처럼 보였던 문은 굳게 잠겨 있거나, 안으로 들어가면 들어갈수록 숨바꼭질의 연속이었다.

석현 들녘

"북청에 혼자 남은 큰언니를 생각하면
죄인처럼 가슴이 아팠소.
밉든 곱든 나머지 형제들은 부모님 곁에서
부모님 얼굴 보며 지냈잖소.
명절이면 가족끼리 모여 맛있는 음식도 해먹고."

"갈 길은 멀고 하는 일에 별 소득은 없고, 그렇지만 어쩌겠소. 다른 분도 아니고 내 시아바이 일이 아니오."

연변 지역에서도 유독 항일전투가 끊이지 않았던 라자구에서만 벌써 사흘째. 주변의 마을들까지 가가호호 방문 중인 전 씨는 비로소 시아버지의 옛 전우들을 만날 수 있었다. 하지만 두 분의 증언은 이야기 말미에서 그만 탄력을 잃고 말았다. 시아버지와 같은 부대에서 복무한 건 맞지만, 정작 전 씨가 듣고 싶어한 전사 부분에 이르러서는 두 분 모두 말을 아꼈다. 거기까지는 잘 모른다는 거였다.

"힘이 좀 빠지긴 했지만 그 정도는 벌써 각오하고 있었소. 산 사람을 찾자 해도 쉽지 않은 판에 시아바이는 왜놈들 시절에 행방불명자로 처리되지 않았소."

다음 날 아침 두 분을 다시 찾아가 서면증언을 받아낸 전 씨는 발길을 석현으로 돌렸다. 시아버지의 행적이 군 입대 부분에서 행방불명으로 처리된 터라 옛 친구 분들을 만나볼 필요가 있었다.

"석현에서는 기분이 참 좋았소. 만나는 분들마다 우리 시아바이에 대해 이런 평을 하지 않겠소. 시아바이께서 전사를 하지 않았다면 절대로 가정을 버려둔 채 다른 길을 갈 분이 아니라고 말이오."

여기까지의 진행 과정을 자신의 손으로 직접 작성한 전 씨는 연변조선족자치주 주 정부를 찾아갔다.

"주장님이 얼마나 바쁘신 분이오. 그래 나도 거두절미하고 이 말만 남겼소. 우리 시아바이가 한 만큼만 꼭 찾아내달라고."

한 통의 등기우편이 날아든 건 그로부터 두 달여쯤 지나서였다. 시아버지의 항일열사증이 우편으로 도착하자 전 씨의 시댁은 곧 눈물바다로 변했다. 특히 시어머니는 오늘에서야 죽은 사람이 집으로 다시 돌아온 것 같다며 며느리를 부둥켜안은 채 통곡을 삼켰다. 내심 이날을 손꼽아 기다려온 전 씨도 눈물을 뒤로한 채 시아버지 회갑 잔치에 만전을 기했다.

"시아바이를 찾아 나섰을 때 시장에서 만난 장사치 어른이 이 말을 들려주지 않겠소. 망자의 한은 산 사람이 풀어주는 게 도리라고. 시아바이의 회갑 잔치를 준비한 것도 그런 마음에서였소."

그리고, 3년 뒤였다. 1974년 영창에서 석현으로 이사한 전 씨는 큰언니를 찾아 나섰다.

"시아바이 반일열사 되시는 것 보고 시어마이도 인차 눈을 감으셨는데, 그래 마음이 바빠지지 뭐요. 내 죽기 전에 꼭 갚아야 할 빚이 하나 더 남았었단 말이지."

도문 국경을 통해 함경남도 신창역에 도착한 전 씨는 잠시 회상에 잠겼다. 30년 전 바로 이 플랫폼에서 언니와 손수건을 흔들며 이별했던 것이다.

"북청에 혼자 남은 큰언니를 생각하면 죄인처럼 가슴이 아팠소. 밉든 곱든 나머지 형제들은 부모님 곁에서 부모님 얼굴 보며 지냈잖소. 명절이면 가족끼리 모여 맛있는 음식도 해먹고."

큰언니 집에 도착한 전 씨는 다음 날 사돈댁 식구들까지 모두 초청했다. 그동안 언니를 돌봐준 마음의 빚도 갚을 겸 기회가 주어졌을 때 잔치를 베풀고 싶었다.

"백 년도 못 사는 인간이 무슨 재주로 세월을 이길 수 있겠소. 언니도 늙고, 이제 나도 늙고……. 큰언니는 그때 본 게 마지막이었소."

망연자실한 표정으로 전 씨가 한숨을 길게 내쉬었다. 그런 어머니가 마음에 걸렸던지 옆에 있던 큰딸이 슬쩍 전 씨를 부추기고 나섰다.

"한국에서 손님도 오셨는데 엄마, 만경창파나 한 곡 선물로 불러드리지 그러세요. 요즘도 독보조(노인협회)에 나가면 춤도 추고 창가도 부르시잖아요."

딸의 성화에 전 씨가 채지가²⁾ 중에서 〈뱃노래〉를 막 빼들 때였다. 전 씨의 목소리는 이야기를 나눌 때와 또 다른 느낌이었다. 그동안의 목소리가 동틀 무렵을 상기시켰다면 지금은 어스름 속으로 스며드는, 어느 촌가의 한 점 불빛을 보는 것 같았다.

---

2) **춘산채지가(春山採芝歌)** : 작가 연대 미상의 동학가사이다. 〈춘산채지가〉는 봄 산에 올라 지초를 캔다는 뜻인데 지초는 만년 넘게 산 두꺼비 등 위에서 자라는 신비한 영초라고 한다. 〈남조선 뱃노래〉, 〈초당의 봄꿈〉, 〈달노래〉, 〈칠월식과〉, 〈남강철교〉, 〈춘산노인 이야기〉 6편으로 이루어져 있다. 이중 〈남조선 뱃노래〉는 고통의 바다에 빠져 있는 민중들을 건져 올려 새로운 세상으로 나아간다는 내용이 담긴 노래이다. 1985년에 출간된 김지하의 『남녘땅 뱃노래』는 당시 시대적 억압 때문에 원제목을 달지 못했다가 2012년에 『남조선 뱃노래』로 재출간되었다.

내 피는 반도에서 흐르고 있다

"아무튼 대성중학교는 나에게
큰 교훈을 안겨준 학교였음에
분명합니다.
그곳에서 시작된
한반도 민족의 역사가
지금의 나를 만들어준
원동력이 되었으니까요."

소수민족 차별을
학술로 승화시킨 주재관 씨

1938년 함경북도 무산에서 이주한 주재관 씨의 부친은 이사가 잦은 편이었다. 안도, 화룡, 삼합 등 그동안 다닌 곳만도 다섯 곳이나 되었다.

"일제가 의료기관까지 관할하고 있었으니 아버지로서는 선택의 여지가 없었던 거죠. 당시 아버지는 연변 지역에 거주하는 조선인들을 상대로 위생소(보건소) 소장을 맡고 있었습니다."

1944년 삼합에서 개산툰 위생소로 자리를 옮긴 뒤였다. 개산툰은 분위기부터가 달랐다. 함경북도 회령과 연안한 삼합은 일본 수비대의 경비로 주변이 매우 삼엄한 반면, 개산툰 국경은 한가한 여름날의 오후를 보는 듯했다.

"개산툰의 경우는 해방 후가 더 좋았습니다. 두만강 이편과 저편을 손쉽게 오갈 수 있었으니까요. 그 덕에 우리들도 삼봉과 종성에서 건너온 북조선 친구들과 두만강에서 멱을 감느라 해 지는 줄 몰랐습니다."

그런데 무슨 일일까? 벌써 며칠째 이북 친구들이 보이지 않았다. 강변을 따라 기다랗게 이어진 버드나무 행렬만 초여름의 정취를 뽐내고 있었다.

"그게 6·25전쟁 때문이었습니다. 한반도에서 전쟁이 터지자 개산툰도 휴교령과 함께 외출이 전면 금지되었는데, 그때 제일 무서웠던 말이 '공습 온다'였습니다. 국경 상공에 미군기가 잠자리 떼처럼 시커멓게 뜨면 집을 비워둔 채 토굴로 모여들기 바빴었죠."

연일 계속되는 미군의 공습으로 사흘째 토굴에 갇혀 지낼 때였다. 두만강 저편에서 아스라이 노랫소리가 들려왔다. 북한군이 개산툰에 모습을 드러낸 건 새벽 4시경이었다. 누군가에 의해 급히 쫓겨 온 듯 그들은 잔뜩 긴장한 표정으로 거칠게 숨을 몰아쉬고 있었다.

"미군의 공습이 이전보다 더 심해지는 날은 장소를 학교 교실에서 토굴로 옮겨 인민군들과 함께 잠을 자야 했는데, 진짜 고문은 그때부터였습니다. 비좁은 잠자리는 얼마든지 참을 수 있지만 입과 항문과 발에서 뿜어져 나오는 냄새는……. 시간에 관계없이 토굴 안은 생지옥이 따로 없었죠."

주 씨의 눈에 또 다른 풍경이 포착된 건 그러고 얼마간 더 지나서였다. 한껏 달아올랐던 총격전이 한풀 꺾이자 개산툰 나루터에도 제법 많은 사람들이 눈에 띄었다. 국경을 넘나들며 의복과 소금, 아편 등속을 거래하는 밀수꾼들이었다.

주 씨가 밀수꾼들의 실체를 좀 더 가까이서 지켜본 건 아버지가 일하는 위생소를 통해서였다. 중국 경찰에게 붙잡혀온 밀수꾼들이—성별에 관계없이—아버지 앞에서 한 올 한 올 옷을 벗고 있었다. 그 광경을 몰래 숨어서 지켜본 주 씨는 처음엔 선뜻 이해가 되지 않았다. 밀매를 하다 붙잡혔으면 곧장 경찰서로 갈 일이지 왜 하필 위생소로 끌려온단 말인가? 그러나 여기에 대한 궁금증이 풀리기까지는 채 3분도 지나지 않았다. 발가벗은 남성의 항문과 여성의 자궁에서 종이로 둘둘 만 손가락 크기의 물건이 진료실 바닥에 툭! 떨어진 것이다. 이른바 아편이었다.

"6·25전쟁 중에는 그런 광경을 수시로 봤었습니다. 그때마다 아버지의 팔은 안으로 굽기 마련이었고요. 밖에서 기다리고 있던 중국 경찰이 진료실로 들어와 경위를 물으면 아버지는 아무것도 발견된 것이 없다며 거짓 보고를 한 겁니다."

한국전쟁의 여파 때문인지 개산툰의 상황도 더욱 나빠지고 있었다. 하루가 다르게 호황을 누리는 밀매꾼들과 달리 일반 주민들의 탄식은 날로 깊어만 갔다. 그도 그럴 것이, 종전 이후 개산툰은 물자 보급이 전혀 이뤄지지 않고 있었다. 얼마 전 주 씨도 그 점을 직접 경험하게 됐는데 손에 돈을 쥐고도 공책을 살 수가 없었다. 궁여지책으로 주 씨는 말 똥종이로 그 해결책을 마련 중이었다.

"한날 아버지께서 이런 당부를 하지 않겠습니까. 중국에서 살아가려 면 두 가지 모두를 잘해야 한다고요. 그 첫 번째가 조선어였고, 다음은 한어였습니다. 그렇지만 한어는 접근 방법이 쉽지 않더군요. 우선 한어 를 익히려면 꽤 많은 양의 종이가 필요했는데, 그걸 일거에 해결해준 것 이 바로 말똥종이였습니다."

종이를 만드는 과정은 생각보다 어렵지 않았다. 바다에서 채취한 김 을 건조할 때와 매우 흡사했다. 물에 적당량의 말똥을 탄 다음 막대기 로 잘 저어, 반반한 돌에 펼쳐 햇볕에 말리면 종이로 재생되었다.

본인이 직접 만들어 사용한 말똥종이로 한문 3000자를 거의 습득할 무렵이었다. 부모님을 따라 용정으로 이사한 주 씨는 타임머신을 탄 기 분이었다. 용정은 사람도 많지만(1954년 개산툰 1만, 용정 인구는 4만여 명이었다) 화학, 피혁 등 처음 보는 공장들이 시선을 잡아끌었다. 하지만 주 씨는 그 중심에 일제가 있었다는 사실을 아직 모르고 있었다. 을사늑약을 계 기로 조선의 외교권마저 침탈한 일제는 청국으로부터 '조선인의 생명과 재산을 보호한다'는 미명 하에 용정에 통감부 간도파출소를 설치(1907 년)했는데, 연변 지역에 거주하는 조선인들을 지배하기 위한 계산된 포 석이었다.

"2학년 초에 편입한 대성중학교(현 용정중학교)는 그냥 학교가 아니었습 니다. 한갓 촌뜨기에 불과한 나를 세상의 주체자로 만들어주었지요."

편입 첫날이었다. 주 씨를 따로 불러낸 담임은 일제의 온갖 수탈에도 꿋꿋하게 자리를 지켜낸, 대성중학교가 걸어온 그동안의 발자취에 대해

대성중학교

바로 알지 못하면 앞으로 절대 민족의 인재가 될 수 없다며, 교정 곳곳에 스며 있는 선배들의 피눈물부터 잘 찾아보라고 했다. 순간 주 씨는 풀렸던 나사가 다시 꽉 조이는 느낌이었다. 아버지의 잦은 전근으로 말미암아 여러 학교를 다녀봤지만 쉬는 시간마저 반납한 채 역사 공부를 하는 학교는 대성이 처음이었던 것이다.

담임의 훈육은 다음 날도 계속되었다.

오늘 주제는 '서로 돕기'였다. 이를 테면 성적이 우수한 학생은 그렇지 못한 친구를 위해 공부를 내놓고, 활동이 뛰어난 학생은 거기에 못 미치는 친구를 위해 활동을 내놓는 식이었다. 방과 후 시간도 여기서 크게 벗어나지 않았다. 숙제도 수업의 연장으로, 담임은 공부를 잘하는 학생과 그렇지 못한 학생을 조로 묶어 진행토록 하였다.

"학교에서 실시하는 원족(교실 밖 학습)도 다른 학교에 비해 두세 배 많은 편이었습니다. 그리고 그런 날은 어머니께서 소선대(소년선봉대) 대원으로 활동 중인 저에게 이런 말씀을 하셨지요. 소선대의 기가 붉은 이유는 그 깃발에 선혈들의 피가 스며 있기 때문이라는."

1921년에 설립된 대성중학교는 이처럼 한국전쟁 이후에도 우리 역사에 대한 인식과 그 투철함이 식을 줄을 몰랐다. 주 씨가 더욱 놀란 건 학교에서 벌어진 일은 학교에서 반드시 해결한다는 점이었다.

"체육 시간에 달리기를 하다 넘어져 발목을 삐었을 때의 일입니다. 그런 저를 선생님께서는 반 친구를 붙여 2주 넘게 등하교를 책임지도록 하셨죠. 어머니께서 하겠다며 학교까지 찾아왔지만 선생님은 한사코 마다하셨습니다."

특히 대성중학교는 시골 학생들에 대한 배려가 남달랐다. 시골에서 통학하는 학생들이 교실로 들어서면 학우들은 자신이 앉았던 난로 자리를 내주거나, 친구의 언 손을 제 가슴품에 넣어 녹여주곤 했다. 학우들 간의 우정이 두터워야 나중에 제 민족을 사랑할 줄 안다는 대성중학교만의 오랜 전통이었다. 물론 교사들도 여기에 행동과 실천으로 그 점을 증명해 보였다. 학년을 마칠 즈음이면 학생들은 각자 준비한 선물을 담임에게 전하는 풍습이 있는데, 며칠 지나서 보면 그 선물은 가정환경이 어려운 학생들에게 돌아가 있었다.

두 번째 장으로 김약연, 이상설, 안중근, 홍범도, 서일, 김좌진, 윤준희, 최봉설…… 등 만주에서 활동한 항일독립운동가들의 발자취를 좇아 배우는 시간이었다. '우리는 반도에서 온 민족이므로 반일지사들의 불굴의 의지를 목숨처럼 지켜내야 한다'는 교원의 말에 주 씨는 불끈 힘이 솟구쳤다. 국경일(3·1절, 광복절)과 국치일(8월 29일)에도 교실에 태극기를 걸어놓고 수업한 학교가 바로 대성중학교였던 것이다.

"대성중학교만의 장점이 하나 있다면, 누구한테 소개해도 부끄럽지 않다는 것입니다. 소신 있게 행동하라. 작은 일에도 소명을 가져라. 그리고 절대 자부심을 잃지 마라. 졸업식 날 전교생이 모인 자리에서 교장선생님이 마지막으로 들려주신 말씀입니다."

대성중학교를 거쳐 연변고등학교에 입학한 주 씨는 공청단[1]에 가입했다. 공청단은 소선대의 연장으로, 앞으로 주어질 3년도 소신 있게 보내고 싶었다.

"마음은 그랬었는데 시기가 별로 좋지 않았던 것 같아요. 고등학교 입학과 대약진운동이 맞물리면서 내 생각과는 전혀 다른 방향으로 흘러가고 있지 뭡니까."

근공금학勤功今學. '오늘도 일하면서 배운다'는 공청단의 표어처럼 무엇 하나 쉬운 게 없었다. 그곳이 농촌이든 벽돌공장이든 목재소든, 당黨이 부르는 곳이면 어디든 달려가 온몸으로 부딪혀야 했다.

"그때 무릎을 다쳐 수술을 받았는데, 제대로 쉬지도 못한 채 일을 하려니 보통 힘든 게 아니더라고요. 입에서 단내가 난다는 말 있죠? 그걸 고등학교 시절에 벌써 경험해버렸지 뭡니까."

2학년 여름 방학을 맞아 농촌에서 봉사활동을 하고 있을 때였다. 조

---

1) **공청단** : 중국공산주의청년단은 중국공산당의 주도 아래 14~28세의 젊은 단원의 지도를 맡는 청년 엘리트 조직이다. 공청단이라고 줄여 부른다.

기졸업을 알리는 전보를 받았을 때만 해도 주 씨는 너무 큰 선물을 받은 것 같아 뛸 듯이 기뻤다. 그러나 아쉽게도 주 씨 앞에는 혼자서는 감당하기 힘든 더 큰 숙제가 기다리고 있었다.

"공청단에만 가입하지 않았다면 소신껏 내 의사를 밝혔을지도 모릅니다. 농업대학(연변농학원)만큼은 어떻게든 피하고 싶었으니까요. 사람한테는 각자의 적성이라는 게 있잖습니까."

진로를 놓고 고민 중인 제자에게 한날 담임교원이 찾아왔다. 그리고 그날 담임은 당부하듯 두 가지 이야기를 들려주었다. 전교 우수생이 먼저 학교에 모범을 보여야 한다는 것과, 또 하나는 중국의 문호 노신이 의사의 길을 포기하고 문학을 선택한 배경이었다.

"노신魯迅이 펜을 무기로 적군과 싸워 이겼다는 담임의 일화는 매우 감동적이었습니다. 그렇지만 내 진로를 선택하는 데 있어 결정적인 역할을 해주신 분은 아버지셨습니다. 소선대와 공청단에서 활동을 했으니 교육국의 지시를 따르는 것도 나쁘지만은 않을 거라고 말씀하시더군요."

용정 말티(말발굽)산 기슭에 자리한 연변농학원[2]. 주 씨는 한숨이 절로 나왔다. 중국 최초로 농촌 지역에 대학을 설립해 정부로부터 표창장까지 수여받은 연변농학원은 마치 유배지에 온 듯했다. 주변이 온통 산으로 둘러싸여 있었다.

"절망을 희망으로 바꾸는 일이 과연 구호만으로 가능한 일일까요? 나로서는 동의하기 어려운 부분이었습니다. 공장의 기계로 태어났다면

---

2) **연변농학원** : 연변대학농학원은 룡정시에 자리 잡고 있다. 농학원의 전신은 연변대학 농학학부로서 1949년에 설립되었다. 1958년에 연변대학에서 분리되어 연변농학원으로 되었다가, 1996년에 다시 연변대학농학원으로 되었다.

또 모를까, 인간은 환경의 지배를 받을 수밖에 없는 동물이란 말이죠."

현실을 망각한 이상은 그처럼 모두를 힘들게 하는 적과 같았다. 입학 초부터 교수는 여러분들이 중국의 농업을 부흥시키지 못하면 자칫 공산당 정부가 무너질 수도 있다며 엄포를 놓았지만, 정작 현실은 그 반대로 치달았다. 정부로부터 식량 지원이 끊기자 학교는 우두망찰, 어찌할 바를 몰랐다. 솔잎과 풀뿌리로 연명하는 것도 하루 이틀, 얼굴이 퉁퉁 붓거나 간염을 호소하는 학생들이 늘어났다.

"내가 보기에도 위험 수위를 넘어선 상태였습니다. 고등학교 재학 시절 천재 소리를 들었던 친구들이 두만강을 헤엄쳐 북조선으로 달아날 정도였으면 게임은 이미 끝난 것 아닌가요?"

학교 생활을 이겨내지 못한 조선족 학생들이 이북으로 도주한 데는 그만한 이유가 있었다. 소수민족 신분을 가졌다고 하더라도 집단체제에서 자의적 행동은 금물이었던 것이다. 그리고 만에 하나 중국 내에서 숨어 지내다 붙잡히는 날엔 하방 조치를 당하거나 심하면 수용소로 끌려갈 수도 있었다.

이제 남은 전교생 수는 모두 21명. 34명에서 출발한 학생 수가 1년 만에 3분의 2로 줄어들자 주 씨는 조바심에 휩싸였다. 한 사람이 곧 전체를 상징하는 집체의 특성상 이러다간 남은 학생들마저 하방 조치를 당하지 않을까, 그 점이 못내 두려웠다.

마음이 다급해진 주 씨는 공청단에서 활동한 경험을 토대로 매주 일요일 밤 자체 무도회를 열었다. 나이에 걸맞지 않게 학우들이 아편 중독자처럼 표정을 잃어가고 있었다.

"다들 지칠 대로 지쳐버렸는지 무도회도 별 소용이 없더라고요. 처음

두 주는 재미있어 하더니 그 이후부터는 영……."

대체 무엇이 문제일까? 정말 저들을 불끈 일으켜 세울 비책은 없단 말인가! 그 묘안을 짜내느라 며칠째 잠을 설친 탓인지도 몰랐다. 자신마저 정신관음증에 걸린 주 씨는 밤이 고통스러웠다. 꼬박 이틀을 잠 한숨 자지 않고 지냈는데도 정신이 대낮처럼 말똥말똥했다.

"그때 힘이 되어준 게 바로 대성중학교였습니다. 아무리 힘든 일이 생겨도 용정을 떠올리면 여기서 이대로 주저앉을 수가 없는 겁니다."

그래, 가는 데까지 가보자는 심정으로 문공단文工團(문예공작단)을 결성한 주 씨는 공연 극을 준비해 인근 군부대를 찾아 나섰다. 지성이면 곧 감천이라 했던가. 자포자기 상태에 놓였던 학우들이 하나둘씩 활기를 되찾자 주 씨는 그동안 누적된 피로가 한 줄기 소나기에 말끔히 사라지는 것 같았다. 정신관음증으로 시달렸던 증세도 차츰 안정세를 보였다.

본래의 자리로 돌아온 주 씨는 다시 책을 붙들었다. 고3 과정을 마치지 못하고 떠나온 게 항상 마음에 걸렸다. 그런가 하면 주 씨는 집에서 가져온 의학 서적도 머리맡에 두고 읽었다. 연변농학원에 입학할 당시 눈에 띄는 과목이 하나 있었는데 소련에서 들어온 축목이었다.

"가축과 관련한 공부를 하다보니 자연스레 의학(수의학)과도 연결이 되더군요. 식물이든 동물이든 병들어 죽는 건 큰 차이가 없잖습니까."

태양처럼 단결하라는 구호 속에 오늘도 집체 대륙의 하루가 저물어가고 있었다. 말티산 자락으로 뉘엿뉘엿 스러져가는 노을을 바라보던 주 씨는 한동안 자리에서 일어나지 못했다. 졸업을 앞두고 중국공산당에 입당을 하려 했으나 생각지도 못한 큰아버지가 걸림돌로 작용했다.

"맏아버지(큰아버지)께서 위만衛滿 때 촌장질을 하셨지 뭡니까. 그 당시 촌장이면 일제의 개나 다를 바 없었단 말이죠."

"조선족의 경우는 같은 소수민족인 만족, 장족, 몽골족과
입장이 좀 다르다는 겁니다.
중국 내 소수민족 중에서 조선족은 토속민족이 아닌 변경민족,
즉 이주민족인 거죠. 중국의 모태와 전혀 상관없는."

일제가 만주를 침공할 당시 농촌의 촌장도 두 개로 분류되었다. 일제가 추천한 관선과 주민들이 추천하는 민선이 그것이었다. 다행히 주 씨의 큰아버지는 조사 결과 민선 촌장으로 밝혀져 주 씨는 입당 원서를 제출한 지 1년 만에 공산당 당원이 되었다.

"소선대와 공청단 활동이 도움을 준 건 맞지만, 학교 측의 적극적인 추천이 없었다면 아마 공산당 가입은 어려웠을 겁니다. 민족과 당을 놓고 한동안 망설였던 것도 사실이니까요. 지금 내가 바른 선택을 하고 있는지, 민족정신을 흩트리는 행위는 아닌지, 나로서는 고민이 많을 수밖에 없었습니다."

연변농학원을 졸업한 주 씨는 농촌 사회주의 밀강 공사 공작대工作隊 대원으로 발탁되었다. 날이 밝자 그는 자신의 첫 임무를 수행키 위해 밀강의 한 한족 농가를 방문했다.

"사회주의의 강점 중 하나가 현장과 맞부딪힌다는 것인데, 공작대 민생 체험이 바로 그런 류의 것이었습니다. 정신병을 앓고 있는 할머니와 한 달을 같이 보내면서 참으로 많은 것을 배웠으니까요. 장판 살 돈이 없어 흙바닥에 옥수수 잎을 깔고 자더군요."

하루 일과를 마치면 주 씨는 할머니 곁에 누워 자신이 보고 느낀 점들을 숨김없이 기록했다. 그런 다음 일주일 간격으로 밀강 공사 공작대에 들러 그 기록물을 제출했다.

"한 가지 못마땅한 점은 공작대원들의 전근이 너무 잦다는 것이었습니다. 한 해가 멀다 하고 연변 등지를 떠돌다보니 예전 아버지 생각이 절로 나지 뭡니까."

연변조선족자치주 청년 간부 보도원을 거쳐 돈화로 향할 때였다. 벌써 네 번째면 나름 익숙할 때도 되었건만 사정은 그렇질 못했다. 주 씨에게 이번 전근은 떠나는 발길이 가볍지만은 않았다. 조선족 청년 간부들이 많아질수록 거기에 따른 조선족의 위상도 높아진다는 것을 누구보다 잘 알고 있지만, 그러기에는 시간이 별로 많지 않았다.

"집을 짓자면 기초를 잘 다져야 하잖습니까. 그래 그 기회가 찾아왔다 싶어 조선족 청년 간부 배양을 위해 막 팔을 걷어붙이려는 찰나, 연길을 떠나게 됐지 뭡니까."

저수지 관리자로 발령을 받은 돈화에서는 운마저 따라주지 않았다. 하필 가는 날이 장날이라고, 농수로로 연결된 파이프관이 터지는 바람에 애를 먹었다. 그걸 틀어막는 과정에서 수술한 무릎 관절이 파열된 것이다.

"정말 난처하더라고요. 죽을힘을 다해 파이프 관을 고쳐놓자 이차로 무릎이 터진 꼴이었잖습니까."

엎친 데 덮친 격으로 이번에는 간염이 애를 먹었다. 그 진원지를 역추적 하는 과정에서 주 씨는 민생 체험 때 함께 지낸 한 할머니를 떠올렸다. 간염 환자라는 것을 버젓이 알고 있었음에도 당신의 침으로 말아서 내미는 담배를 차마 사양할 수가 없었다.

"비록 병을 얻긴 했지만 그렇다고 그 할머니를 원망하거나 후회할 생각은 없었습니다. 가난한 농가일수록 인정미가 넘쳤다 할까요. 그 할머니는 지붕 사이로 별이 보이는 집에서 삼십 년째 살고 있었습니다."

주 씨가 우리 역사에 관심을 갖기 시작한 건 돈화에서 두 해를 머물 때였다. 돈화는 발해국 초기의 도성이자 문왕의 둘째딸인 정혜공주 묘가 출토된 곳으로, 주 씨에게는 신발끈을 다시 고쳐 매는 계기가 되었다.

"시간이 별로 없어 주마간산 격이긴 했지만 돈화가 내 역사 공부에 기름을 부어준 건 사실입니다. 가까운 항일 역사에 대해서는 관심이 많았지만 나머지 역사에 대해서는 그냥 지나치는 정도였으니까요."

발해의 역사가 숨 쉬고 있는 돈화를 떠나 화전에 도착한 날이었다. 여섯 번째 발령지인 화전은 한바탕 소나기가 퍼부을 것처럼 전운이 감돌았다.

"화전은 길닦이(도로공사) 간부로 발령이 떨어져 찾아갔던 곳인데, 가장 초조하고 긴장되는 시간을 보냈던 곳이기도 합니다. 도착과 함께 삼정三政 심사가 시작된 겁니다."

"삼정이라면……?"

"그동안 공직자로 근무하면서 평민들에게 정직하게 임했는지, 평민들을 괴롭히거나 박해를 한 적은 없는지, 그리고 상관의 명령에 불복종하거나 타격을 가한 적은 없는지, 주로 이 세 가지 심사를 의미합니다."

"그럼 삼정 심사를 진행할 때 당 위원들이 현장을 직접 찾아가 조사를 벌이기도 합니까?"

"그야 물론이죠. 이 잡듯이 샅샅이 뒤질 때도 있습니다. 또 이쪽에서 발뺌을 해도 저쪽에서 누군가 걸고넘어지면 도리가 없고요. 셋 중에서 하나만 문제가 생겨도 타도의 대상으로 분류되는 게 바로 삼정 심사란 말이죠."

그처럼 삼정 심사는 절차도 까다로울 뿐 아니라 시간도 매우 많이 걸렸다. 근 1년 가까이 진행된 중국공산당 시당위원회 심사를 무사히 통과한 주 씨는 이듬해, 장춘에 있는 공산당 길림위원회 반공실로 자리를 옮겼다. 그의 주된 업무는 내부 간행물 번역과 교열이었다.

"7년 넘게 현장만 떠돌아다녀 그랬을 겁니다. 책상과 의자가 놓인 사무실에서 일을 하려니 처음 며칠은 좀이 쑤셔 견딜 수가 없더군요. 반면에 좋은 점도 있었습니다. 조선문을 중문으로 옮기는 과정에서 번역 실력이 몰라보게 늘었다는 겁니다. 내 손을 거친 간행물 중에서 중요한 문건은 당 중앙으로, 그렇지 않은 문건은 기층단基層團(말단조직)으로 보내졌습니다."

물론 사람의 손으로 하는 일이라 실수가 뒤따를 때도 있었다.

"毛澤東(모택동)을 毛澤蜂(모택봉)으로 잘못 표기해 간행물 전부를 소각한 적이 있는데, 그날은 정말 진땀이 나더군요. 실수치고는 대단히 큰 실수를 범한 겁니다."

주 씨가 소수민족에 대해 공부의 폭을 넓혀간 것도 공산당 간행물 일을 하면서였다. 대약진운동과 문화대혁명을 거쳐 오는 동안 중국 정부는 자국 내 소수민족에 대한 배려가 거의 없다시피 했다.

"아는 게 병이라는 말도 있듯이 인간의 심리가 참 묘하더군요. 하나를 알고 나니 관심을 갖게 되고, 이후에는 파고드는 버릇까지 생기지 뭡니까. 그 예로 조선족의 경우는 같은 소수민족인 만족, 장족, 몽골족과 입장이 좀 다르다는 겁니다. 중국 내 소수민족 중에서 조선족은 토속민족이 아닌 변경민족(조선족을 일컫는 또 다른 호칭), 즉 이주민족인 거죠. 중국의 모태와 전혀 상관없는."

어쩌면 거기에서 비롯된 것인지도 몰랐다. 1942년 길림성 안도현에서 출생한 주 씨가 가장 듣기 싫어한 말은 '인내'와 '견지'였다.

"주로 한족들이 나를 지명해 쓰는 단어인데 역지사지로, 왜 한족이 아닌 다른 소수민족만 인내하고 스스로를 잘 견지해야 한다고 말하는 거죠? 내가 보기엔 바로 거기에 문제가 있었지 않나 싶습니다. 저나 나나 똑같은 중국공산당 당원임에도 불구하고, 소주민족이라는 이유로 자신의 능력을 제대로 평가받지 못한다면 그거야말로 차별이 아니고 무엇입니까."

　그동안 주 씨가 소수민족과 관련해 여러 편의 논문을 준비해 발표한 것도 사실은 그런 이유에서였다. 차이는 얼마든 인정할 수 있지만 차별에 대해서만큼은 결코 묵과할 수 없었다.

　"아무튼 대성중학교는 나에게 큰 교훈을 안겨준 학교였음에 분명합니다. 그곳에서 시작된 한반도 민족의 역사가 지금의 나를 만들어준 원동력이 되었으니까요. 오늘도 내 피는 대륙이 아닌, 조상들과 더불어 반도에서 흐르고 있단 말이죠."

　주재관 씨가 소속된 길림성 소수민족연구소 회원 수는 현재 30여 명. 장춘에 거주하는 주 씨는 말미에 이런 염려도 내비쳤다. 중국의 소수민족 문제를 학술적 차원이 아닌 정치적 목적으로 접근하다보면 그에 따른 득보다는 실이 더 클 수도 있다는. 다시 말하면 그것은, 중국 내 소수민족 문제가 중국 사회에서 민감한 부위를 차지하는 반론처럼 들리기도 했다.

육도하자 걸립춤

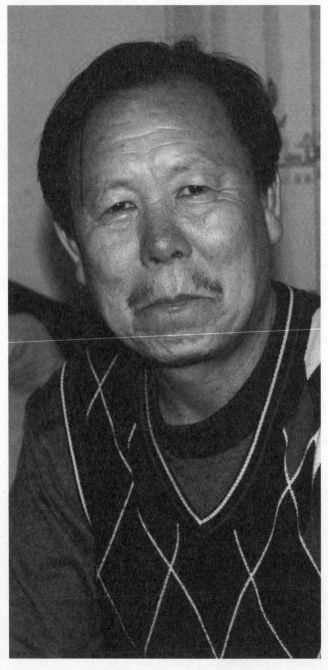

"낡은 것들을 버리라고
외쳐대는 사회주의국가에서
우리의 전통문화를
지켜낸다는 것은
결코 쉬운 일이 아니었소.
더구나 지금이 어떤 세상이오.
전통의 가치마저
값으로 따져 묻는
자본주의 세상이 아니오."

**육도하자 걸립춤 계승자
김명환 씨**

'걸립춤'. 이 이름을 처음 들었을 때 김명환 씨는 키득키득 웃고 말았다. 발음을 하는 것도 어렵지만 입에서 자꾸 이상한 소리가 튀어나왔다.

"한동안 그것이 동무들 사이에서 놀림감으로 사용됐지 뭡니까. 마음에 들지 않는 동무를 보고 걸립이라 놀려먹으니까 거지보다는 품위도 있고 맛도 더 나더란 말이죠."

그랬던 김 씨가 아버지 양 어깨 위에 올라가 이 춤을 처음 춘 건 그의 나이 여덟 살 때였다. 그러나 아버지 어깨 위에 발을 딛고 서서 본 세상은 후들후들 다리가 떨렸다.

"인차 안심해도 좋다는 아버지의 말이 있었지만 내 귀엔 잘 들려오지 않았소. 깜빡 한눈을 팔았다간 땅바닥에 처박힐 것 같지 뭐요."

'쌍층무雙層舞'에 걸립乞粒을 융합시킨, 조선시대 민간 무용 중 하나인 걸립춤은 부호들을 조롱하는 해학에 남녀노소 모두가 참여할 수 있어 특히 농촌 지역에서 그 반응이 뜨거웠다.

농한기를 맞아 횡도소학교 반공실(사무실을 의미하는 연변 사투리)은 우리의 전통문화를 보존하려는 공연 연습이 한창이었다. 소년반 연습을 마친 김명환 씨는 어른들의 공연 연습을 뚫어져라 지켜보았다.

"내가 직접 출 때와 구경꾼으로 앉았을 때의 마음이 서로 상충했다고 나 할까요. 걸립춤은 상쇠를 선두로 남녀가 앞뒤 한 줄씩 줄을 맞춰 추는데, 그날은 한시도 눈을 뗄 수가 없었소. 차려입은 어른들의 의상도 화려했지만 동작 하나 하나에 생동감이 서려 있지 뭡니까."

그리고 며칠 지나, 십여 개 마을 주민들을 초청한 자리에서 공연을 마친 뒤였다. 입소문을 타고 걸립춤은 곳곳으로 퍼져나갔다. 농촌의 집체와 궁합이 잘 맞아떨어졌던지 초청 공연 횟수도 날로 늘어나는 추세였다.

"사회주의식으로 표현하자면 걸립춤은 매우 열렬하고 생동감이 넘쳐 생산대와 인민공사로부터 두루 찬양을 받았었소. 대형 활동이나 공공시설을 건설할 때, 사회주의 기상과 잘 맞아떨어진 결과였지요."

평안북도 벽동에 거주한 김명환 씨의 가족이 만주로 이주한 건 1939년도였다. 그로부터 십 년 뒤인 1948년, 김 씨는 요녕성 환인현 횡도촌에서 태어났다.

"전에는 횡도천橫道村을 항도천恒道川이라 불렀더랬소. 그만큼 물이 맑아 수전을 풀기에 딱 좋았다는 뜻이오. 그리고 거기에는 (항일)독립군들의 노고가 컸었소. 그분들이 먼저 들어와 터를 잘 다져놓은 바람에 나중 사람들이 고생을 덜했단 말이지."

김 씨의 말처럼 횡도천은 한일병합 직후 국외 항일독립운동 근거지 중 하나였다. 이상룡, 이회영, 김대락 등 일가족 망명이 주로 많았는데, 바로 그들이 땀 흘려 개간한 터에서 김 씨는 별 어려움 없이 학업에 매진할 수 있었다.

마을에서 유달리 제사가 많은 탓이기도 했었다. 김 씨의 집은 사시사철 가무가 끊이질 않았다. 제사를 핑계로 모였다 하면 주민들은 먹고 마시고 노는 걸 즐겼다. 김 씨의 눈이 만개한 꽃처럼 활짝 피어난 건 추석 명절을 며칠 앞두고였다. 그날 하루는 자신의 집 마당이 마치 악기를 생산하는 공장 같았다.

"소가죽으로 북과 장구를 만드는데, 내 눈에는 그것이 어찌나 신기해 보이던지요. 지난 설에 잡아먹은 황소가 글쎄 악기로 다시 태어나 둥개둥개 흥을 돋우지 않겠소. 징은 대북(큰북)에 양철을 씌워 만들었고, 꽹과리는 학생들이 치는 심벌즈로 대신했었소."

그러나 횡도촌에서의 즐거운 한마당은 김 씨가 4학년에 오를 무렵 끝이 나고 말았다. 횡도촌 일대가 수몰 지역으로 지정되면서 김 씨의 가족들도 인근 육도하자六道河子로 거처를 옮겨야만 했다.

　　환인 조선소학교에 편입해 사나흘쯤 지나서였다. 은근히 텃세를 부리는 선배가 있었다. 한날 그와 정면으로 마주친 김 씨는 일부러 피하지 않았다. 이사한 마을의 분위기도 그렇거니와, 김 씨의 눈에는 모든 게 불만투성이였다.

　　누가 아니랄까봐 녀석은 싸움의 뒤끝까지 육도하자를 쏙 빼닮은 듯했다.

　　"당시의 규정대로라면 나보다 한 학년 높은 5학년 선배가 인차 승복을 해야 옳았소. 둘 중 누구라도 먼저 얼굴이 붓거나 나자빠진 쪽이 싸움에서 지는 걸로 돼 있었단 말이지. 그런데도 사내놈이 콧구멍을 씩씩대며 비겁하게 굴지 않겠소. 그래 나도 화가 나서 나자빠져 있는 선배를 몇 대 더 패주었지 뭐요."

　　눈에 잔뜩 거슬렸던 상대를 쓸어눕히고 나자 그 통쾌함은 이루 말할 수 없었다. 그동안 쌓였던 스트레스가 훅, 한 방에 다 날아간 것 같았다. 하지만 승리의 기쁨은 채 십 분도 지나지 않아 사이렌 소리로 바뀌었다. 5학년 선배의 아버지가 학교 주임이라는 사실을 안 김 씨는 머리카락이 곤두섰다.

　　"일이 좀 복잡하게 된 것이, 내가 편입한 학교에서 우리 집 큰형님이 교원질을 하고 있었지 뭡니까. 그래 그날 큰형님의 호출을 받고 반공실로 불려갔다가 내 사망하는 줄 알았소. 두 발로 걸어 들어간 반공실을 네 발로 기어 나올 정도였으면 선배를 팬 것보다 몇 곱절은 되지 않았겠소.

거래로 치면 그날 장사는 되로 웃었다 말로 운 꼴이었소."

김 씨는 이 모든 것이 이사를 잘못 온 탓이라 여겼다. 조금 넉넉하게 살았던 마을에서 이사를 와 그런지 육도하자는 똥구멍 찢어지는 소리가 그칠 줄을 몰랐다. 어른들마저도 집집마다 베를 짜서 의복을 해 입었던, 횡도촌으로 다시 돌아가고 싶다며 한숨을 내쉬었다.

여름방학이 시작되자 김 씨는 동생과 함께 집을 나섰다. 수력발전소에 근무하는 작은형을 찾아가는 길이었다. 5학년 선배와 그런 일이 있은 후 큰형으로부터 축구공을 선물 받긴 했지만 아직은 몇 곳 쓰라린 부위가 남아 있었다.

큰형보다는 성미가 고분고분한, 작은형과 셋이서 오붓하게 점심을 먹고 있을 때였다. 하늘이 갑자기 시커멓게 뒤덮이더니 소나기성 비가 퍼부었다.

"그날 만약 작은형한테 놀러가지 않고 집에 눌러 있었다면 아마, 목숨을 부지하기 어려웠을 겁니다. 잠시도 틈을 주지 않은 채 내리 사흘간 퍼부어댔으니 그 물에 배겨날 사람이 몇이나 되었겠습니까. 혼강이 그때 가축과 시신을 떠내려 보내는 미끄럼틀로 변해버렸지 뭡니까."

1960년 8월, 화북 지역(만주)을 강타한 백 년 만의 홍수는 차마 눈뜨고 볼 수 없었다. 재해가 나고 3년이 다 지나도록 한숨과 곡소리가 끊이지 않았다.

"환인에서만 300명이 넘는 사망자가 발생했다면 대충 짐작이 가지 않소? 나흘 만에 집으로 돌아온 나와 동생을 끌어안고 아버지께서 우시는데……. 아버지의 그런 모습은 처음이었소. 매사가 낙천적이어서 아버지가 우시는 모습을 한 번도 본 적이 없었단 말이지."

수해로 가옥을 잃은 가족들이 농업과학연구소 강당에서 임시로 지낼 때였다. 정부에서 지급하던 재해 구호물자마저 바닥이 나자 수재민들은 참나무 잎과 옥수수를 분쇄해 떡을 만들어 먹었다. 하지만 그것도 사흘을 넘기지 못했다. 먹을 때와 다르게 배변의 고통을 호소하는 사람들이 갈수록 늘어났다. 어린 자녀들의 아랫도리를 까 내린 뒤, 돌처럼 딱딱하게 굳은 변을 나무 꼬챙이로 파내는 장면이 수시로 목격되었다.

"나도 그때는 도리깨질하는 집만 보면 몰래 숨어들어 갔었소. 콩알이 마당 귀퉁이로 굴러가는 걸 잘 감시했다가, 주인장이 정주에 물 마시러 간 틈을 타 몰래 입에 넣으면 군침이 돌지 않겠소. 생콩 세 알이면 배고픈 하루를 거뜬히 견뎌낼 수 있었소."

노인과 어린이의 사망자 수가 많았던 화북 지역의 수해가 잦아들 즈음 중국 전역에 때아닌 뇌봉雷鋒(1940~1962) 바람이 불고 있었다. 특히 학교는 뇌봉을 닮겠다는 목소리로 연일 교정이 떠들썩했다.

"소련과의 마찰로 중국에 고물가 현상이 나타나자 모택동이 '레이펑을 따라 배우라向雷峰同志學習'는 교시를 내렸지 뭡니까. 일곱 살에 고아가 되어, 스물두 살에 인민해방군 병사로 전사한 뇌봉이 '다른 사람의 곤란을 나의 곤란으로 삼고 동지의 즐거움을 나의 즐거움으로 본다'는 기록을 남겼으니, 그 불길에 휩싸이지 않을 청년들이 과연 몇이나 되었겠습니까. 마치 불나방 떼를 보는 것 같았단 말이죠."

그 불길을 타고 김 씨도 심양으로 향했다.

중학교 2학년 때까지만 하더라도 김 씨는 고등학교에 진학할 생각이 전혀 없었다. 공부를 하나 안 하나 성적이 제자리를 맴돌고 있어 걸립춤이나 추면서 적당히 살아갈 생각이었다. 그런데 한날 문득 이상한 생각이 들었다.

"공직에 근무하는 두 형을 지켜보면서 대체 유전자란 무엇일까, 이 생각이 번쩍 들지 않았겠소. 그래 나도 그 유전자를 물려받았겠다 싶어 1년간 머리를 싸맸더니 정말로 되지 않겠소."

요녕성 조선사범학교 입학을 앞두고 심양에 도착한 김 씨는 그만 정신이 몽롱해졌다. 난생처음 보는 고층 건물들 때문인지 현기증마저 일었다. 그것도 부족해서 사범학교 학생 수가 700명을 웃돈다는 소리를 듣고는 망망대해에 혼자 떠 있는 기분이었다.

"전통문화에 관심이 많아 음악을 선택했는데, 학교에서 제일 먼저 배운 게 간보였었소."

"간보라면, 정간보를 말하시는 겁니까?"

"그렇소만, 한국에서는 이걸 어떻게 설명하는지 모르겠소."

정간보는 조선시대 세종대왕이 창안한 우리의 소리를 표현한 것으로, 한 정간井間을 한 박拍으로 하고 있다. 즉 한 줄을 1행行 또는 1각刻, 1장단長短이라 부르기도 하는데, 그 안에 율명(조선시대의 음 이름으로 서양음악의 계명과 같다)을 넣어 음의 고저와 박자를 표시한다.

이론과 실습을 겸한 음악 수업은 김 씨에게 즐거움과 따분함을 동시에 안겨주었다. 그리고 그때마다 청량제가 되어준 건 다름 아닌 가락이었다. 서양음악에서 말하는 음이 귀로 전달되는 것이라면 가락은 운무처럼 훨훨 춤을 추는 것 같은, 음과 가락이 서로 같은 뜻을 지녔음에도 불구하고 김 씨의 눈에는 피 다른 형제처럼 느껴졌다.

학교가 갑자기 어수선해진 건 다양한 종류의 악기들과 손을 맞춰갈 때였다. 1학년 2학기 수업을 끝으로 교정을 나서던 김 씨는 꼭 물어보고 싶은 게 있었다. 이렇게 학교를 떠나면 언제쯤 다시 돌아올 수 있는가였다. 하지만 여기에 대해 누구도 말해주는 사람이 없었다. 이미 칠백여 명의 학생들은 천안문으로 향하고 있었다.

"문화혁명 때 나도 홍위병으로 발탁되어 북경에 갔었는데 정말 굉장하더군요. 중국의 청년들이 그곳에 다 모여 있는 것 같지 않겠소. 모택동을 연호하는 함성들이 어찌나 우렁찬지 중국 전역을 곧 뒤엎을 기세였소."

청년들의 함성이 하늘을 찌르는 천안문을 뒤로한 채 김 씨는 무한(호북성)으로 떠났다. 그런데 그곳에서 조금 놀라운 사실을 발견하고 말았다. 천안문의 함성과 정반대로 농민들이 배고픔을 호소하고 있었다. 농촌에서 나고 자란 김 씨로서는 어디에 장단을 맞춰야 좋을지, 좀처럼 마음의 갈피를 잡을 수 없었다.

"비록 홍위병 신분이긴 했지만 한심하다는 생각도 들었소. 문맹자나 다름없는 농민들에게 사상을 학습시켜 대체 무얼 하자는 것인지⋯⋯. 제아무리 뛰어난 군주라도 백성들로부터 신망을 얻지 못하면 한갓 허깨비에 불과하다는 말도 있지 않소."

농민들을 대상으로 한 사상학습이 계속되었지만 김 씨는 왠지 모를 회의감에 빠져들었다. 자연과 더불어 살아가려는 농민들을 밖으로 끌어내 전혀 어울리지 않는 옷을 입히고 있었다 할까. 그렇지만 그것을 만류할 처지도 못되었다. 홍위병들 간에도 보이지 않는 알력이 자행되고 있어 언행에 신중을 기할 수밖에 없었다. 얼마 전에도 사상학습 시간에 한 홍위병이 칠십 대 농민을 지목해, 어째서 늙은이는 내가 셋을 가르쳐 주었는데도 아직 하나도 못 깨쳤느냐며 뺨을 후려친 일이 있었는데, 그 과정을 옆에서 묵묵히 지켜보면서도 김 씨는 자신의 입술만 깨물어댈 뿐이었다. 사상 앞에, 그리고 혁명 앞에, 혼자라는 힘은 너무도 미약할 수밖에 없었다.

"무한에 내려가 지낼 때 제일 염려스러웠던 점은 농민들이 자연에서 얻은 순박함을 잃어버리지나 않을까, 그게 가장 걱정이 되더군요. 사상을 교육하는 쪽에서는 여리고 착한 것들을 바보 취급해 몰아붙이기 바쁘지만 반대로 농민들 쪽에서는 그게 커다란 상처로 남는단 말이지. 농사를 어디, 사상으로 짓는 것 봤소? 아니란 말이지. 근면과 성실이 없이는 옥수수 한 됫박도 어렵단 말이지."

한쪽에서는 옳다고 주장하지만 다른 한쪽에서 보면 모순으로 가득 찬, 김 씨의 눈에는 중국의 문화대혁명이 그렇게 보였다. 뿐만 아니라, 밤마다 농민들을 마을회관으로 불러내 주입시키는 사상은 십 분짜리 쪽 잠만도 못했다.

무한에서 두 해 만에 돌아온 김 씨는 '조·중 모택동 사상 장정문화선전대(이하 문화선전대)'를 조직했다. 서로 잘 아는 사이라도 생산대의 지시는 곧 당의 명령이나 다름없었다.

"문화선전대는 주로 조선족 동포들이 모여 사는 마을을 위주로 공연을 다녔었소. 문제는 짐과의 싸움이었는데, 덮고 잘 이불에서 공연에 필요한 도구들까지 짐이 좀 많았어야 말이지. 그걸 대원들이 이고 지고 나그네처럼 떠돌아다녀야 했으니 장정들이라고 어디 배겨날 수 있었겠소. 거리가 너무 먼 곳은 주민들한테 참 미안했었소. 도착도 전에 몸이 벌써 지쳐버려 공연도 슬금슬금, 우리로서는 방법이 없었단 말이지."

문화선전대의 고된 일정은 주민들이 일을 마치고 돌아오는 저녁 공연으로 끝이 아니었다. 생산대 일 돕기, 주민들과의 좌담회, 사상학습 지도 등 낮에도 해야 할 일들이 산더미처럼 쌓여 있었다.

"쌍코피 터진다는 말이 얼추 들어맞을 것 같소. 하루하루가 정신없이 돌아갔으니까. 그렇지만 얻은 것이 더 많은 장사이기도 했소. 음악과 춤, 연출에 이르기까지 하루가 다르게 내 표현력들이 뜀뛰기를 하지 않겠소. 가극을 펼칠 때는 배우와 연출을 번갈아가며 했는데, 그게 나한테는 큰 자산이 되었지 뭐요.”

날씨가 화창한 봄날에는 밤하늘의 별들을 조명 삼아, 비가 내리는 여름날에는 천막을 두드리는 빗소리의 장단에 맞춰, 눈보라가 치는 겨울에는 눈보라보다 더 강렬한 혁명의 눈빛으로 문화선전대의 공연은 계속되었다. 무산에서 함께 지낸 홍위병들처럼 문화선전대 대원들 간에도 자신의 우월성을 드러내려는 청년들이 더러 있었지만 김 씨는 그때마다 방관자의 자세로 일관했다. 설사 그들 사이에 예기치 못한 일이 발생한다 하더라도 그 일을 수습할 부서는 따로 있었다. 문화선전대 대원 모두는 생산대의 지시를 받고 있어 김 씨는 공연에만 충실하고 싶었다.

문화혁명에 바친 시간들이 학점으로 인정되면서 김 씨도 자신의 모교인 환인 조선족소학교로 발령이 떨어졌다. 시절이 시절인지라 김 씨는 잠깐 숨을 돌린 뒤, 고학년 30명을 조직해 학교선전대부터 꾸렸다. 모택동이 작사·작곡한 노래 중에서 몇 곡을 선별해 구성을 마치면 한 시간짜리 가무를 무대에 올릴 생각이었다.

“아까도 말했지만 문화선전대 순회공연은 나한테 자신감을 심어주었소. 어린 아동들이 펼친 가무극이라 그런지 대중들의 호응도가 훨씬 더 뜨겁지 않았겠소.”

예상치 못한 반응에 힘을 얻은 김 씨는 두 번째로 육도하자 청년들을 대상으로 예술단을 꾸렸다. 먼저 그는 동이춤과 탈곡장춤을 반반 섞은 재구성 작업에 들어갔다.

"육도하자 걸립춤이 중국 국가무형문화재로 지정되었다는 소식을
들었을 때 나는 이 생각을 했었소. 저들과의 싸움에서 이를 악문 채
버티지 못했다면 걸립춤의 생명도 거기서 끝나고 말았을 것이라는⋯⋯.
거대한 암벽 앞에서는 버티는 수밖에 없단 말이지."

"청년예술단을 조직할 때는 나대로 계산이 있었소. '사구'로 중단된 조선 무용을 다시 무대에 올리는 것이 그 목표였소."

문화혁명이 한창인 1973년 9월, 김 씨는 육도하자 청년예술단을 이끌고 본계로 향했다. 요녕성 본계시에서 열리는 '조선족 전통문화대회'에 참석키 위해서였다.

"첫 대회에서 우수상을 받아 돌아왔더니 주민들이 글쎄, 육도하자가 생긴 이래 이런 경사는 처음이라며 다들 기뻐하지 않겠소. 사실은 나도 그날 무한한 감동을 받았었소. 음악을 공부한 한 사람으로 우리 민족에 대한 자부심이 심장에까지 전해지지 뭐요."

아이들 가르치랴 청년단원들 지도하랴, 눈코 뜰 새 없이 바쁜 와중에도 김 씨는 두 가지만 생각했다. 용기와 자신감이었다. 용기는 당당히 군중 앞에 서는 것이었고, 자신감은 우리 민족의 전통문화를 밀고 나가는 것이었다.

농한기 때면 육도하자는 노랫소리로 동네가 떠들썩했다. 횡도촌 사람들이 이사를 오면서 생겨난 변화였다. 걸립춤 연습을 하는 주민들을 물끄러미 지켜보던 김 씨는, 저 춤을 자신이 한번 조직해보고 싶다는 강한 충동이 일었다. 식구들과 저녁을 먹는 자리에서 김 씨는 아버지에게 자신의 느낌을 솔직하게 털어놓았다.

"걸립춤 3대 계승자인 아버지를 위해서라도 더욱 분발하지 않을 수 없었소. 괜히 어설프게 건드렸다간 아버지의 위상만 떨어뜨리는 꼴이 아니겠소?"

김 씨는 더욱 긴장이 고조되었다. 네 아들 중에서, 당신의 어깨 위에 제일 먼저 올려준 사람이 바로 자신이 아니었던가. 지금도 김 씨는 여덟 살 때를 생각하면 가슴이 뛰었다.

환인시에서 주최하는 소수민족 문화경연대회가 열리는 날이었다. 2000여 명이 입장한 공연장에는 새로운 얼굴들도 보였다. 음악협회, 무용협회 등 환인 문화국 예술분과 회원들이 대거 참석했다.

"아버지가 이끈 단원들을 재조직해 첫 무대에 올린 게 1983년도 봄이었소. 출연자 수만 100명이 넘는 대단히 큰 춤판이었는데, 풍물 60명에 상모가 40(남녀 반반)명, 여기에 2층 춤을 춘 아동만도 16명이나 되었단 말이지."

총연출을 맡은 김 씨는 100여 명의 걸립춤 단원들이 공연을 진행하는 동안 울컥 목이 메었다. 공연 도중 터져 나온 기립박수만도 모두 여섯 차례. 오늘 공연은 대성황이었다.

"사회주의라는 게 그렇소. 아무리 좋은 작품이라도 관객들의 반응이 없으면 말짱 헛것이란 말이오. 한데 그날은 관객들이 한 사람도 빠짐없이 자리에서 일어나 열렬히 박수를 보내주지 않겠소."

"결과는 어땠습니까?"

"소수민족 열네 팀이 출전해 우리가 최우수상을 받았소."

가난밖에는 보여줄 게 없는, 150호 남짓한 시골 마을에서 시작된 걸립춤이 언론을 통해 세상에 알려지자 육도하자는 온통 축제 분위기였다. 공연을 무사히 마친 김 씨도 삼대째 이어져오는 걸립춤의 한을 푼 것 같아 가슴 한 켠이 후련했다.

"한(恨)이라는 게 그렇소. 각자의 생각들이 다를 수도 있겠지만, 우리 민족의 춤은 결코 한을 벗어날 수 없단 말이지. 아버지와 상의 끝에 기획을 할 때도, 외세와 가진 자들로부터 짓밟혀온 평민들의 한을 해학으로 풀어내는 것이 가장 큰 관건이었지 뭐요."

다시 일상으로 돌아간 김 씨는 조선족 전통문화에 더욱 심혈을 기울였다. 그리고 이제는 우물에서 벗어나 보다 큰 강으로 나아갈 때였다.

공연이 끝나고 두 달여쯤 지나서였다. 우리와 한번 일해보지 않겠느냐는 현縣 민족사무위원회의 제안에 김 씨는 선뜻 답을 주지 못했다. 같은 공직이라도 학교는 방학이 주어져 나름 숨을 쉴 수 있지만 민족사무위원회라는 곳은 왠지 좀 갑갑하게 느껴졌다. 그런 김 씨의 마음을 움직인 사람은 큰형이었다. 큰형과 가진 몇 차례 대화 끝에 김 씨는 18년의 교원 생활을 뒤로하고 환인 문화회관 소수민족 보도국으로 자리를 옮겼다.

"전문적으로 문화 공작만 하는 자리여서 처음 몇 달은 숨 쉬기가 좀 불편하긴 했었소. 춤판하고 전혀 다른 세상이지 뭐요. 그런 가운데서도 한 가지 유익했던 점은, 조선족 민간 무용과 관련해 이전보다 더 전문적이고 폭넓은 지식을 습득했다는 것이오."

그런 어느 날이었다. 때가 되었다고 판단한 김 씨는 파견 근무 형식으로 길을 떠났다. 이번에는 좀 먼 여정이었다. 2년에 걸쳐 그는 요녕성 일대를 샅샅이 누비고 다녔다. 그리고 그 결과물로 『요녕성 조선족 민간무용 발굴사』라는 책을 세상에 내놓았다.

"인생을 다시 사는 것 같았다 할까요. 그동안 재만 동포들이 어떤 노래를 부르고, 어떤 춤을 추며 살아왔는지 그걸 알아낸 시간이었지 뭡니까."

산고 끝에 책을 출간한 김 씨는 1988년 여름, 육도하자로 급히 향했다. 인구 30만 중에서 그 70퍼센트가 만족으로, 전통문화만 놓고 보더라도 환인은 소수민족들의 각축전이 치열한 곳이었다.

"문화관에 들어가 공작을 해보니 만족과 한족의 기세가 결코 만만치 않았소. 청나라를 건설해 대륙을 지배했던 만족은 양걸秧歌로, 한족은 중국 경극의 어머니라 부를 정도로 인기가 높은 쿤취昆曲로 우리 조선족 전통문화를 공격해대지 뭐요."

우선 육도하자 춤패부터 점검한 김 씨는 연길에 있는 연변가무단을 찾아갔다. 요녕성 전통문화 축제를 앞두고 각 소수민족들의 열띤 경쟁을 자신의 눈으로 확인한 이상 새로운 전환이 필요해 보였다.

"그때까지만 해도 걸립춤이 조금 어수선했던 게 사실이오. 사물을 이용한 막춤 정도였다고나 할까. 그래 마음먹고 걸립춤의 바탕 곡을 만들어 연변가무단에서 녹음을 마치고 나니 그제야 좀 마음이 놓이지 않겠소."

연길에서 돌아온 김 씨는 걸립춤에 동이춤과 접시춤을 삽입시켰다. 이는 두 해 전 조선족 민간 무용 발굴 때 각 지방을 떠돌며 눈여겨본 것으로, 순간 그는 자신의 무릎을 쳤다. 걸립춤에 두 춤을 추가해 넣자 약방의 감초처럼 보는 맛이 달라졌다.

"걸립춤의 틀이 어느 정도 잡히자 이번에는 관객들의 입장을 고려해 17분짜리 공연을 11분 반으로 대폭 줄였소. 단원들의 숫자도 너무 웅성 댄다 싶어 100 좌우에서 60 좌우로 삭감을 시켰고."

군살을 뺀 걸립춤의 효과는 며칠 뒤, 연습 과정에서 곧 나타났다. 춤 전체를 이끌어가는 배경음악, 보다 짜임새 있는 내용과 구성, 그리고 여기에 공연 시간과 단원들 수를 줄이자 육도하자 걸립춤은 다시 태어난 것 같았다.

"심양에서 열린 제1기(회) 요녕성 문화축제대회에서 1등상과 조직상 두 개를 받았는데, 나는 1등상보다 조직상이 더 우수해 보였소. 걸립춤은 세 무리(풍물·상모·춤)가 일체를 이뤄야 춤으로 완성된단 말이지."

육도하자 걸립춤은 이후 1991년에도 적잖은 성과를 거두었다. 그해 9월 심양에서 개최된 국제민속춤대회에 이탈리아, 러시아, 일본, 북한 등 46개 팀이 참가를 했는데, 걸립춤은 그 대회에서 우수표현상을 수상했다.

중화인민공화국 건설 45주년을 맞아 북경 북해공원 민족원에서 중국 소수민족 민속대회가 열렸다. 요녕성 대표로 참가한 '육도하자 걸립패'는 남다른 감회에 젖어들었다.

"오녀산이 어떤 곳이오. 주몽이 고구려를 건국한 곳 아니오. 그곳에 터를 잡고 사는 조선족 걸립패가 천안문 광장에서 아리랑을 부르게 됐으니 누군들 잠이 오겠소."

북경에 도착해 무사히 공연을 마친 김 씨는 한을 흥으로 승화시킨 아버지와 그 아버지들이 한없이 그리웠다. 그리고 오늘의 이 영광을 재만 동포들에게 바치고 싶었다.

"낡은 것들을 버리라고 외쳐대는 사회주의국가에서 우리만의 전통문화를 지켜낸다는 것은 결코 쉬운 일이 아니었소. 더구나 지금이 어떤 시대요. 전통의 가치마저 값으로 따져 묻는 자본주의 세상이 아니오."

북경에서 치른 걸립춤 공연만도 20회. 한 달여 만에 모든 일정을 마치고 환인으로 돌아온 김 씨는 울화통이 터져 견딜 수가 없었다. 재주는 곰이 부리고 돈은 왕 서방이 챙긴다더니, 이제야 그 실체를 조금은 알 것도 같았다.

"글쎄 환인 문화원에서 그동안의 내 성과를 가로채려 하지 않겠소."

그 배수진으로 김 씨는 걸립춤 공연을 중단했다. 요소요소에 진을 치고 있는 한족들에게 더는 먹이가 되고 싶지 않았다. 또한 이 점은 부친의 마지막 유언이기도 했다. 세계 어느 소수민족을 보더라도 제 민족의 문화를 잃고 나면 동화되는 건 한순간이었던 것이다.

걸립춤 공연 거부로 인한 파국이 십 년째로 접어든 무렵이었다. 현縣 서기가 참석한 가운데 문화공작사업 회의가 열렸다.

"그날 서기가 내 이름을 대면서 이렇게 말하지 않겠소. 곧 있을 오녀산 국제문화제에 올릴 걸립춤 공연 준비를 서둘러달라고요."

2004년 7월, 꼭 십 년 만이었다. 육도하자 걸립패가 무대에 모습을 드러내자 뜨거운 박수갈채가 터졌다. 객석에서 흐느끼는 사람들도 있었다.

육도하자 걸립춤이 중국의 국가무형문화재로 지정된 것은 2005년도였다. 십 년 동안 소리 없는 전쟁을 치러온 김 씨는 마침내 울음을 터트리고 말았다.

"육도하자 걸립춤이 중국 국가무형문화재로 지정되었다는 소식을 들었을 때 나는 이 생각을 했었소. 저들과의 싸움에서 이를 악문 채 버티지 못했다면 걸립춤의 생명도 거기서 끝나고 말았을 것이라는……. 거대한 암벽 앞에서는 버티는 수밖에 없단 말이지."

환인을 떠나 다음 목적지로 향할 때였다. 배웅차 나온 김명환 씨는 미소를 머금은 채 이런 고백을 했다. 십 년을 버틴 그 무기는 도끼날도 어쩌지 못하는 옹이고집이었노라고. 그 말을 듣는 순간 남의 땅에서 제 민족의 전통을 지키려는 소수민족들의 몸부림이 참으로 눈물겨워 보였다.

"한(恨)이라는 게 그렇소. 각자의 생각들이 다를 수도 있겠지만,
우리 민족의 춤은 결코 한을 벗어날 수 없단 말이지.
아버지와 상의 끝에 기획을 할 때도,
외세와 가진 자들로부터 짓밟혀온 평민들의 한을 해학으로 풀어내는 것이
가장 큰 관건이었지 뭐요. "

{ 육도하자 걸립춤 }